I0552560

L'UCCELLO AZZURRO

ALI DEL WEST: LIBRO CINQUE

KRISTY MCCAFFREY

Traduzione di
ROBERTA CAPIZZI

ALTRI TITOLI DI KRISTY MCCAFFREY

Serie "Ali del West"

Lo Scricciolo

La Colomba

Il Passero

Il Merlo

L'uccello Azzurro

L'uccello Canoro

Eco delle pianure

The Starling

The Canary

The Nighthawk

The Swan

The Falcon

Romanzo autoconclusivo

Into The Land Of Shadows

Contemporanei d'amore e d'avventura

Deep Blue

Cold Horizon

Ancient Winds

Sapphire Waves

Racconti brevi

The Crow Brothers Collection

The West: A Romance Collection

Racconti lunghi e sentimentali

Alice: Bride of Rhode Island

Rosemary

Racconti lunghi e sensuali

Blue Sage

The Peppermint Tree

A Mirthful Wish

"Le antiche leggende degli Hopi e degli Havasupai trovano in McCaffrey una nuova voce. La scrittura brillante dona assoluta credibilità al viaggio mistico del personaggio principale in un'altra dimensione e ti spinge a leggere fino a notte fonda." ~ City Sun Times

IL MERLO

"Antagonisti malvagi, azione a volontà, un'eroina decisa, intrecci, colpi di scena sorprendenti e un seducente cowboy – il tutto sottolineato da una sensuale storia d'amore – in questo western ce n'è per tutti i gusti." ~ Janna Shay, InD'tale Magazine

"Un romanzo storico, passionale e intelligente, collocato nel deserto dell'Arizona, il cui ambiente aspro rispecchia la natura dei personaggi che lo abitano. Riusciranno due anime ferite a trovarsi e fiorire insieme? Scoprilo nel quarto titolo della serie "Ali del West" di Kristy McCaffrey. Un libro difficile da posare." ~ Chanticleer Book Reviews

L'UCCELLO AZZURRO

"…una lettura incalzante, con una storia e dei personaggi tanto profondi da mantenere vivo il mio interesse fino all'ultima pagina…" ~ Jo, Romance Junkies

"…carico di avventura e azione che lasciano senza respiro… libro meraviglioso… pressoché impossibile staccarsene!" ~ Maia, The Silver Dagger Scriptorium

"I lettori si scopriranno spesso col fiato sospeso… una lettura veloce ed emozionante!" ~ Belinda Wilson, InD'tale Magazine, a Crowned Heart review

A Kevin,
con tutto il mio amore e la mia gratitudine.

"Gli amanti non si incontrano finalmente in qualche luogo. Sono sempre stati l'uno nell'altro."

Rumi,
poeta persiano del XIII secolo,
teologo e mistico Sufi

CAPITOLO 1

Creede, Colorado
Aprile 1892

Jake McKenna sollevò un piede calzato da stivale su una panchina di legno di fronte all'emporio, mentre la piacevole e determinata figura della signorina Molly Rose Simms attraversava la strada sterrata per poi entrare nel *Bertha's Saloon*. Sebbene non avesse mai fatto la sua conoscenza, Jake aveva tenuto d'occhio la sorella del suo socio da quando era arrivata a Creede, il giorno precedente. Si chinò in avanti e appoggiò gli avambracci sul ginocchio.

E ora cosa sta combinando?

L'uomo si sistemò la tesa del cappello per schermarsi dal sole della sera e attraversò Main Street, la strada principale di Upper Creede, schivando un carro e diversi cavalli. Entrare da *Bertha's* prima del tramonto non avrebbe di certo creato problemi alla reputazione che aveva in quella città; non si poteva invece dire la stessa cosa per quanto riguardava quella della signorina Simms.

Non si sarebbe affatto dovuta far vedere in locali del genere.

Jake non era un abituale frequentatore di posti come *Bertha's*, mentre Robert – il fratello della signorina Simms – lo era, perlomeno lo era stato nei primi periodi in cui l'aveva conosciuto. Aveva il sospetto che la giovane donna fosse proprio alla ricerca di Robert.

Anche Jake lo era.

Entrò nel locale con un singolo e rapido movimento, e una campanella sulla porta di vetro tintinnò quando la richiuse alle sue spalle.

Una donna con indosso una vestaglia di seta e guance colorite dal trucco gli apparve davanti. «Non siamo ancora aperti.»

Jake si tolse il cappello. «Lo so. Sto cercando la donna che è appena entrata.»

«È vostra moglie?»

«No.»

Lei inarcò un sopracciglio e lo squadrò dalla testa ai piedi. «Aspettate qui.» Il seno abbondante e i fianchi larghi ballonzolavano sotto il tessuto sottile mentre si allontanava.

Jake ispezionò il salone pieno di lussuosi divanetti imbottiti e di tavoli lucidi. *Bertha's* era di un livello più alto di quanto si fosse immaginato. Forse Robert aveva buon gusto, dopotutto.

Continuò a toccarsi la tesa del cappello finché la sua frustrazione non giunse al punto di rottura. Perché quella donna ci metteva tanto? Spinse di lato la tenda che celava il corridoio. Non c'erano segni della padrona del locale, perciò avanzò lentamente da una porta all'altra, restando in ascolto per cogliere un indizio di dove potesse trovarsi la signorina Simms.

Si immobilizzò al suono di voci che riecheggiavano nel corridoio e si infilò nella porta più vicina, ritrovandosi in una stanza che offriva un letto di ferro lavorato, ricoperto da un copriletto rosso, uno specchio ovale da terra e foto provocanti di donne in vari stati di nudità. Era chiaro che quel luogo fosse destinato ai piaceri carnali.

Prima che Jake potesse nascondersi, una donna fece irruzione nella camera, girò su se stessa e richiuse la porta. Poi si voltò e andò a sbattere dritta contro di lui.

Beh, la fortuna era dalla sua. Era stata la sua preda a trovare *lui*.

«Oh» sussultò la signorina Simms. «Vi porgo le mie scuse.»

Jake la tenne ferma con le mani posate sulle spalle.

«Sono nella stanza sbagliata» aggiunse poi lei.

«Aspettate.» Jake tentò di mantenere la presa sulla donna, ma lei gli scivolò via dalle mani e si diresse verso la porta, che però si aprì di nuovo prima che la signorina Simms potesse afferrare il pomello. Sulla soglia si ergeva Charles Henderson, il presidente della *First National Bank*.

Lei indietreggiò e andò a sbattere contro Jake. Quando la donna gli lanciò un'occhiataccia, lui rimase folgorato dall'azzurro dei suoi occhi, che gli riportò alla mente un pavone che aveva visto a Shanghai molti anni prima.

Jake sollevò lo sguardo verso Henderson e gli sorrise, godendosi l'ovvio disagio dell'uomo per essere stato − quasi − sorpreso con le brache calate. Quando, l'anno prima, Jake e Robert avevano tentato di sviluppare la vena Lucky Dog, quel pomposo buffone aveva negato loro il finanziamento, nonostante i campioni esaminati fossero stati valutati duecentocinquanta once in argento. Alla fine, avevano venduto la concessione mineraria per quindicimila dollari; in quel momento, Jake prese in considerazione se fosse il caso di rinfacciarlo di nuovo a Henderson.

«Come sta la tua signora, Charles?» gli chiese.

La ballonzolante padrona di casa apparve proprio in quel momento e, rivolgendosi all'uomo, disse: «Mi dispiace, signore. Vi ho mandato nella camera sbagliata.»

Henderson, un uomo corpulento con una folta barba e baffi, fissò Jake con gli occhi socchiusi. «La ragazza va bene. Mi piacciono minute.»

La signorina Simms raddrizzò le spalle. «Tutto questo è

3

ridicolo. Io sono qui per vedere Mabel. Non sono merce da affittare.»

«È un peccato» rispose Henderson. «Comunque, un piccolo consiglio: io starei proprio alla larga da *lui*» le disse, indicando Jake.

Un lampo di rabbia attraversò Jake quando l'uomo si mise a far scorrere lo sguardo sugli attributi della signorina Simms. Aveva una mezza intenzione di raccontare alla signora Henderson cosa stesse combinando suo marito. «Andare con le puttane ti si addice, Charles.»

«Perdonatemi» si intromise la ballonzolante padrona. «Qui non tolleriamo questo tipo di linguaggio.»

La signorina Simms si era irrigidita davanti ai suoi occhi. Forse Jake aveva un po' esagerato, considerando che c'erano delle signore presenti. «Vi porgo le mie scuse, signora.»

La donna si rivolse a Henderson. «Sono davvero desolata per il disguido. Vi troverò subito un'altra ragazza.» Mentre conduceva fuori il presidente della banca, inchiodò Jake con uno sguardo pieno di irritazione. «Avreste dovuto attendere nel salone.»

«Sono impaziente.» Jake le lanciò un sorrisino. «E questa ragazza andrà benissimo.»

«Non sono in vendita» ripeté la signorina Simms, esasperata.

Quando l'agitata padrona del locale se ne andò per occuparsi dell'ospite privilegiato, la signorina Simms si voltò su se stessa per affrontarlo. «Devo richiedervi di andarvene.»

«Dobbiamo parlare.» Jake si sporse oltre la donna e chiuse la porta per avere maggiore privacy.

«Di cosa? Non so nemmeno chi siete.»

«Jake McKenna.»

Lui notò con gioia il lampo di riconoscimento sul suo viso.

«Siete il socio di Robert?»

Non nell'ultimo periodo, comunque sarebbe stato al gioco. «Sì.»

«Avevo in programma di vedere anche voi, dopo.»

«Dunque è una fortuna che ci siamo incontrati. Anche se farlo in un bordello di certo infiammerà gli animi delle vecchie pettegole del posto.»

Da vicino, la somiglianza tra la signorina Simms e suo fratello era più evidente, entrambi con gli stessi capelli scuri e occhi simili, e il lampo in quelli della donna gli ricordò quello che passava nello sguardo di Robert ogni volta che era eccitato per via di una concessione. In effetti, lei era la versione femminile di suo fratello, ma molto più bella.

«Sapete dove si trova Robert?» gli chiese lei.

«Temo di no. Non sapeva che sareste venuta in città?»

Lei aggrottò la fronte. «Lo sapeva, eppure, quando ieri sono arrivata, non era in stazione ad accogliermi e alla sua pensione non si è visto.»

«Lo so.»

«Dunque, se lo sapete, perché non siete a conoscenza di dove si trova?» gli domandò lei.

Il suo sfogo lo prese alla sprovvista, ma prima che potesse risponderle, la porta si aprì un'altra volta. Era una buona cosa che lui e la signorina Simms non fossero occupati nelle normali attività di quel luogo: dubitava di poter essere tanto rapido.

La direttrice apparve sulla soglia. «Mabel vi può vedere ora» disse alla giovane, quindi scoccò un'occhiata torva a Jake. «Ma non voi. Se non avete intenzione di pagare per una ragazza, allora dovete andarvene.»

«Grazie» le disse la signorina Simms, quindi si voltò di nuovo verso di lui. «Signor McKenna, è stato un piacere conoscervi» gli strinse la mano «…suppongo.» Quindi se ne andò.

Cosa diavolo era successo?

Molly Rose Simms non era affatto come lui se l'era aspettata.

L<small>A SIGNORA</small> formosa che l'aveva aiutata da *Bertha's* – era lei, Bertha? – condusse Molly a una camera da letto sul retro dell'edificio. Una giovane donna con riccioli color caffè le venne incontro sulla soglia. I suoi occhi azzurro chiaro comunicavano una palese curiosità, sebbene fosse circondata da una vena di cinismo.

«Questa è Mabel. Non metteteci troppo. A breve avremo degli ospiti.»

Molly stava per chiedere perché ci fossero già degli uomini impazienti nel locale nonostante non fosse ancora aperto, ma tenne per sé la domanda. Senza dubbio, quell'uomo, Charles, era qualcuno di importante e riceveva un trattamento preferenziale. Provava ancora un residuo senso di nausea per il fatto che l'uomo avesse supposto che sarebbe andata a letto con lui.

E che dire di Jake McKenna? Non aveva provato a fare nulla, eppure, per un momento, l'aveva guardata come se avesse voluto spogliarla completamente e divorarla nel punto esatto in cui si trovava. Chissà se era andato via oppure aveva richiesto un'altra ragazza.

«Salve.» Molly allungò una mano. «Sono Molly Rose. Sono la sorella di Robert Simms.»

«È un piacere conoscervi, Molly Rose» disse lentamente Mabel, lo sguardo circospetto.

Fece scivolare il palmo nel suo, il suo tocco freddo era in netto contrasto con il calore dell'ampia stretta del signor McKenna solo pochi minuti prima. Molly ignorò la vampata di energia che tuttora permaneva, causata da quell'uomo alto e della loro breve interazione – in un bordello, tra tutti i posti possibili. Lei si trovava lì solo per via di suo fratello.

Mabel fece un passo indietro e le offrì uno sgabello, lei invece si accomodò sul letto su cui erano sparsi indumenti decorati da volant. Sembravano molto più succinti di quelli che una donna avrebbe dovuto indossare. Lo sguardo di Molly si posò su una foto appesa alla parete e si immobilizzò. Una donna era ritratta in piedi con le mani sui fianchi, con indosso nient'altro che un paio di mutandoni, i modesti seni spinti in fuori in modo provocante, quanto più nuda possibile.

Molly riportò di scatto l'attenzione su Mabel, imbarazzata per il fatto di avere la bocca spalancata. La richiuse di scatto e nascose la propria mortificazione intrecciando le mani per poi appoggiarsele sulla gonna grigia.

L'impulso di chiedere a quella donna se la sua professione le piacesse si fece più intenso dentro di lei, tuttavia Molly restò in silenzio. Sarebbe stato maleducato. Di certo lo faceva poiché non aveva altra scelta.

Mabel si chiuse i lembi della vestaglia, poi lasciò cadere la mano e sospirò. «Cosa posso fare per voi?»

«Sono arrivata ieri in città per far visita a Robert, ma lui non è venuto a prendermi e sono preoccupata. Non so proprio dove altro cercare.» Molly si schiarì la gola. «Un uomo nell'albergo dove soggiorno ha detto che a volte Robert viene qui. Mi ha dato il vostro nome.» Poi aggiunse, in fretta: «Spero che non sia un problema. Speravo che poteste sapere qualcosa.»

La donna abbassò lo sguardo.

«Conoscete mio fratello?» la incalzò Molly.

Lei annuì. «Sì, conosco Robbie.»

Mabel alzò gli occhi e la fissò, scrutandola con un'intensità tale da causarle agitazione.

«Ciò che direte rimarrà segreto, ve lo posso assicurare» disse Molly d'impulso.

La donna raccolse i bordi della vestaglia e si strinse la fascia attorno alla vita. «Vostro fratello non è stato qui di recente, tuttavia altri uomini che vedo...»

Molly aspettò, temendo che se avesse parlato l'avrebbe scoraggiata. Aveva pensato di recarsi dalle forze dell'ordine locali, però, quando aveva chiesto all'impiegato dell'albergo informazioni riguardo al vicesceriffo, la sua risposta le aveva lasciato più dubbi che sicurezza. In quella città c'era una sregolatezza che era difficile non notare. Anche se non aveva molto senso recarsi in un bordello per ricevere informazioni – le donne come Mabel erano affidabili? – non sapeva più cos'altro fare. Sua madre l'aveva messa in guardia contro le azioni impulsive che a volte compiva, eppure il suo cuore le aveva detto di andare a far visita alla prostituta.

L'espressione di Mabel si fece talmente sobria e sincera che le viscere di Molly si intrecciarono in un nodo di ghiaccio. «Mi dispiace, signorina Simms, ma Robert è morto.»

CAPITOLO 2

Jake quasi non riconobbe la signorina Simms quando questa uscì sulle assi di legno che costituivano il portico del *Bertha's Saloon*. La donna vivace e risoluta che aveva appena incontrato era sparita, e al suo posto c'era un'apparizione spettrale.

Fece diversi passi per raggiungerla e le afferrò un gomito.

«State male?» le chiese, mentre la guidava verso il *Cora's Restaurant*. Dovevano parlare, ed era palese che la signorina Simms avesse bisogno di una tazza di caffè nero forte.

Lei scosse la testa, quindi gli si accasciò contro, e Jake le cinse la vita per evitare che crollasse a terra.

«Immagino che le cose con Mabel non siano andate bene.» La condusse su per dei gradini di legno e la guidò all'interno del ristorante, per poi farla accomodare a un tavolo tranquillo. Dopo aver appeso il cappello su un gancio, le si sedette di fronte. «Cosa c'è che non va, signorina Simms?»

La donna scosse di nuovo la testa e si sforzò di ricacciare indietro un singhiozzo. «Robert è morto» sussurrò, inchiodandolo con uno sguardo cupo e inorridito.

Sbalordito, Jake le chiese: «Chi ve l'ha detto? Mabel?»

Lei annuì, mentre una lacrima le scendeva lungo il viso.

Jake infilò la mano nella giacca, ne estrasse un fazzoletto e glielo porse. «Come fa a saperlo?» Non conosceva Mabel personalmente, però per qualche tempo Robert aveva mostrato interesse per una ragazza che lavorava da *Bertha's*. Doveva trattarsi di lei.

«Ha detto che un uomo di nome James Winston le ha rivelato che Robert è sparito per sempre.»

Jake imprecò sottovoce.

«Conoscete quest'uomo?» gli chiese lei.

«Sì.» Lui si sporse in avanti. «Ascoltatemi. Io non credo che Robert sia morto.»

I lineamenti della giovane si accesero di speranza. «Perché?»

«Per un sacco di ragioni; comunque non mi fiderei troppo di ciò che sa questa Mabel. Sareste dovuta semplicemente venire da me.» Anche se lui temeva che ci fosse una ragione per la quale lei non l'avesse fatto. Era il motivo per cui anche lui non le si era avvicinato subito.

Cora, l'anziana proprietaria del locale, apparve al loro tavolo, asciugandosi le mani sul grembiule che le cingeva la vita sottile, e Jake le fece un caldo sorriso. La donna gli fece l'occhiolino. «Non sei mai venuto con una giovane signora, Jake. Cosa posso portarvi?»

«Buonasera, Cora. Caffè e torta.»

«Ne ho alle mele, alle pesche o alle ciliegie.»

«Io prenderò quella alle mele.» Poi Jake guardò la signorina Simms con trepidazione.

«Oh, no, grazie. Non ho fame.»

«Io credo che dovreste mangiare qualcosa» insistette lui. «Cosa ne dite di quella alle pesche?»

«Ve ne porterò una fetta di entrambe» disse Cora. «È davvero bello vederti corteggiare qualcuno, Jake.»

«Lo sai che sono promesso a te, Cora. Io e la signorina Simms stiamo solo chiacchierando.»

«Simms?» esclamò Cora. «Siete parente di Robbie?»

Molly annuì, e di nuovo gli occhi le si riempirono di lacrime. Accidenti a quella Mabel per essere stata tanto insensibile nel darle delle notizie che potevano anche non essere vere.

«Non l'hai visto di recente, per caso?» chiese Jake all'anziana signora.

«Beh, fammi pensare.» La donna si piazzò le mani ossute sui fianchi. «Credo sia stato qui la settimana scorsa, però proprio questa mattina ho sentito Ivan dire di averlo incontrato su nelle colline.»

«Quando?»

«Penso che potrebbe averlo visto ieri.»

Un altro cliente fece segno a Cora, quindi lei annuì e si allontanò.

«Ecco», disse Jake. «Robert non è morto.» *Non ancora, perlomeno.*

La signorina Simms si asciugò le lacrime sulle guance con il fazzoletto, e i suoi lineamenti si indurirono. «Vi dispiacerebbe dirmi in cosa è coinvolto Robert di così pericoloso?»

Occuparsi di sorelle carine era qualcosa a cui Jake non aveva mai aspirato. Non voleva spiegare alla giovane donna cosa stava combinando suo fratello di quei tempi. Erano affari di Robert e avrebbe dovuto essere lui a parlargliene di persona.

«Non penso che sia in pericolo.» Con tutta probabilità, diceva il vero. Perlomeno, era quello che raccontava a se stesso. «Robert e io abbiamo fatto parecchie prospezioni in questa zona. Immagino che abbia solo perso la cognizione del tempo mentre si trovava sulle colline. Sono cose che capitano. Penso che se attenderete con pazienza, ormai dovrebbe arrivare da un momento all'altro.»

Cora ritornò con un vassoio contenente tazze e piattini, insieme a una caraffa di caffè bollente, e mise un piatto di torta con una forchetta davanti a ognuno. «So che Jake lo prende nero, ma voi desiderate panna e zucchero nel caffè, signorina Simms?»

Lei annuì e Cora depositò entrambi sul tavolo. «Fatemi sapere se avete bisogno di altro.»

«Vi ringrazio» rispose la signorina Simms.

Jake si avventò sulla torta. Non aveva più mangiato dal pranzo, dato che tenere d'occhio Molly Rose Simms aveva consumato la maggior parte del suo tempo. Non era stato del tutto certo che lei non fosse a conoscenza del luogo in cui si trovava Robert, che era poi il motivo per cui all'inizio aveva mantenuto le distanze. Quello, e il denaro. Da quando il suo socio aveva iniziato a frequentare Bridget Lannigan, Jake non era più sicuro della lealtà di Robert, e quell'incertezza si era estesa anche alla sorella.

La signorina Simms versò un goccio di panna nel caffè, seguito da mezzo cucchiaino di zucchero, quindi si mise a mescolare lentamente la bevanda. «Da quanto, di preciso, conoscete Robert?»

«Sono venuto in questa zona l'anno scorso, e io e Robert ci siamo trovati.»

«E andate in cerca di vene d'argento insieme a lui?»

«Sì, proprio così.» Jake sollevò la tazza afferrandola dal bordo e prese un abbondante sorso di caffè.

Mentre la signorina Simms giocherellava con il cibo, lui fissava la fetta di torta sul suo piatto. Capì che lei doveva averlo notato quando gli porse il piattino spingendolo sul tavolo, e lui la ringraziò con un cenno del capo, prima di prenderne un enorme boccone. «Dovreste davvero mangiare qualcosa» le disse, prima ancora di aver ingoiato. «Cora fa uno stufato discreto.»

«Parlate sempre con la bocca piena?» gli chiese lei, con le sopracciglia aggrottate. «Non siete affatto preoccupato che sia potuto accadere qualcosa a Robert?»

Il suo rimprovero gli provocò un sorrisetto. «Non ha senso vendere la pelle dell'orso prima di averlo ucciso. Farò altri controlli e vedrò se riesco a trovarlo. Perché non tornate al vostro albergo a riposarvi? Vi farò sapere nel caso scoprissi qualcosa.»

La donna lo guardò come se fosse stato lui l'orso. Dopo aver preso un sorso di caffè, incrociò le braccia sulla camicetta color avorio e si appoggiò allo schienale della sedia.

Cora riapparve per recuperare i piatti vuoti. «Desiderate qualcos'altro?»

«Signorina Simms?» le chiese Jake.

«No, ne ho avuto più che a sufficienza.»

MOLLY RIPOSAVA sul materasso pieno di bozzi nella sua camera d'albergo, con una spessa trapunta che le pesava addosso. Alla fine, la sensazione di soffocamento la indusse a spostarsi sulla sedia a dondolo che si trovava nell'angolo. Mentre la notte si protraeva, lei oscillava avanti e indietro, con nella mente le parole di Mabel che rimbalzavano come un proiettile vagante. Più volte gli occhi le si riempirono di lacrime.

Disperata, si aggrappò alla dichiarazione del signor McKenna. *Robert non è morto.*

Doveva essere vero; l'alternativa era troppo orribile da prendere in considerazione.

Si alzò in piedi e si mise a camminare avanti e indietro, con l'orlo della camicia che le solleticava il dorso dei piedi.

Ma perché, dunque, il signor McKenna non era a conoscenza della posizione di Robert? Erano soci, dopotutto. Sebbene qualche volta suo fratello avesse menzionato quell'uomo nelle lettere che mandava a casa e fosse sembrato felice della collaborazione, la verità era che lei non conosceva Jake McKenna, dunque era costretta a chiedersi se avesse qualcosa a che fare con la scomparsa di suo fratello.

Era stata già tre volte nella stanza di Robert alla pensione, per controllare se fosse ritornato, tuttavia l'idea che avrebbe dovuto ispezionare meglio l'edificio si era fatta sempre più pressante. E preferiva farlo senza che qualcuno lo sapesse, tantomeno il proprietario della pensione, un uomo rude che si era dimostrato sempre infastidito ogni qualvolta lei gli aveva domandato se suo fratello fosse tornato da *ovunque* si trovasse.

Le parole di Mabel tornarono a sussurrarle nelle orecchie, e Molly represse un brivido. Pregò che il signor McKenna avesse ragione: che Robert fosse stato semplicemente distratto dalla sua spedizione nelle colline e si fosse dimenticato dell'arrivo della sorella. Non poteva essere morto. Proprio non poteva. Come avrebbe mai potuto Molly trasmettere una notizia del genere alla loro famiglia? A sua madre si sarebbe spezzato il cuore.

Un singhiozzo le risalì nella gola. Non sarebbe stato solo il cuore di sua madre a spezzarsi.

Lei era sempre stata legata a Robert, sin da quando erano molto piccoli. Con solo due anni a separarli, suo fratello era stato il suo perenne compagno, perlomeno fintanto che aveva potuto seguirlo senza che lui si arrabbiasse. Quando erano cresciuti, lui l'aveva tollerata perché si era dimostrata tosta al pari degli altri ragazzi in città, aveva imparato a sparare e a legare e cavalcare un cavallo come un qualunque bravo mandriano. La cosa aveva reso orgoglioso il loro padre, mentre la madre si limitava a scuotere il capo davanti alla sua testardaggine. Per fortuna, la donna aveva ancora Evelyn, la figlia più giovane, che era anche molto più dolce e carina di lei.

Presa la decisione, Molly indossò in tutta fretta gli indumenti dai colori più cupi che aveva – una gonna nera e una camicetta marrone scuro –, quindi si legò al mento una cuffietta altrettanto scura, la cui tesa ampia nascondeva la pelle chiara del suo viso. Scivolò fuori dalla stanza e uscì in silenzio dalla porta d'ingresso dello *Zang's Hotel*, attenta a chiudere la porta con il minimo rumore possibile.

Un'occhiata alla strada le rivelò che era vuota, sebbene da diversi locali – tutti saloon, a quanto sembrava – provenissero luci vivaci.

Questa città non dorme mai?

Attraversò la strada, quindi si addentrò tra due edifici così da poter passare dietro i fabbricati che si ergevano lungo la sponda del torrente Willow Creek. L'acqua scorreva veloce per via della neve invernale che si era appena sciolta. Ripide pareti rocciose incombevano subito oltre, dando al già affollato campo minerario un'atmosfera opprimente. La pensione dove soggiornava Robert non era lontana, ed era quello il motivo per cui le aveva prenotato una stanza proprio in quell'albergo.

Molly si coprì il naso quando una zaffata di puzzo di urina la colpì, e poi di nuovo quando a rimpiazzarlo arrivò l'odore di cibo in decomposizione. Si mosse in fretta per sfuggirvi, respirando affannosamente. Dal retro, gli edifici apparivano tutti simili, quindi dovette contarli per accertarsi di individuare quello giusto. Qualche ora prima, le era venuto in mente che potesse essere necessario fare una tale escursione ed era andata in ricognizione per valutarne la possibilità, prima di far visita a Mabel... e della successiva pausa per la torta con il vigoroso Jake McKenna.

Scacciò il pensiero – cosa importava che lo trovasse muscoloso in un modo stranamente irresistibile? – e sbirciò oltre l'edificio per essere sicura che fosse la pensione giusta, quindi si avvicinò in silenzio verso una finestra laterale. Quando quel pomeriggio era stata lì, aveva sbloccato dall'interno il chiavistello di una finestra nel corridoio. Solo in quel momento si rese conto che, da fuori, l'apertura era più alta di quanto avesse previsto. Si guardò attorno alla ricerca di qualcosa su cui poter salire e, dopo un'ispezione sul retro – vicino all'oltraggioso puzzo che aveva appena attraversato –, trovò una cassa di legno.

La trasportò fino alla finestra e la premette sul terreno, cercando di renderla quanto più possibile dritta e stabile, quindi vi salì sopra con prudenza. Dovette fare un enorme sforzo per sollevare il telaio, ma alla fine questo si sbloccò con un improvviso movimento verso l'alto, nello stesso istante in cui la cassa crollò sotto di lei. La donna si aggrappò al bordo della finestra, con i piedi che penzolavano in aria, e tentò di fare presa con i tacchi contro il lato dell'edificio senza creare trambusto, con i muscoli delle braccia che iniziavano ad accusare la fatica. Non le restava molto tempo prima che fosse costretta a lasciarsi cadere di nuovo a terra.

Con un lieve grugnito, si sollevò e riuscì a trascinarsi abbastanza in alto da poter appoggiare un ginocchio sul telaio di legno. Issò il busto all'interno della pensione e cadde di testa sul pavimento, dove rimase sdraiata sulla schiena, momentaneamente stordita, mentre prendeva respiri regolari. Quando infine si rialzò su gambe tremanti, restò in ascolto per assicurarsi di non aver allertato qualcuno e, poiché sembrava che la via fosse libera, abbassò la finestra e la richiuse.

L'atrio della pensione era scuro; pur tuttavia, riuscì a intravedere alcuni mobili. Si diresse in punta di piedi verso le scale che conducevano al secondo piano, e fece una smorfia quando il legno scricchiolò sotto i suoi piedi.

La stanza di Robert si trovava tre porte più in là e di certo era chiusa; tuttavia, quando era stata lì quel pomeriggio, lei aveva rubato al proprietario la chiave supplementare.

Sua madre non sarebbe stata contenta di tutti quei suoi sotterfugi. Nemmeno suo fratello, a dirla tutta, nonostante lei lo stesse facendo per il suo bene.

Estrasse la chiave di ferro dalla tasca della gonna e aprì la porta facendo più piano che poteva. Una volta all'interno, la richiuse e si appoggiò contro il pannello di legno con un sospiro di sollievo. Intrufolarsi di nascosto era estenuante per i nervi.

Per poter cercare per bene, avrebbe avuto bisogno di luce. Armeggiò con i pesanti tendaggi fissati con dei chiodi sopra la finestra e chiuse bene i bordi per sigillarli, poi individuò un fiammifero sul comodino e lo sfregò per poi accendere la lampada a olio. Subito abbassò il più possibile lo stoppino e, con cautela, la appoggiò sul pavimento.

Da dove iniziare? Nelle tre volte in cui era stata in quella pensione, non era mai entrata in camera sua. E quella era proprio la stanza di Robert. Suo fratello era ancora un accumulatore compulsivo. In un angolo c'era una pila di vestiti sporchi. Su un tavolino di legno si trovavano una moltitudine di campioni di minerali e diversi picconi da minatore. Il copriletto era in disordine e Molly trovò mezza pagnotta secca sul pavimento, sotto al letto. Se il loro ricongiungimento fosse andato come avevano programmato, lei sarebbe stata lì a pulire per suo conto anziché a cercare un indizio sulla sua scomparsa.

Quando sollevò il coperchio di un baule, trovò altri vestiti, diversi libri e lettere da parte sua e di Evie, e anche alcune dalla loro madre. Sollevò una copia di *Racconto di due città* di Charles Dickens. Che storia noiosa. Le uniche cose che a Molly erano piaciute erano state le descrizioni di Londra e Parigi, due città che sperava un giorno di poter visitare. Robert, però, era sempre stato attratto da quel genere di storie piene di angoscia morale. La loro zia Tess li aveva iniziati fin da piccoli con *Sir Gawain e il Cavaliere Verde*. Molly, invece, preferiva maggiore avventura. *Ventimila leghe sotto i mari* le si addiceva meglio, oppure *Alice nel paese delle meraviglie*. In particolar modo, adorava i racconti di Ali Babà, Sinbad il marinaio e Aladino e la lampada meravigliosa da *Le mille e una notte*.

Ributtò il libro nel baule, quindi si mise a esaminare il tavolo dei minerali che, in fondo, non era che una collezione di sassi. Raccolse la biancheria sporca per vedere se al di sotto vi fosse qualcosa. Nulla. Arricciò il naso per l'odore e lasciò cadere il mucchio di capi sul pavimento.

Lanciò un'occhiata al pane secco e si mise carponi per prenderlo. Era duro quanto i campioni di minerali. Robert era fortunato a non avere ancora un'invasione di formiche nella stanza.

Quando si rimise a sedere sui talloni, la sua mano si impigliò nel tappetino polveroso sotto di lei. Quando tirò indietro il bordo, notò che le assi del pavimento non erano allineate bene. Quindi avvicinò la lampada, scivolò indietro e rimosse il tappetino. Mentre faceva scorrere le mani sul legno, l'irregolarità le sembrò strana; tuttavia, cercare di sollevare uno dei bordi con la punta delle dita si dimostrò inutile. Andò a prendere il piccone da minatore più piccolo che riuscì a trovare sul tavolo disordinato di Robert e ne incastrò la punta nello spazio tra le assi del pavimento. Dopo diversi tentativi, finalmente una saltò su e lei la sollevò e la rimosse a partire dal punto in cui si incastrava con le altre, ma non riuscì a vedere alcunché. Si mise a strattonare un'altra asse e, dopo un po' di torsioni avanti e indietro, anche questa si staccò. Prese la lampada a olio e sbirciò nella fessura.

Più in fondo era nascosta una scatolina di metallo. Posò la lampada e allungò il braccio, per poi afferrare il bottino ed estrarlo dal suo nascondiglio.

Le tornò in mente una storia che le aveva raccontato sua zia Molly, di una scatola simile che lei aveva nascosto vicino al suo ranch in Texas la notte in cui i suoi genitori – i nonni di Molly Rose – erano stati uccisi. Era un racconto oscuro, che sua zia aveva condiviso con lei solo una volta, l'estate in cui lei aveva undici anni ed era andata a trovare zia Molly e zio Matt al loro ranch, il *Rocking Wren*.

Nella sua scatola, sua zia aveva nascosto oggetti importanti e segreti, inclusa una fionda a cui lei aveva dato il nome Scricciolo. Quell'estate, anche Molly Rose si era creata un'arma tutta sua, nel tentativo di emulare la zia da cui aveva ereditato il nome.

Mentre sollevava il coperchio, la giovane si chiese cosa avrebbe trovato nello scrigno segreto di suo fratello. Pezzi d'oro? Denaro? Un'arma fatta a mano, simile a quella della loro zia?

La vista di una pila di carte le suscitò una fitta di delusione.

Iniziò a scorrere i documenti: erano tutti concessioni minerarie e sembravano essere tutte a nome di Robert e del signor McKenna. L'ultima, invece, la colse di sorpresa.

Jack McKenna e Molly Rose Simms erano gli orgogliosi proprietari del filone Chigger.

Nascosto all'ombra di un edificio, Jake osservava la signorina Simms lasciarsi scivolare giù dalla finestra della pensione in cui soggiornava Robert. Era rimasto colpito quando si era issata all'interno, dopo che la cassa aveva ceduto. A parte il fatto che lei aveva proprio le giuste proporzioni che gli piacevano in una donna, ora ne apprezzava anche la forza.

Avrebbe potuto aiutarla, non fosse che, oltre a lui che l'aveva seguita, c'era un altro uomo appostato lì vicino. E, naturalmente, c'era poi l'interrogativo sul perché, in primo luogo, la giovane donna se ne stesse andando in giro in modo furtivo. Era alla ricerca di indizi riguardo a suo fratello oppure quei due stavano escogitando qualcosa? Forse aveva qualcosa a che fare con i cinquemila dollari che erano stati sottratti a Jake.

Lui non aveva pianificato di spiarla. Quando l'aveva lasciata all'albergo, dopo il loro incontro poco produttivo da Cora, le aveva detto che si sarebbe messo in contatto non appena avesse saputo qualcosa. Da lì si era quindi diretto all'*Orleans Club*, con l'intento di trascorrere la serata a giocare a carte e a bere il suo whisky di segale preferito. Nonostante il saloon e la casa da gioco imbrogliassero i clienti con regolarità, Jake sentiva che ne valeva la pena per vedere se sarebbe riuscito a raccogliere informazioni su Robert. Alla fine, però, era rimasto a mani vuote.

Dopo aver lasciato il locale, aveva percorso la strada che conduceva dritto all'albergo della signorina Simms. Non riusciva ad ammettere con precisione il perché – in fondo, se avesse avuto bisogno di compagnia femminile, all'*Orleans Club* c'erano parecchie ragazze che avrebbero fatto al caso suo –, ciò nonostante, si era ritrovato là.

E poi aveva visto il profilo scuro di una persona che attraversava in tutta fretta la strada e aveva capito subito che si trattava di lei. Non scordava mai una bella donna, e quella in particolare si collocava quasi in cima alla sua classifica.

La signorina Simms si lasciò cadere dalla finestra. I suoi piedi si schiantarono contro la cassa rotta e lei emise un gridolino smorzato. Senza pensarci, Jake fece un passo in avanti per aiutarla, poi però si fermò. Se si fosse esposto, avrebbe potuto non essere in grado di fermare l'altro uomo, nel caso in cui questi avesse deciso di attaccare. In quella danza segreta, non era riuscito a identificare chi fosse quella terza persona.

La donna si liberò i piedi dalla cassa e si alzò, spazzolandosi la gonna nera con le mani. Quindi sollevò lo sguardo e Jake comprese il suo dilemma: non riusciva a chiudere la finestra. Rimase ferma per un attimo a riflettere sulla situazione, mentre lui osservava l'altro uomo, la cui presenza era una mera traccia nelle ombre.

Un rumore all'interno dello stabile la fece sussultare, e lei fuggì a nascondersi di nuovo dietro gli edifici, rinunciando a sistemare la questione della finestra aperta. L'altro uomo la seguì, e Jake riuscì ad avere una visione migliore. Nonostante avesse il volto coperto da una bandana e il cappello abbassato, Jake capì che si trattava di Chip Westfield. Lui e James Winston erano criminali che lavoravano per Shep Lannigan.

Le cose si mettevano di male in peggio.

Jake rimase sotto copertura e si spostò lungo Creede Avenue, ispezionando l'area tra gli edifici in cerca di un segno della signorina Simms. Si fermò davanti a una stalla e rimase in attesa, con la schiena appoggiata contro il muro. Trattenne il fiato quando lei gli passò proprio davanti. Se la donna avesse girato la testa solo un po' di più, lo avrebbe visto, ma la cuffietta che indossava lo nascondeva alla sua vista. Molly attraversò la strada e salì in fretta i gradini dell'albergo, quindi entrò nell'edificio.

Jake restò nel suo nascondiglio, in attesa dell'uomo che la pedinava. In una stanza al piano superiore, affacciata sulla strada, si accese una luce – senza dubbio si trattava della camera della signorina Simms. Trascorso un certo lasso di tempo, lui girò attorno alla stalla e tornò verso la strada da cui era venuto, alla ricerca di Westfield. Estrasse la sua Colt dalla fondina che gli cingeva i fianchi e continuò a spostarsi tra gli edifici girando prima attorno alla facciata.

Alla fine, non trovò nulla.

L'uomo era scomparso.

Lo stomaco gli si contrasse come un cavallo imbizzarrito. Rimise la pistola nella fondina, entrò nell'albergo dove alloggiava la signorina Simms e sgattaiolò al piano di sopra. Ormai la luce era spenta. Quando si mise in ascolto sulla soglia della stanza che pensava fosse la sua, sentì un forte russare.

Sperava sinceramente che non si trattasse della donna.

Si spostò alla stanza successiva e batté piano le dita sulla porta.

Dopo una lunga pausa, questa si aprì di uno spiraglio.

«Cosa volete?» sussurrò lei.

«Qualcuno vi sta seguendo.»

I suoi occhi si socchiusero. «Credo che abbiate ragione, e immagino che non sia la prima volta che lo fate.»

«Non io. Beh, non proprio.» Jake guardò da un lato all'altro e controllò il corridoio. «Posso entrare?»

«Come farà la mia reputazione a sopportare tale richiesta?» mugugnò lei, anche se poi fece un passo indietro e lo fece entrare, richiudendo la porta dietro di lui. «Avete novità su Robert?»

Si era cambiata dall'abbigliamento scuro che aveva indossato per spostarsi in modo furtivo, e ora indossava uno scialle sopra quella che, Jake suppose, fosse la sua camicia da notte.

«No» le rispose lui. «Però tiro a indovinare che voi ne abbiate.»

«Perché dite questo?»

«Ecco, lo so che non vi fidate del tutto di me, però so che stasera siete stata nella camera di Robert.» Sollevò una mano quando negli occhi della donna passò un lampo di rabbia e lei aprì la bocca per parlare. «Sì, vi stavo sorvegliando, però in questo momento sono l'ultimo dei vostri problemi. Qualcun altro vi stava seguendo.»

«Chi?»

«Un uomo che lavora per Shep Lannigan, e Robert è invischiato con quella gente.»

«Allora forse dovrei parlare con loro.»

Jake scosse la testa. «No che non dovreste. Perlomeno, non finché non riusciremo a trovare vostro fratello e a scoprire in cosa si è cacciato.»

«Di cosa parlate?»

«Sentite, dovremmo lasciare la città.»

Lei rise, incredula. «Ora?»

«Sì, ora. Ho un posto dove possiamo andare.»

«Voi siete folle. Ci siamo appena incontrati. Per quel che ne so, potreste essere voi l'uomo contro Robert, se è davvero quello che sta succedendo.»

Jake fece una pausa e rimase a osservare la tigre che aveva davanti. Perché il suo socio non gli aveva mai detto che la sua bellissima sorella era così piena di energia? «Vi posso assicurare che non vi farò del male. Robert è come un fratello per me e, nonostante abbiamo avuto i nostri alti e bassi, considero mio dovere prendermi cura di sua sorella. E in questo momento, se rimarrete in città, ho la sensazione che verrete quantomeno molestata, anche se è più probabile che verrete malmenata.»

«Da chi? Da questo Shep?»

«Potrebbe pensare che sappiate dove si trova vostro fratello.» Jake si sollevò il cappello e si passò una mano tra le ciocche. «Spostiamoci e facciamo perdere le vostre tracce.»

Dato che non si aspettava davvero che lei accettasse in modo incondizionato, rimase sorpreso quando la donna annuì per mostrare il suo consenso.

«Fatevi trovare pronta entro un'ora e venite dietro l'hotel» le disse. «Portate poche cose.»

Quindi se ne andò, prima che lei potesse cambiare idea.

CAPITOLO 3

Nelle ore precedenti all'alba, Molly cavalcava su un pacifico baio di nome Cannella, lasciandosi Creede alle spalle. Mentre si dirigeva verso le montagne circostanti dietro al signor McKenna, che conduceva un esuberante castrato nero che chiamava Fernando, rifletteva se fidarsi di lui fosse stata la cosa migliore da fare.

In ogni caso, lei e il signor McKenna erano soci in affari, anche se non era sicura se dovesse farne menzione a lui; magari l'uomo lo sapeva già, però il fatto che Robert avesse nascosto il documento della concessione mineraria all'interno della scatola di metallo sotto al pavimento indicava che McKenna probabilmente non ne era a conoscenza. Per il momento, decise che avrebbe tenuto per sé quel piccolo dettaglio.

Sapere di essere sorvegliata la turbava. Era preoccupata che Robert fosse coinvolto in qualcosa più grande di lui e ora, per il semplice fatto di essere sua sorella, anche lei vi era rimasta invischiata.

Come se ciò non bastasse, si stava addentrando nelle montagne con un uomo che conosceva a malapena. Decise di confidare nel fatto che tutto sarebbe andato bene e, se così non fosse stato, nascosta nella tasca della gonna aveva pur sempre la piccola Colt Derringer che suo fratello le aveva regalato due anni prima. Nonostante l'arma permettesse di sparare una sola volta, si era convinta che un colpo sarebbe stato sufficiente.

Lodò la propria lungimiranza nell'averla nascosta nei bagagli in quella sua prima avventura da sola. Il viaggio in diligenza e poi in treno dal territorio dell'Arizona fino a Creede, per far visita al fratello, era stata l'impresa più eccitante che avesse mai intrapreso nella sua breve vita e sperava che non sarebbe stata l'ultima.

Quando arrivò la pioggia, dapprima sotto forma di un leggero gocciolio, McKenna condusse Fernando verso di lei e le offrì un impermeabile, che lei accettò con gratitudine nonostante fosse infagottata in un cappotto di lana e in una sciarpa per proteggersi dal freddo del primo mattino. Dopo pochi minuti, dal cielo si sprigionò un diluvio che li inzuppò entrambi fino alle ossa.

I due continuarono ad addentrarsi nella natura selvaggia, con i cavalli che procedevano con cautela dopo che il temporale aveva trasformato il sentiero in una poltiglia di fango. Finalmente, mentre una grigia foschia iniziava a rischiarare il cielo, si intravide una casetta sostenuta da un gruppo di pini e circondata da alti pendii rocciosi.

McKenna si fermò di fronte alla struttura e smontò, quindi le fece segno di fare lo stesso. Gli stivali di Molly atterrarono in una densa pozzanghera di fango.

«Mi occupo io dei cavalli» le disse, alzando la voce per sovrastare il rumore delle secchiate d'acqua che cadevano dal cielo. «Voi entrate.»

Molly annuì, si mise sottobraccio l'attrezzatura che lui le aveva consegnato e la portò all'ingresso della baita.

Ferma sulla soglia, attese che l'acqua le gocciolasse di dosso, così da dover poi pulire soltanto un punto dell'abitazione. Il semplice alloggio, che consisteva in una sola stanza, era arredato con due brandine singole, una stufa a legna, un tavolo con due sedie e un angolo cucina, con una mensola sopra una finestra che serviva ad appoggiare pentole e tazze.

Molly depositò l'attrezzatura sul pavimento, si tolse l'impermeabile e lo appese a un gancio vicino alla porta, quindi si chinò per slacciarsi gli stivali e li rimosse.

Con solo le calze, si spostò trascinando i piedi e trovò una catasta di legna sotto il bancone della cucina. Ne prese diversi pezzi più piccoli e uno grande, quindi si mise all'opera per accendere un fuoco nella stufa. Quando Jake tornò, all'interno ardeva già una discreta fiamma.

L'ampia corporatura dell'uomo riempiva l'ambiente e lei raddrizzò le spalle, consapevole tutto d'un tratto della sua presenza e dello spazio ristretto in cui si trovavano.

«Avete acceso il fuoco.» Jake le fece un sorrisino, si tolse il cappello e lo appoggiò sull'angolo dello schienale di una delle sedie, quindi si rimosse l'impermeabile e il lungo cappotto, per poi appendere anche quelli.

«C'è un motivo per il quale non avrei dovuto farlo?» Forse lui non voleva che rivelassero la loro presenza.

«No, va bene. Ci servirà il calore.»

Per qualche ragione, quel commento le parve singolare e il battito del suo cuore accelerò.

Davvero le *piaceva* il signor McKenna?

Per nascondere la propria reazione, Molly si sedette sul bordo della branda più vicina e allungò le mani verso la stufa nel tentativo di riscaldarsi un po'. «Di chi è questa baita? È tenuta molto bene.»

L'uomo afferrò una sedia e la posizionò vicino alla stufa, quindi si sedette con i gomiti appoggiati sulle ginocchia. «È mia. Sto qui quando faccio prospezioni, così non devo andare in città troppo spesso.»

«Avete due letti. Anche Robert si ferma qui?»

Lui annuì. «Sì, è capitato.»

«Pensate che abbia cercato di tornare?»

«In effetti il pensiero mi ha attraversato la mente, tuttavia sembra che nessuno sia stato qui. Nemmeno la stalla sul retro è stata usata.»

I capelli corvini di McKenna si arricciavano sul colletto della sua camicia, e sulla mandibola marcata gli era spuntata l'ombra di una barba dello stesso colore del carbone. Quando l'uomo spostò lo sguardo su di lei, i suoi occhi le ricordarono la melassa. Molly si morse il labbro inferiore e guardò in un'altra direzione, per timore che lui la sorprendesse a fissarlo.

Quindi si scrollò di dosso quel senso di attrazione e gli chiese: «Come avete conosciuto Robert?»

«In una partita di poker.»

Lei trasalì. «Robert gioca d'azzardo?»

L'uomo ridacchiò. «Siete già stata in un bordello. Se aveste voluto rimanere innocente, non sareste dovuta venire a Creede.»

Molly raddrizzò la spina dorsale. «Non sono ingenua riguardo a come va il mondo.»

Un altro sorrisetto illuminò il viso di Jake. A lei si mozzò il respiro e il suo cuore si mise a battere con più intensità. In tutta onestà, non riusciva proprio a distogliere lo sguardo. Aveva letto di persone che possedevano un fascino tale da influenzare le masse e aprire porte solo con un'occhiata, però non ne aveva mai incontrata una simile.

Qual era quella parola in cui si era imbattuta? Carisma, ecco qual era. In quel momento, il suo significato le divenne chiarissimo.

«Come preferite, signorina Simms. Perché siete venuta a Creede?»

«Per far visita a mio fratello, è ovvio.»

«Avete fatto tutto il tragitto da Tucson da sola?»

«I miei credevano che ci sarebbe stato Robert ad accogliermi.»

Lui annuì, e quel suo atteggiamento amabile si affievolì appena. Molly fece un profondo respiro per calmare quel nodo nello stomaco che non era ancora del tutto svanito. *Ti prego, Robert, devi stare bene.*

«I miei pensavano che Robert si sarebbe preso cura di me» aggiunse, la voce attutita dalla pioggia che continuava a battere con forza sul tetto della casetta. «Comunque vi assicuro che so badare a me stessa.»

«Non ho alcun dubbio a riguardo. A ogni modo, io sono al vostro servizio.»

«Per cosa?»

«Protezione.»

L'uomo sostenne il suo sguardo e un fremito di consapevolezza la attraversò. Lei diresse gli occhi verso la stufa. Non aveva viaggiato fino a lì per innamorarsi del primo mandriano che incrociava il suo cammino, che avesse carisma o meno. Prima aveva cose più importanti da fare nella vita.

«Di dove siete, signor McKenna?»

«Potete chiamarmi Jake. Sono nato a San Francisco.»

«Anche io.»

Lui inarcò un sopracciglio. «Magari ci siamo incrociati in qualche strada.»

«Non credo sia probabile. I miei genitori si trovavano lì solo per fare visita a mia zia Emma. Dopo la mia nascita, hanno fatto ritorno nel territorio dell'Arizona.»

«Dunque voi e Robert siete cresciuti a Tucson, la terra degli Apache.»

«E anche mia sorella minore, Evie.»

Quando le fiamme nella stufa si fecero più alte, Jake chiuse la porta di ferro battuto con la sicura. «Come ha fatto Robert a sopravvivere con due sorelle più giovani?» scherzò lui.

«Voi quanti fratelli avete?»

Jake si passò una mano sulla guancia. «Nessuno. I miei

genitori sono morti quand'ero molto piccolo e io sono cresciuto in un orfanotrofio.»

«Mi dispiace tanto.»

«Per cosa? La vita è quella che è.»

«Quindi non avete mai avuto una casa o una famiglia?»

Lui scosse la testa. «Quando avevo quindici anni mi sono intrufolato su un piroscafo diretto in Asia e non ho mai guardato indietro.»

«Davvero?» Lei lo fissò, incantata.

«Sono cresciuto in fretta.»

«Dunque avete visto il mondo?»

L'uomo si appoggiò allo schienale della sedia ed estese le gambe, incrociando le braccia sul petto. «Suppongo si possa dire di sì.»

«Io ho studiato francese, e un giorno spero di vedere Parigi.»

Lui le fece un sorriso obliquo. «Avete anche voi uno spirito nomade?»

«Qualcosa del genere. Mi piacerebbe viaggiare e scrivere a riguardo. Speravo di riuscire a convincere Robert a portarmi a San Francisco o magari a New York City.» Nonostante il suo tono allegro, le spalle le si abbassarono al pensiero della possibile realtà della situazione.

«Lo troveremo, Molly Rose.»

I suoi occhi guizzarono in direzione di quelli dell'uomo, l'uso del suo nome di battesimo sospeso nell'aria. Le si strinse la gola, quindi si limitò ad annuire.

McKenna si alzò. «Posso fare del caffè, e da qualche parte c'è una scatola di pesche per la colazione.»

Molly non aveva considerato il cibo. «Purtroppo non ho portato viveri con me. Quanto pensate che resteremo qui?»

«Spero non più di uno o due giorni. Ho delle provviste tra le mie cose. Staremo bene, però non saranno piatti gourmet.»

Anche lei si mise in piedi. «Avere qualcosa da fare mi aiuterebbe. Fatemi vedere quello che avete a disposizione.»

JAKE CONTROLLÒ I CAVALLI, più che altro per dare a Molly un po' di tregua dallo stretto contatto in quell'ambiente angusto. O forse era *lui* ad aver bisogno di un attimo di respiro. Non aveva mai portato una donna lì dentro prima di quel momento. Non ce n'era stato alcun motivo. E se quello che voleva fare era corteggiarne una, non era quello il modo di farlo.

Non che avesse in programma di corteggiare la signorina Simms.

Scosse la testa. Quel giorno i suoi pensieri vagavano parecchio.

Quando rientrò nella baita, venne accolto da un caldo profumo di pane. «Avete fatto qualcosa?»

Lei guardò al di sopra della propria spalla. «Sono riuscita a fare un'infornata di biscotti sottilissimi ricoprendo una padella e mettendola sulla stufa.» Scrollò una spalla in direzione del tavolo. «Perciò per colazione ci saranno biscotti, pesche e del caffè bollito.»

«Non mi lamento.» Jake si tolse il cappello e l'impermeabile, quindi si sedette. Nonostante avesse gli stivali che grondavano ancora di acqua e fango, non se li tolse, dal momento che sarebbe uscito di nuovo e rimuoversi le calzature ogni volta che entrava nella baita era troppo impegnativo. D'altro canto, di solito non aveva una donna che gli preparava i pasti.

Sperò che lei non si sarebbe offesa per le sue maniere.

Molly posò la caffettiera sul tavolo con l'aiuto di uno straccio. Aveva già aperto le pesche e vi appoggiò accanto due tazze piene di caffè, quindi gli si sedette di fronte.

«Più tardi penso di riuscire a fare uno stufato con le patate e la carne secca che avete portato.»

«Immagino che avrei dovuto portare qui una donna molto prima. Avete ravvivato questo posto.»

«Sono lieta di poter aiutare.» Mangiò una pesca succhiandola rumorosamente dal cucchiaio.

«Molto da signora» commentò lui.

Lei gli lanciò un'occhiata infastidita, ciò nonostante andò avanti a mangiare, e Jake ne fu lieto.

«Perché mi avete seguito da *Bertha's*, ieri?» gli chiese lei. «Oppure eravate lì in cerca di compagnia, come quell'altro uomo?»

Il fatto che si sentisse come un ragazzino colto con la mano nella scatola dei biscotti lo sorprese. «Non ero lì come cliente» si difese. «Ero solo occupato a tenervi d'occhio.»

«Perché non vi siete semplicemente fatto avanti per presentarvi?»

Jake esitò, poi però decise di confessarle la verità. «Non ero sicuro di potermi fidare di voi.»

Lei spezzò un biscotto e se lo infilò in bocca. «Ma ora sì, invece?» gli chiese, senza aver ancora deglutito.

«Non dovreste parlare con la bocca piena.»

La donna gli scoccò un'occhiataccia irritata.

«E la fiducia va guadagnata» le rispose, in tutta onestà.

Lei deglutì. «Sono d'accordo. Pertanto non ce l'avrete con me se non mi fido del tutto di *voi*.»

Sconcertato, lui finì le sue pesche. «Perlomeno ci capiamo.»

Dopo aver consumato due biscotti, una ciotola di pesche e una tazza piena di caffè, Molly si appoggiò allo schienale della sedia e incrociò le braccia sotto al seno. «In che tipo di guai si trova Robert?»

Gli occhi di Jake si spostarono sulla camicetta avorio tesa sui suoi seni e, per un attimo, si dimenticò della domanda. Sussultò quando un pesante scroscio di pioggia colpì il tetto di metallo come se dei ragazzini vi avessero rovesciato un secchio di biglie.

«Vi ho già raccontato di Shep Lannigan. Ecco, vi basti sapere che è un tipo poco raccomandabile. Shep ha una figlia di nome Bridget, e Robert si è preso una bella cotta per lei.» Evitò di menzionare che la donna aveva tentato di catturare l'attenzione di Jake per primo, e si era poi spostata sul suo socio solo dopo aver fallito. «In seguito, io e Robert abbiamo avuto un piccolo alterco.»

«Perché?»

«Perché lui ha iniziato a trascorrere sempre più tempo all'accampamento dei Lannigan e questo a me non piaceva. Robert non voleva sentire ragioni, dunque negli ultimi mesi sono rimasto per conto mio, a fare prospezioni.»

Lo scoppio di un tuono spaventò Molly, che però riguadagnò subito la compostezza. «E adesso Robert lavora da solo?»

«No, credo che ora cerchi concessioni minerarie per Lannigan.»

«Nelle sue lettere Robert non ha mai accennato a tutto questo.»

Jake bevve l'ultimo goccio di caffè. «Il che mi porta a chiedermi fino a che punto potrebbe effettivamente essere coinvolto. Trovo curioso il fatto che uno degli uomini di Lannigan vi stesse osservando. Posso solo pensare che credessero che li avreste condotti da Robert.»

«Se questo Shep l'avesse semplicemente chiesto, avrei potuto dirgli che non so dove si trovi Robert.»

«Forse neanche *lui* sa dove sia Robert e ha pensato che avreste potuto condurlo là.» Posò lo sguardo sull'attraente signorina Simms. Doveva esserne certo. «*Sapete* dove si trova vostro fratello?»

Lei gli puntò contro uno sguardo freddo. «No.» La sua risposta aveva un accenno di fastidio.

«La scorsa notte avete ispezionato la camera di Robert. Avete trovato qualcosa?» La osservò con attenzione per notare una reazione, un sussulto che avrebbe potuto indicare che stava mentendo.

Con un'espressione di disgusto sul viso, lei gli disse: «Fortuna che avevate un atteggiamento arrogante e altezzoso nei confronti di Lannigan perché mi aveva fatta seguire, quando è ovvio che lo avete fatto anche voi.» Si alzò per poi accucciarsi accanto alla sua sacca da viaggio, rovistò dentro e ne estrasse un pezzo di carta. Una volta tornata al tavolo, lo dispiegò e glielo lanciò così che lo avesse davanti.

Jake lesse il documento della concessione mineraria, simile a dozzine di altri che aveva compilato lui, sia da solo che con Robert; quello, tuttavia, non aveva alcun senso.

Filone Chigger. Proprietari: Jake McKenna e Molly Rose Simms. Registrato: 15 aprile 1892.

Cosa diamine…?

La posizione era un'area che lui e il suo socio non avevano mai esplorato.

«Perché mai Robert avrebbe fatto una cosa del genere?» chiese ad alta voce.

«Immagino pensasse che noi due saremmo stati ottimi soci.»

Il vero motivo, però, gli fece scattare dei campanelli di allarme nella testa. Robert era nei guai e aveva tentato di nascondere una concessione, che con tutta probabilità aveva un elevato valore, intestandola a qualcun altro. Ma perché coinvolgere Molly? Avrebbe potuto semplicemente intestare quel documento a Jake.

Era ovvio che, nell'includere sua sorella, l'amico avesse cercato un'assicurazione, un modo per tenere Jake sotto controllo. Sebbene non potesse biasimarlo, la mancanza di fiducia in quel gesto lo ferì più nel profondo di quanto avrebbe immaginato. Lui non faceva amicizia con facilità, e Robert era stato quanto di più vicino a un fratello avesse mai avuto. Il fatto che avesse preferito una donna a lui l'aveva lasciato frustrato e alquanto risentito.

Ciò nonostante, considerate le recenti vicende travagliate tra Jake e Shep Lannigan, mettere il suo nome su una concessione mostrava almeno un pizzico di fiducia da parte di Robert.

Qualunque cosa l'amico avesse voluto scaricargli addosso,

Jake era in grado di gestirla, tuttavia era probabile che quel giacimento avrebbe suscitato l'interesse di Lannigan, e ciò significava che Molly ora si trovava proprio sulla traiettoria di quell'uomo.

Maledizione, Robert.

CAPITOLO 4

Una volta tramontato il sole, e dopo che lei e Jake ebbero consumato uno stufato di patate, Molly era incerta su come si sarebbero sistemati per la notte; pertanto si distese su uno dei letti, vestita da capo a piedi, compresi gli stivali, dopo aver rimosso il fango dalle suole in seguito a una visita al gabinetto esterno.

Grazie al fuoco costante nella stufa, la minuscola casetta si era riscaldata in modo considerevole, tanto da non farle sentire il bisogno di una coperta.

Sdraiata sulla schiena, chiuse le palpebre e appoggiò le mani sul ventre.

La porta si aprì e Jake, di nuovo fradicio, entrò in casa. La pioggia non aveva smesso di cadere, e Molly si sentiva nervosa e claustrofobica.

«Avete l'aspetto di una salma preparata per un funerale» le disse lui.

Lei aprì a malapena una palpebra. «Avete descritto in modo perfetto com'è stare insieme a voi.»

L'uomo rise e si sedette su una sedia per togliersi gli stivali.

Molly tornò a chiudere gli occhi, chiedendosi fino a che

punto si sarebbe spogliato. Poco dopo lo sentì sistemarsi sulla branda di fronte. Quando sbirciò di nuovo, lui aveva spento la luce.

«Potrei dormire nella stalla insieme ai cavalli.» La voce profonda dell'uomo riempì tutto lo spazio attorno a lei.

La pioggia continuava a picchiettare sulla baita; era riuscita a tenerli rinchiusi insieme per tutto il giorno… e ora per tutta la notte.

Lei prese in considerazione la sua offerta. Di certo l'avrebbe fatta sentire più a proprio agio; inoltre, se sua madre avesse mai scoperto che lei e Jake avevano condiviso una stanza…

«No. Sono una donna adulta. Immagino che la stalla sia fredda e umida.»

«Cannella e Fernando si sono lamentati solo un pochino.» Dopo un attimo di silenzio, le disse: «Continuo a chiedermi perché Robert abbia dato il nome Chigger alla concessione che ci ha regalato. Significa qualcosa per voi?»

«Era il soprannome che usava per me, quando eravamo piccoli. Io ero solita rincorrerlo e chiamarlo "*chicken*" perché pensavo che assomigliasse ai polli che possedevamo. A lui non piaceva granché, quindi me lo diceva di rimando. Con il tempo, si trasformò in "*chigger*", pulce.»

Jake ridacchiò, un suono basso e profondo; nella stretta oscurità della baita, l'intimità della loro situazione si fece ancora più pronunciata.

Per combattere il proprio disagio, Molly impose alle spalle e alle braccia di rilassarsi, quindi alle gambe e infine ai piedi. Lo faceva spesso per agevolare il sonno, in special modo in quelle notti in cui le tornava alla mente il suo incidente in un pozzo, ricordandole che quel reale terrore non era mai stato davvero dimenticato. Era solita anche bere copiose quantità di tè alla corteccia di salice, un sedativo naturale. Perché non aveva pensato di portarne un po' da Tucson?

Continuò a respirare, nonostante la frustrazione di essersene dimenticata.

Lo cercherò a Creede.

«Buonanotte, Molly.»

Incapace di costringersi a usare il suo nome di battesimo, lei gli rispose: «Buonanotte, signor McKenna.»

MOLLY SI SVEGLIÒ di soprassalto alla crescente luce del giorno e notò che la branda di McKenna era vuota. Appoggiò i piedi sul pavimento e rimase seduta per un attimo per potersi svegliare del tutto. L'onnipresente ticchettio della pioggia le sgonfiò il morale. Aveva sperato di prendere un po' d'aria fresca, quella mattina. Si slegò la massa selvaggia di capelli dallo chignon ormai senza forma e fece scorrere le dita tra le ciocche annodate per lisciarle, poi fece rapidamente una treccia e se la gettò alle spalle.

Dal momento che era già vestita e indossava gli stivali, si diresse verso la caffettiera appoggiata sulla stufa calda che Jake aveva già preparato. L'uomo aveva anche portato in casa un secchio di acqua dalla pompa posizionata all'esterno, e lo aveva lasciato sul piano di lavoro. Trovati una saponetta e uno straccio, Molly si mise a lavare i piatti del giorno prima.

Alle sue spalle, la porta si aprì. «Grazie per aver fatto il caffè» disse lei, senza alzare lo sguardo.

«E voi chi diavolo siete?»

Con un urlo, lei lasciò cadere la tazza di latta, che emise un forte fragore metallico.

«Gesù, Boom!» disse Jake da dietro il gigante che riempiva la soglia. «Stai cercando di spaventare la mia ospite?»

«Domando scusa.» L'uomo altissimo si rimosse il cappello ed entrò nella baita con un'espressione leggermente imbarazzata.

Molly si chinò e recuperò la tazza, con il cuore che batteva all'impazzata.

McKenna entrò e si richiuse la porta alle spalle. «Boom, lei è Molly Rose Simms.»

«Siete la moglie di Robbie?» domandò l'altro, chiaramente perplesso.

«No, sono sua sorella.» Lei lottò per mantenere un respiro normale mentre estendeva una mano verso l'uomo che avrebbe potuto spezzarla in due con estrema facilità, se solo l'avesse voluto.

Questi la prese con imbarazzo, poi la lasciò subito andare. Le fece un cenno con il capo e sorrise, e lei lasciò andare il fiato.

«Siediti» gli ordinò Jake. «Sei più alto della maggior parte degli alberi e credo tu stia mettendo a disagio la signorina Simms.»

Molly si schiarì la gola. «Desiderate del caffè, signore?»

Il gigante rise, una sonora risata, quindi scosse il capo. «Non dovete chiamarmi "signore". Nessuno qua fuori lo fa. Siete fin troppo gentile. È davvero un piacere incontrare la sorella di Robbie. Gli assomigliate molto.»

«Io direi che è più carina di Robert.» Jake incontrò il suo sguardo prima di sedersi sul bordo della sua branda.

A quel complimento le si scaldò il viso, e si occupò di prendere le tazze appena lavate, per poi riempirle con la bevanda scura e portarle ai due uomini.

«Vi ringrazio» disse Boom.

Quando McKenna prese l'altra tazza, le sue dita sfiorarono quelle di lei. Molly fece finta che non fosse successo e avvicinò l'altra sedia alla stufa, come se avesse freddo. In realtà, cercava di dare ai due uomini una parvenza di privacy. Non fosse stato per la pioggia che continuava a cadere a secchiate, sarebbe uscita dalla casa.

«Hai qualche notizia?» chiese Jake.

«Ho visto il fumo dalla stufa, perciò ho supposto che fossi qui. Sono venuto per scoprire se *tu* hai qualche notizia.»

«Per caso sapete dove si trova Robert?» disse Molly senza

pensare. E meno male che doveva restare fuori dalla conversazione.

«No. Lo cercate?»

Lei annuì.

«Avete fatto tutta questa strada per vederlo e non riuscite a trovarlo?» le domandò Boom.

Di nuovo, Molly annuì in silenzio.

«Mhmm. Non sembra da Robbie.»

«No, infatti» ammise Jake. «Penso che potrebbe essere sulle colline.»

Boom rifletté per un minuto. «L'ho visto circa dieci giorni fa, giorno più, giorno meno. Era insieme a quel tizio, Winston, e un altro… Penso che si chiami Jones. Sono uomini di Lannigan.»

«Sì, lo so.» Jake prese un sorso di caffè.

«Pensi che sia nei guai?» L'uomo lo guardò con impazienza.

«Forse.»

«Dovresti andare a far visita a Pedro.»

A McKenna sfuggì una risata nasale di scherno. «L'ultima volta che ho visto quel pazzo di un messicano ha cercato di spararmi.»

«Chi è questo Pedro?» chiese Molly. Seppure avesse fatto del suo meglio per non intromettersi, aveva fallito miseramente.

«Vive dall'altra parte del crinale» le rispose Boom. «Potrebbe sapere cosa succede nelle lande remote. È solo che non gli piace "Lo Sciacallo".»

«Chi è "Lo Sciacallo"?»

L'uomo indicò Jake con il capo e fece un sorrisetto. «Lui.»

Lei guardò McKenna. «Perché vi chiama così?»

«È una lunga storia. Magari un giorno ve la racconterò.» Quindi spostò la sua attenzione su Boom. «Puoi restare nella stalla per la notte.»

«Con te?» Gli occhi dell'uomo si spalancarono e scosse la testa, fingendo disgusto.

Il viso di Molly tornò a surriscaldarsi, quindi si alzò e si tenne occupata con tutti i piatti e le patate che riuscì a trovare. Jake avrebbe ammesso che la notte precedente loro due avevano condiviso la baita?

«Già» disse lui con tono strascicato «con me.»

Si era forse immaginata la riluttanza nella sua risposta? E perché le sue parole l'avevano riempita di delusione? Cercò di ignorare il fatto che aver passato la notte con il signor McKenna – decisamente un tabù per una giovane donna come si deve – era stata un'esperienza eccitante e già immaginava di condividere i dettagli con le sue amiche Ellen e Polly, a Tucson. Avrebbero alzato gli occhi al cielo e preteso che raccontasse loro tutti i particolari, anche se in realtà non ce n'erano affatto. Il signor McKenna era stato un perfetto gentiluomo, e l'unica cosa da riferire era che russava. Alla fine era stata costretta a punzecchiarlo con le dita per farlo smettere.

Doveva guardare il lato positivo. Perlomeno, con "Lo Sciacallo" nella stalla insieme a Boom, lei sarebbe riuscita a dormire per tutta la notte.

JAKE FU felice quando nel pomeriggio finalmente la pioggia si diradò. Boom si era offerto di aiutarlo a sistemare un angolo della stalla da cui filtrava l'acqua.

L'uomo sollevò un pezzo di legno dal suolo e glielo passò. «Non hai mai portato qui una donna prima d'ora.»

Inginocchiato sul tetto leggermente obliquo, su cui era salito grazie a una spinta da parte di Boom, Jake afferrò il legno e lo inserì in un buco vuoto. «Credo che Lannigan la stia facendo seguire. Ero preoccupato per la sua sicurezza.»

All'interno, i cavalli nitrirono mentre ruminavano il fieno.

«È davvero carina» commentò Boom.

Jake prese un chiodo che reggeva nell'angolo della bocca e lo infilò con due colpi. Annuì ed emise un suono evasivo.

«È fidanzata?» L'uomo abbassò appena la voce; a quanto pareva, temeva che la signorina Simms potesse udirlo, o che magari lo facessero i cavalli.

Lui fece una smorfia. «Non lo so.» Diamine, non l'aveva preso in considerazione.

«Beh, da queste parti non passano molte belle donne. Penso che sia giunta l'ora di trovarmi una signora. È giovane e robusta, e anche discreta da guardare. Se tu potessi mettere una buona parola per me... a meno che non pensi che Robbie si arrabbierebbe.»

Jake picchiò con il martello un altro chiodo, e poi un altro ancora, conficcando ognuno con un solo colpo. Le parole *Giù le mani!* gli si bloccarono in gola, ma deglutì e le rimandò giù. «Sono certo che a casa sua abbia uno spasimante, Boom. Non sperarci troppo.»

L'altro scrollò le spalle. «Probabilmente hai ragione.»

Jake avrebbe dovuto sigillare di nuovo il tetto con olio di lino e trementina, tuttavia quell'operazione avrebbe dovuto attendere finché non fosse tornato dalla città con i rifornimenti. Non c'erano dubbi che avrebbe piovuto ancora, anche se sperava che ora la perdita sarebbe stata più contenuta. Lui e Boom si sarebbero dovuti coricare dall'altro lato della stalla.

Nonostante quella situazione fosse inappropriata, avrebbe preferito restare in casa con la signorina Simms. Di certo faceva più caldo ed era più asciutto, nonché più comodo. E la verità era che doveva starle vicino nel caso avessero avuto qualche problema.

A ogni modo, non era giusto farlo davanti a Boom, almeno non per quanto riguardava la reputazione della signorina Simms; e per quanto quell'uomo fosse innocuo, e avesse aiutato lui e Robert in più di un guaio, sarebbe stato meglio che Jake non sorprendesse il corpulento russo mentre esercitava il suo fascino sulla giovane donna.

Quella sera, Jake sedeva sul bordo della brandina che quella notte sarebbe rimasta vuota, mentre Boom e Molly erano seduti al tavolo, e mangiavano uno stufato di carne e patate, accompagnato da altri biscottini che la donna aveva preparato.

«Perché vi chiamano Boom?» chiese Molly. «È il vostro vero nome?»

«No. È Boris Orlov.»

«Siete venuto fino a qui dalla Russia?» gli chiese lei, con un'espressione rapita sul viso.

Jake stava per dire che *lui* era stato in Russia, invece si infilò in bocca un'altra cucchiaiata di cibo.

Boom annuì. «Sì. È stato qualche anno fa. Vengo da una città di nome Kislovodsk, ai piedi dell'imponente Monte Elbrus, un luogo che non è molto diverso da qui. Mi sono avventurato verso l'America per trovare fortuna.»

«E l'avete trovata, quella fortuna?» gli domandò lei.

L'uomo fece una risata sonora. «Qualcosa, però mi può far sempre comodo averne di più. Vorrei prendere moglie presto—»

Jake tossì forte e si alzò, allungando la mano per prendere un altro biscotto dal tavolo.

«State bene?» Molly fissò lo sguardo su di lui, la preoccupazione le creava dei solchi sul viso, e i suoi occhi verdazzurri lo guardavano come delle profonde pozze di giada.

Lui si batté due volte un pugno sul petto. «Sto bene.»

Molly riportò l'attenzione sul russo, ignara del fatto che lui stesse cercando di corteggiarla. «C'è una donna che vi piace?»

«È buffo che lo chiediate—»

Jake lasciò cadere la sua tazza di latta. Lo schianto spaventò tutti e fece schizzare il caffè su tutto il pavimento.

Molly balzò in piedi e, afferrato uno straccio, gli si inginocchiò davanti per pulire il disastro che aveva combinato. Lui recuperò la tazza, andando a sbattere contro la sua spalla.

La donna sollevò lo sguardo. «Spero che non vi stiate ammalando.»

«Sono solo impacciato» borbottò lui, con una scrollata di spalle.

«Se qualcuno mi chiedesse di descrivervi, non userei quella parola.» I suoi occhi catturarono quelli di lui, e per un momento Jake sostenne il suo sguardo, riscaldato da quel complimento che sembrava lei gli stesse facendo. Sul volto della donna passò un lampo di confusione e lei interruppe il contatto visivo. Si alzò e posò lo straccio sul bancone della cucina, quindi tornò al suo cibo. «Non mi avete detto come avete ottenuto il soprannome "Boom"» disse a Boris.

Lui ridacchiò e si grattò il mento. «Ecco, sono molto abile con la dinamite.» I suoi occhi lampeggiarono mentre faceva il gesto di un'esplosione. «Ka-boom.»

Molly si irrigidì. «Sembra pericoloso. Robert usa molta dinamite?»

«No» si intromise Jake. «Quasi per niente.» Non era del tutto vero, tuttavia non c'era motivo di farla preoccupare inutilmente. «Possiamo trovare molte concessioni minerarie scavando e picconando.»

La donna annuì, anche se era chiaro che non fosse del tutto convinta.

«Perché vi chiamano "Lo Sciacallo"?» gli chiese.

«Ne ha l'aspetto, vero?» disse Boom, assestandogli una pacca sulla spalla.

«Grazie.» Jake fece scorrere il cucchiaio all'interno della ciotola per raccogliere qualche pezzo di patata rimasto attaccato sul lato, ingoiò l'ultimo boccone e si passò il dorso della mano sul viso, nel caso vi fossero dei rimasugli di cibo. Per qualche ragione, Molly Rose Simms lo innervosiva.

«Facevo parte di una carovana diretta a Marrakech e nel Sahara» disse infine.

«Dove si trova Marrakech?» gli chiese Molly, con gli occhi luccicanti di interesse.

«In Marocco» le rispose lui, poi aggiunse: «Nord Africa.»

Il volto della donna esprimeva consapevolezza.

«Avevamo appena attraversato la catena del Grande Atlante quando fummo colpiti da una tempesta di sabbia. Nella confusione, venni in qualche modo separato dagli altri. Quando finalmente la polvere si diradò, mi ritrovai da solo.»

«Cosa avete fatto?» gli chiese lei.

«Mi avviai nella direzione sbagliata, perciò la squadra di ricerca non riusciva a trovarmi. Alla fine, rimasi da solo per più di due settimane.»

«Come avete fatto a sopravvivere?»

«Sciacalli. Mi imbattei in un branco e iniziai a seguirli. A volte riuscivo a rubare qualcuna delle loro prede, e loro sapevano dove si poteva trovare l'acqua. Quando la carovana mi trovò, gli altri uomini sostenevano che ero diventato una di quelle bestie.»

«Gli animali vi accettarono?»

«Non la metterei proprio a quel modo. Erano arrivati a tollerarmi.»

«Dunque siete uno sciacallo tollerabile» scherzò la donna.

«Il più delle volte» mormorò lui, godendosi l'espressione divertita nei suoi occhi verde mare.

«Com'è il Marocco?»

«Villaggi antichi popolati da gente del luogo, i Berberi. Ci sono molti alberi di datteri e si sente l'incredibile profumo delle piantagioni di rose.»

«Cosa amano mangiare?»

«C'è un antico piatto berbero chiamato *tajine* che mangiavo spesso: agnello con spezie cucinato in una pentola bassa in terracotta.»

«Sembra delizioso. Com'è la situazione per le donne in quei luoghi?»

«Per motivi religiosi devono restare coperte dalla testa ai

piedi. Le donne non possono fare niente per conto loro. I loro padri ne controllano la vita finché si sposano, e poi è il loro marito ad avere il controllo su di loro.»

Molly aggrottò la fronte. «Non hanno voce in capitolo sulle loro vite?»

«No. È molto diverso per le donne rispetto a qui.»

«Noi non abbiamo ancora il diritto di voto, a parte nel Wyoming, e non conosco molte donne che vorrebbero andarci.»

«Perché una donna dovrebbe voler votare?» domandò Boom. «Mi sembra una perdita di tempo.»

Jake lanciò un'occhiata a Molly e notò il cambiamento della sua postura e la tensione che si era creata nella stanza.

«Veramente noi abbiamo delle opinioni, signor Orlov» disse lei in modo semplice e tranquillo «e, al contrario di quello che alcuni uomini potrebbero credere, nelle nostre teste abbiamo anche dei cervelli.»

Boom rise di nuovo. «Oh, non fate caso a me. Mi piacciono le donne intelligenti.»

A quelle parole, lei sembrò rilassarsi, sebbene non del tutto.

Jake non poté fare a meno di sperare che l'uomo avesse ufficialmente perso ogni vantaggio nel tentativo di corteggiare la signorina Simms. E la cosa lo rendeva davvero felice.

«Sarà meglio che andiamo a dormire» disse.

Molly si alzò e radunò i piatti, quindi lui li impilò e li portò al bancone della cucina.

«Posso portarvi un secchio d'acqua» si offrì.

«Vi ringrazio.» Lei gli si affaccendò attorno. «Ne scalderò un po' sulla stufa e pulirò tutto.»

«Vi ringrazio per la cena, signorina Simms» disse Boom.

«Non c'è di che.» Molly fece un cenno secco con il capo.

«Vado a controllare i cavalli» disse l'uomo, quindi uscì dalla baita.

«Starete bene qui da sola?» le domandò Jake.

«Ma certo.» Lei spinse i piatti sporchi in una pila sul

bancone, e lui uscì diretto alla pompa dell'acqua, riempì il secchio e lo portò all'interno.

Quando entrò, Molly era intenta a passare uno straccio sul tavolo.

«Vi serve aiuto?» le chiese.

«No.» Fece una pausa, con le mani sui fianchi e il respiro leggermente affannato. «Giusto per essere chiari: non sarò un peso. Posso cucinare e pulire, e persino cucire se serve. Posso anche occuparmi dei cavalli e usare una pistola come un uomo. Non mi aspetto di venire viziata.»

Jake represse un sorriso. «Capito. Niente vizi. Il vostro fidanzato è un uomo molto fortunato.»

«Non ho un innamorato.» Raddrizzò le braccia, quindi le piegò di nuovo, con le mani sui fianchi, mentre spostava il peso da un piede all'altro. «Bene, dunque.» Annuì per dare maggiore enfasi alle proprie parole. «Vedrò voi e Boom domattina.»

«Dormite bene, Molly Rose.»

«Buonanotte, Jake.» Gli lanciò un'occhiata e distolse di scatto lo sguardo, con le guance inondate da un lieve rossore.

Era la prima volta che lei usava il suo nome di battesimo, e il suono aprì un varco nel petto di Jake, facendolo gonfiare di un'emozione senza nome.

Non ho un innamorato.

Una volta uscito, non fu in grado di togliersi il sorrisetto dal volto.

CAPITOLO 5

Il cavallo di Molly procedeva dietro a quello di Jake, nel viaggio alla ricerca di quel Pedro a cui Boom aveva accennato. Secondo McKenna, l'uomo possedeva una baita al di là del crinale seguente.

Boom se n'era andato di prima mattina. Le piaceva quel corpulento uomo russo, anche se sospettava di averlo offeso con il suo atteggiamento permaloso riguardo alla questione del voto alle donne. D'altronde, era cresciuta circondata da donne forti, a partire da sua madre a sua zia Tess, e alle zie Molly, Emma e Claire.

I suoi genitori ci tenevano all'istruzione, e, dopo che a Tucson venne aperta la Plaza School quando lei aveva dieci anni, Molly l'aveva frequentata con un grande senso di responsabilità, imparando la letteratura, la storia, il latino, l'algebra e la contabilità, e aveva studiato anche la natura delle bevande alcoliche e i narcotici, così come il loro effetto sul corpo umano.

Era anche riuscita a convincere sua madre e suo padre a permettere a una loro concittadina di insegnarle il francese in privato. La signora Haynes, una donna intraprendente e ben informata, che aveva attraversato l'Europa in lungo e in largo, aveva stuzzicato l'interesse di Molly per il mondo in generale. L'aveva spronata a leggere libri come il lungo volume *La storia degli inglesi* di John Richard Green, le poesie di Elizabeth Barrett Browning e *Silas Marner* di George Eliot.

Se le donne erano abbastanza intelligenti da viaggiare e scrivere libri sul mondo che le circondava, allora di certo avevano le facoltà mentali per votare nelle comunità in cui vivevano.

Si chiese se Jake fosse rimasto turbato dal suo comportamento, anche se, in verità, per tutta la mattina era stato molto cordiale.

Limpidi cieli azzurri e sole erano ben accetti dopo tutta quella pioggia. Nonostante il freddo, lei era entusiasta di essere all'aperto, e aveva il sospetto che anche Cannella fosse felice di sgranchirsi le zampe.

Molly inspirò l'aria fresca e pulita, soffusa di pini e dei segni dell'arrivo della primavera. Era fine aprile e, nonostante l'inverno segnasse ancora la terra con chiazze di coltre nevosa, l'area era immersa in una rigogliosa aspettativa di vita nuova. Pendii ricoperti di massi si protendevano verso vette levigate e lei rimase meravigliata da quella bellezza. Poteva capire perché tante persone si riversassero a frotte in quel luogo: perché, oltre alle ricchezze dell'argento e dell'oro presenti nel terreno, c'era anche una natura tanto ricca da andare quasi al di là della comprensione.

Chissà se il Wyoming era bello almeno la metà del Colorado. Se così fosse stato, forse avrebbe dovuto prendere in considerazione di andare a viverci, un giorno, anche solo per provare l'esperienza di avere il diritto di esprimere la propria opinione sotto forma di voto. Anche se giravano voci sul fatto che i responsabili di certe questioni concedessero quel diritto solo per attirare le donne in quello Stato perché, a quanto pareva, gli uomini in quella landa selvaggia faticavano a trovare moglie.

Molly arricciò il naso. Nel Wyoming avrebbe anche potuto avere il diritto di voto, però sarebbe stata costretta a sposarsi.

Anzi, a dirla tutta, il matrimonio sarebbe stato un problema anche se fosse rimasta nel territorio dell'Arizona. E, in quel momento, le nozze non rientravano nei suoi piani, non se sperava di viaggiare verso luoghi lontani come ad esempio il Marocco.

Dove altro era stato Jake?

Avrebbe potuto imparare molto da lui.

Nel pomeriggio, dopo aver percorso una ripida discesa in una valle adiacente e girato un tornante, una casetta fatiscente costruita proprio all'interno della montagna le apparve dinanzi agli occhi. Poco più avanti di lei, Jake estrasse il fucile che teneva nel fodero da sella e se lo appoggiò di traverso sulle gambe, e Molly si irrigidì, guardandosi attorno. L'uomo però era troppo distante perché potesse chiedergli quale tipo di pericolo percepiva e, sebbene se lei avesse la sua Derringer a portata di mano, questa le sarebbe stata utile solo in un incontro ravvicinato.

Jake fece rallentare il cavallo, e quando Molly lo raggiunse, la porta della baita si aprì. Un messicano dal fisico asciutto con un cappello a falda larga apparve sulla soglia e puntò un fucile contro di loro.

«Fermati lì, McKenna!»

Lui sollevò una mano, con il palmo rivolto verso l'uomo, mentre l'altra la teneva sulla sua arma. «Stai calmo, Pedro. Sono qui solo per parlare. Puoi abbassare il fucile.»

«Ti scuserai per il furto?» chiese Pedro con un forte accento.

«Non sono stato io a rubarti l'attrezzatura nella Landry's Valley, il mese scorso. E senti da che pulpito, proprio tu che prendi sempre le cose degli altri.»

«Non sai di cosa parli.»

«Possiamo semplicemente accettare di mettere da parte un attimo le nostre divergenze? Ho bisogno di parlarti.»

«Chi è quella ragazza?» Pedro sventolò la canna del fucile verso di lei.

«È la sorella di Robert Simms. Lo stiamo cercando. L'hai visto?»

L'uomo ringhiò diverse frasi colorite in spagnolo e, dato che era cresciuta a Tucson, Molly le capì tutte, dalla prima all'ultima. Quando alla fine lui abbassò l'arma, lei poté tornare a respirare.

Pedro scosse la testa e si calmò. «L'ho visto qualche giorno fa, nella valle a ovest. Era insieme a Winston, ma sospetto che tu lo sapessi già.»

Jake scese da Fernando con un movimento fluido, il fucile stretto in mano, e tornò verso di lei. Le fece cenno di smontare e lei obbedì. Quindi le si avvicinò, facendola andare a sbattere contro Cannella, e la tesa del suo cappello proiettò un'ombra su entrambi. «Preferite stare qui fuori?»

«No, sto bene.» Ora che le era così vicino, lei notò che sui bordi dei suoi occhi scuri era visibile un lieve luccichio dorato.

«Se avessi pensato che fosse un tipo pericoloso, non vi avrei portata qui. È solo un grande spaccone.»

Lei annuì, cercando di comportarsi come se la presenza tanto ravvicinata di un uomo come McKenna non la influenzasse affatto.

«Detto ciò» proseguì lui «restatemi comunque vicina.»

Vicina quanto voi lo siete ora?

Poiché non si fidava del fatto che la sua voce non l'avrebbe tradita, fece un altro cenno di assenso silenzioso con il capo.

Lui la guardò per un'ultima volta prima di voltarsi, e Molly si sentì come se l'avesse appena investita una raffica di vento, che per un attimo l'aveva lasciata frastornata e scossa.

Condusse Cannella al palo per i cavalli e lo legò accanto a Fernando, poi salì i due gradini irregolari per entrare nella baita di Pedro. Una volta all'interno, dovette aggirare il disordine che la accolse e che le riportò alla mente la camera di Robert nella pensione. Tutti i cercatori d'oro erano dunque trasandati allo stesso modo?

La casetta di Jake però non aveva mostrato un tale disordine.

A quanto pareva, il tollerabile Sciacallo era più lindo e pinto dei suoi compagni.

«Questo posto lo tieni proprio in ordine, Pedro» commentò Jake.

«Non aspettavo visitatori.» Il messicano – alto quanto Molly – aveva rughe che si increspavano agli angoli degli occhi; eppure, visto da vicino, era chiaro che non fosse vecchio. Anzi, rimase colpita dai suoi lineamenti quasi belli. Lui allungò la mano. «Sono Pedro Elizondo.»

«È un piacere conoscervi. Io sono Molly Simms.»

«La *hermana* di Robert, eh?»

«Sì.»

Jake liberò uno sgabello e glielo offrì affinché lei vi si potesse sedere. Molly si sistemò mentre lui esaminava pile di rocce che ricoprivano un angolo della baita. «Hai trovato qualcosa?»

«Non pensare neanche per un minuto di ottenere qualcosa da me in merito alle mie concessioni minerarie.» Pedro trasformò il cipiglio in un'espressione più gradevole quando si voltò verso di lei. «Cos'è successo a Robert?»

«Speravamo che poteste saperlo voi» gli rispose Molly. «Avrei dovuto incontrarlo in stazione tre giorni fa, quando sono arrivata per fargli visita. Sapete dirmi con esattezza quanti giorni fa l'avete visto?»

Pedro ci pensò su per un minuto, mentre si grattava un lato del naso con le unghie bordate di terra nera. «*Lo siento*. Non me lo ricordo di preciso.» Lanciò un'occhiata a Jake che, in ginocchio, era intento a maneggiare diversi minerali. «Sei un dannato ficcanaso, Sciacallo.»

«Questi campioni fanno schifo. Perché ce li hai?»

«Non ti devo alcuna spiegazione.»

All'esterno, i cavalli nitrivano agitati. Molly colse il suono di un fucile che veniva armato proprio nell'attimo in cui un uomo urlò: «Elizondo, viscido bastardo. Vediamo i cavalli. Sappiamo che ci sei. Porta fuori il culo.»

Jake le afferrò il braccio e la sollevò dallo sgabello, per poi spingerla verso il retro della baita e farla accovacciare. «Restate giù.»

Quindi si trascinò lungo il muro per sbirciare fuori dalla finestra. «E adesso cos'hai combinato, Pedro?» mormorò.

«A te la scelta. È stata una settimana intensa.» Il messicano afferrò il suo fucile.

Jake preparò la carabina. «Sono Winston e Jones. L'ultima volta che li hanno visti erano insieme a Robert.»

«Sappiamo che hai preso dei minerali dalla nostra concessione» gridò uno degli uomini. «Vieni fuori e scusati come un uomo!»

«Menzogne» urlò Pedro, il corpo rigido per la rabbia. «Quella era la mia concessione e lo sapete!»

«Devi restartene al tuo posto, piccolo messicano degenerato. Non dire che non ti avevamo avvisato!»

Dopodiché, esplose una raffica di spari.

Pedro e Jake caddero in ginocchio mentre i colpi bersagliavano la baita facendo volare schegge dappertutto. Molly si coprì le orecchie e sprofondò ancora di più sul pavimento, alla disperata ricerca di un modo per fuggire; l'unica via di fuga era però attraverso la porta d'ingresso. Jake e Pedro risposero al fuoco attraverso l'unica finestra.

La sua Derringer era inutile, dunque esaminò le pile di minerali e di attrezzi da minatore in cerca di un'arma.

Niente.

Sdraiata sulla pancia, cercò di scivolare verso destra, ma il tappeto sotto di lei si impigliò su qualcosa. Si rotolò su un fianco e diede uno strattone al tessuto logoro, che si liberò con uno schiocco per rivelare una serratura di metallo.

Prospettori e i loro scomparti segreti.

Quando tirò indietro il tappeto, scoprì una botola.

«Questa dove conduce?» chiese a voce bassa, così che gli uomini all'esterno non potessero sentirla.

Pedro si guardò alle spalle. «Oh, diamine, no.»

Jake gli lanciò un'occhiata torva. «Adesso so dove sei sparito il mese scorso dopo che hai bevuto tutto il mio whisky. Possiamo uscire da quella parte?»

Le labbra del messicano si assottigliarono. «Sì.»

Molly sbloccò la serratura e sollevò il pannello. Il puzzo di terra umida la investì quando guardò giù verso un vuoto oscuro. Dentro di lei iniziò a salire una nuova ondata di panico che non aveva niente a che fare con i proiettili che fendevano il legno sopra la sua testa. Nonostante le schegge che le schizzavano sul volto, costringendola ad abbassare ripetutamente la testa, non riusciva a muoversi.

«Andate, Molly» le ordinò Jake. Poi si voltò e continuò a sparare.

«Non posso» disse lei in un sussurro roco.

Nel tentativo di inumidirsi la gola arida, si leccò le labbra secche con la lingua che sembrava fatta di cotone. Il cuore le batteva tanto forte che pensò le sarebbe esploso da un momento all'altro.

«Molly, andate!»

La rabbia nella voce dell'uomo la fece sussultare. Con arti tremanti, infilò le gambe nell'apertura e si sforzò di trovare con i piedi la scaletta di legno. Il tempo si allungava come il miele che cola da un cucchiaio, mentre lei annaspava, e non sembrava esserci una fine al suo terrore. Il suo stivale si impigliò in un listello trasversale. Lentamente, si calò un piolo alla volta, con le braccia che minacciavano di cedere a ogni disperata stretta delle mani.

Quando finalmente giunse in fondo e colpì il terreno con i piedi, fece un passo indietro e guardò verso l'alto.

La porta si chiuse con uno schianto e l'oscurità più assoluta la consumò.

Jake chiuse la porta della botola sopra di sé e scese la scaletta. Nel buio pesto, si fece strada a tastoni lungo i listelli di legno fino a quando i suoi piedi non colpirono la terra. Pedro si era trattenuto ancora per un momento nella baita; quel pazzo brontolone aveva insistito di dover radunare articoli importanti e non voleva che lui fosse presente mentre lo faceva.

Dov'è Molly?

E dov'era la luce? Pedro aveva detto che nel tunnel c'erano candele e fiammiferi. Jake esitò, l'aria nel cunicolo era densa.

Dalla sua destra giunse un piagnucolio.

«Molly?»

Udì a malapena la sua risposta. Nell'oscurità, estese una mano per cercare la parete del tunnel e le sue dita incontrarono terra umida, mentre il suo stivale si scontrò con qualcosa di morbido. Si abbassò e la sollevò in piedi. Sotto le sue mani, la donna tremava come un animale spaventato.

«Cosa c'è?»

Udì solo il suono di lei che ansimava.

Jake aveva già visto una cosa del genere in passato: un panico incontrollabile negli uomini che si ritrovavano a dover affrontare situazioni di vita o di morte. Il raziocinio scompariva quando il cervello si sbriciolava per il terrore. La sparatoria le aveva fatto perdere l'equilibrio interiore.

Tentò di calmarla sfregando le mani sulle sue braccia per poi posargliene una sul lato del viso mentre avvicinava la fronte a quella di lei. «Andrà tutto bene. Non lascerò che vi accada nulla.»

Le sue parole, tuttavia, non ebbero un grande effetto sulla donna e, dal momento che era impossibile vedere qualcosa nella completa oscurità di quel tunnel, Jake si lasciò guidare dall'istinto e cercò di tranquillizzarla con il proprio tocco.

Si chinò dunque in avanti e la baciò.

Molly si immobilizzò e lui mantenne le labbra sulle sue, per lasciare che quel contatto facesse piano piano diminuire la sua paura; quando però lei si irrigidì, si sentì pervadere dai dubbi. Era stato sicuro che la donna avesse sentito la stessa scintilla tra loro che aveva provato lui.

Si era sbagliato.

Fece per ritrarsi, ma lei gli si avvicinò e unì la bocca alla sua, le labbra bramose, curiose, disperate. Jake non si trattenne, la divorò, e il mondo svanì mentre lui approfondiva quel contatto, consapevole solo della morbidezza delle sue labbra.

Il desiderio divampò, impetuoso e intenso, e lui la tenne stretta a sé. Con la forza di una tempesta di sabbia, la brama si diffuse con rapidità dentro il suo corpo fino quasi a metterlo in ginocchio.

Mio Dio. Non aveva idea che dietro quell'attrazione verso la donna ci fosse una cosa del genere.

Provò la stranissima sensazione che fosse *sempre stata lei*.

D'improvviso, la luce si riversò su di loro dall'alto e Molly fece un balzo, con gli occhi sgranati che lo fissavano.

«Correte, *idiotas*!» urlò Pedro.

Con la testa che girava a tutta velocità, Jake la lasciò andare e ispezionò il terreno in cerca di candele. Si inginocchiò e sfregò un fiammifero. Il messicano, con uno zaino di tela che gli penzolava dalla spalla, strappò via il tappeto mentre richiudeva la botola per tentare di nasconderla, quindi incespicò giù per la scala, afferrò la candela dalla mano di Jake e se la diede a gambe.

Lui tornò a guardare Molly, la sua espressione sbalordita era ancora visibile alla luce della candela che andava via via affievolendosi, e cercò di ignorare l'acuto bisogno del suo corpo che si era acceso solo con un bacio.

Quindi le afferrò la mano. «Dobbiamo andare.»

«Jake…» sussurrò lei. «Non posso.»

«Perché? Cosa succede?»

«Mi blocco in spazi ristretti.»

Lui le portò una mano sulla guancia. «Vorrei che non

dovessimo farlo, ma non abbiamo altra scelta. Fate un respiro profondo e tenetevi a me. Lo supereremo insieme.»

Trascinandola dietro di sé — nel vero senso della parola — raggiunse la luce che proveniva dalla candela di Pedro. Quando il tunnel si fece più stretto, Jake fu costretto a mettersi in ginocchio e, poiché dovette lasciar andare la mano di Molly, la spinse davanti a sé. Se non l'avesse fatto, temeva che lei si sarebbe fermata dove si trovava, rifiutandosi di muoversi.

Si tolse il cappello e la polvere gli finì tra i capelli. Molly si abbassò e si portò un braccio sopra la testa quando il tunnel si strinse ancor di più attorno a loro. Finalmente uscirono dallo stretto corridoio e vennero accolti dalla luce del sole, eclissata solo dalla sagoma scura del corpo di Pedro.

Avevano raggiunto la fine.

Il messicano si sforzò per uscire, poi tirò fuori Molly.

Jake inspirò lieto l'aria fresca e si immobilizzò.

Winston, Jones e altri tre uomini li avevano circondati, con le armi puntate su di loro.

«Il tuo tunnel non è proprio un gran segreto, Pedro» disse Emmett Jones con un sogghigno.

CAPITOLO 6

M olly era stata sistemata su una sedia, le braccia immobilizzate dietro la schiena da una corda e le gambe legate all'altezza delle caviglie. Winston e i suoi uomini li avevano portati in un posto che sembrava essere una proprietà abbandonata ai piedi di una valle.

Di fronte a lei, anche Jake e Pedro erano legati stretti a delle sedie.

Ogni volta che i suoi occhi incontravano quelli di McKenna, dentro il suo corpo si propagava un tepore, e sentiva che l'uomo stava ancora tentando di calmarla anche in quel frangente, proprio come aveva fatto nel tunnel.

Mi ha baciata.

Al ricordo, il suo stomaco si mise a fare le capriole.

E ancora più scioccante era il modo in cui lei aveva ricambiato il bacio, come una pazza affamata nel deserto. Non c'era stato il tempo di spiegare il suo terrore, il suo panico… e il simbolo di sicurezza e distrazione che lui rappresentava.

Il cuore le martellava nel petto – tanto per l'improvvisa e potente connessione con Jake, quanto per la situazione pericolosa in cui si trovavano in quel momento.

«Spero tu sappia quello che fai, Winston» mormorò uno degli uomini.

L'attenzione di Molly si spostò di scatto sull'uomo dalla pelle chiara e dai capelli rossi che era chiaramente al comando, il quale scoccò un'occhiata minacciosa al suo collega.

Quello doveva essere James Winston, la persona che aveva riferito a Mabel che Robert era morto.

Era scossa dal modo brutale in cui erano stati catturati e dal mucchio di fucili che la banda di cinque uomini possedeva; in quel momento, però, era arrabbiata. «Mi sembra di aver capito che di recente siete stato con mio fratello, Robert Simms.»

Winston la guardò attraverso occhi ridotti a fessure. «Siete la sorella di Robert?»

In qualche modo, lei sospettava che l'uomo lo sapesse già. «Proprio così, e trovo che questa detenzione sia inaccettabile.»

Una finta espressione di sorpresa gli attraversò il volto. «Allora non dovreste frequentare gente come McKenna ed Elizondo.»

«Lasciala andare» si intromise Jake. «Lei non ha niente a che fare con qualunque cosa ti abbia irritato.»

«Ditemi cos'è successo a mio fratello» pretese Molly.

Winston scrollò le spalle. «Come potrei saperlo? Forse è scappato e si è unito al circo di Denver.»

A quel punto, tutti i suoi compagni si misero a ridacchiare.

L'uomo si voltò poi verso Jake. «So che sei stato tu a introdurti nel magazzino, a distruggere i documenti legali e a rubare il denaro.»

«E quali prove hai?» Lo sguardo di McKenna non vacillò.

«Avrebbero dovuto arrestarti, ma lo Sceriffo è stato un codardo. E adesso ti ritroviamo in compagnia di questo farabutto.» Winston indicò Pedro con un cenno del capo. «Cos'hai da dire a tua discolpa, Elizondo? Sconfini in concessioni che non sono tue e rubi da bravi e diligenti prospettori come questi uomini qui.» Fece un gesto con il braccio esteso, a includere tutta la stanza. «E porti campioni fasulli a Charlie.»

«Chi è Charlie?» chiese Jake.

L'altro aprì la bocca per rispondere, poi però voltò la testa verso il suono di qualcuno che si stava avvicinando a cavallo. Estrasse la pistola dalla fondina e uscì richiudendosi la porta d'ingresso alle spalle. Una volta arrivato lo sconosciuto, si udirono voci attutite che si inasprirono ben presto trasformandosi in un litigio.

All'improvviso, Winston rientrò in casa, seguito da un uomo alto e anziano con i baffi, i capelli brizzolati visibili al di sotto della tesa del cappello, e il ventre leggermente arrotondato che premeva contro il panciotto. Indossava una raffinata giacca di lana ed era vestito molto meglio dei cinque furfanti che li tenevano in ostaggio. Il suo sguardo scorse su Jake e Pedro, per poi fermarsi su Molly.

«Mi sembra di capire che siete la sorella di Robert. Devo scusarmi per questo fraintendimento. Sono Shep Lannigan.» Allungò una mano verso di lei.

Molly lo fissò, senza fare alcuno sforzo per nascondere la propria incredulità. Come poteva stringergli la mano con i polsi legati?

«Liberate la signorina Simms» ordinò Lannigan.

Uno degli uomini le si posizionò alle spalle e segò la corda con un coltello fino a liberarle le mani, poi le si inginocchiò davanti e fece lo stesso con la fune attorno alle caviglie.

Lei si strofinò il polso destro, che era quello più irritato. «Dov'è mio fratello?»

«Sembra che abbia perso la cognizione del tempo mentre si trovava tra le montagne, comunque non ho alcun dubbio che farà presto la sua apparizione. Devo insistere affinché siate ospite nel mio ranch. Mia figlia Bridget sarà molto felice che ci sia un'altra donna in casa e insieme potete aspettare il ritorno di

Robert. È solo questione di tempo prima che Robert e Bridget annuncino il loro fidanzamento.»

Winston si irrigidì. Perché quella dichiarazione l'aveva turbato?

Jake le aveva detto che era pedinata da un uomo che lavorava per Shep Lannigan. Se questi sospettava che lei sapesse dove si trovava Robert, allora era chiaro che lui non lo sapeva. Incontrò lo sguardo di McKenna. Nonostante lo conoscesse da poco tempo, lei era già in grado di leggere la sua espressione: *Restate in silenzio.*

Molly sollevò appena il mento. «Apprezzo la vostra offerta, tuttavia temo di non poter lasciare Jake e Pedro.»

«Non mi preoccuperei di questi due» disse Lannigan, quindi si voltò per trovarsi faccia a faccia con Jake. «Sei davvero una spina nel fianco, McKenna; sempre a ficcare il naso in cose che non ti riguardano.»

«Potrei dire la stessa cosa di te» gli rispose lui.

«Hai cercato di rubare la *mia* concessione mineraria, te lo ricordi?»

«Fesserie. Sono stato io a registrare per primo la Shanghai, poi i tuoi uomini l'hanno delimitata di nuovo.»

«Puoi sempre assumere un avvocato per dare seguito alla tua versione dei fatti inventata.»

Un muscolo nella guancia di Jake si contrasse. «Stai vessando troppi uomini e alla fine si solleveranno contro di te.»

«Minacce a vuoto da parte di un uomo disperato. E adesso ti trascini dietro una donna nubile in giro per la campagna.» Shep fece un gesto verso di lei. «È proprio tipico di te ignorare le regole della società civilizzata.»

«Creede non è di certo civilizzata» replicò lui con un sorrisetto. «Sono gli uomini come te ad assicurarsi che sia così.»

«Gli uomini come me cercano di portare ispirazione e cultura. Chi costruisce le scuole e le chiese?»

«A quale costo? Raggiri e rovini uomini, poi li ignori come se non fossero altro che un mucchio di formiche.»

«E un uomo come te sarebbe la risposta?» Lannigan scosse la testa. «Credi di poter prendere in mano le cose, e questo ti rende il genere più pericoloso là fuori. Com'è che ti chiamano? Lo Sciacallo? Riesco proprio a immaginare le azioni subdole che ti hanno fatto guadagnare quel nome.»

«Non ne hai idea.» La minaccia nella voce di Jake fece rabbrividire Molly.

Lannigan fece un passo indietro per trovarsi accanto a lei, con le labbra che si allargavano sotto i baffi. «Mi rendo conto che le donne trovano McKenna piuttosto affascinante, comunque è tutta una messa in scena, signorina Simms, ve lo posso assicurare. Non sareste la prima femmina in città a farsi ingannare. Sento che è mio dovere prendermi cura di voi come se foste mia figlia.» Estese una mano verso di lei, che però Molly non prese.

«Io non vi conosco, signore.»

«Lo capisco» rispose lui. «Voi ragazzi potete garantire per me, non è vero?» Spostò lo sguardo tra tutti i cinque uomini che li tenevano in ostaggio.

«Sì, signore» disse Winston, seguito dagli altri.

Molly avrebbe voluto ribattere che non era una sciocca. L'ipocrisia della situazione sembrava quasi aver risucchiato tutta l'aria nella stanza, ma fu la paura a farle mantenere il controllo.

«Posso aspettare mio fratello in città» disse, mantenendo la voce bassa per nascondere il nervosismo.

«Potreste farlo» concordò Lannigan «anche se comunque il primo luogo in cui Robert si fermerà sarà senza dubbio il mio ranch. Vorrà vedere Bridget alla prima occasione e, naturalmente, anche voi. So che sarebbe felice se vi offrissi un posto in cui stare.»

Sebbene l'uomo cercasse di mantenere la discussione leggera – dandole l'impressione di avere una scelta – lei percepì il comando di ferro sottinteso. Shep Lannigan non aveva alcuna intenzione di lasciarla andare.

Le si strinse lo stomaco e sperò di non riportare in superficie l'ultimo pasto che aveva consumato.

«Cosa accadrà al signor Elizondo e al signor McKenna?» gli chiese.

Lannigan si sistemò il cappello. «Oh, non dovete preoccuparvi per loro. I miei uomini faranno in modo che rendano conto dei loro misfatti e poi si assicureranno che tornino a casa.»

«E quali sarebbero questi misfatti?» gli domandò lei. «Credo di essermi persa il concetto, durante la conversazione.» Sentì su di sé lo sguardo torvo di Jake: voleva che lei restasse in silenzio. Era perché si preoccupava della sicurezza di Molly oppure McKenna era davvero sgradevole come insinuava Lannigan?

«Questi non sono argomenti per una raffinata giovane donna.» L'uomo fece un cenno con la testa verso Winston, che le stava alle spalle, e questi ebbe il fegato di infilarle le mani sotto le ascelle e sollevarla in piedi.

Lei sussultò e si liberò dalla sua presa con uno strattone. «Non mi toccate. Vi ordino di lasciarli andare.» Indicò Jake e Pedro con il capo.

«Capisco la vostra reazione appassionata» le disse Lannigan come se fosse una bambina «tuttavia voi non avete idea dei problemi che questi due hanno causato. Fareste meglio a restarne fuori, signorina Simms.» I suoi occhi grigi la tenevano stretta in una morsa di ghiaccio. «Devo proprio insistere.»

Per la seconda volta, la paura le strisciò lungo la spina dorsale come fosse una serpe; lei, però, mantenne la compostezza esteriore, perché non voleva che nessuno di loro sapesse quanto tutto ciò la spaventasse.

«Molly, dovreste andare.» La voce di Jake lacerò la tensione che le teneva le gambe inchiodate al pavimento.

No.

«Verrò a farvi visita tra qualche giorno» aggiunse poi.

Lannigan scosse la testa, anche se non disse nulla.

Molly annuì rigida. «Va bene.» Raddrizzò con uno strattone l'orlo della giacca attillata che indossava. «Verrò a una condizione.»

«E quale sarebbe?» domandò Lannigan, come se avesse intenzione di accontentarla.

Anche se sospettava che non l'avrebbe fatto, lei ci doveva provare. «I vostri uomini non faranno del male a Jake e a Pedro. Perché io lo scoprirò. E andrò a dirlo allo Sceriffo.» Si voltò su se stessa e inchiodò James Winston con un'occhiata severa. «So che aspetto avete.» Spostò poi lo sguardo su Emmett Jones, il suo viso allungato era ricoperto da una patina di sudore. «Anche voi.» Guardò quindi gli altri tre uomini: non c'era bisogno che sapessero che lei non conosceva le loro identità. «Tutti voi.»

Lannigan rise, una risposta forzata. «I miei uomini non sono fuorilegge, signorina Simms. Non ce ne andiamo in giro a uccidere e a saccheggiare. Mi dispiace se vi abbiamo dato quell'impressione, però dovete capire che abbiamo degli affari da sbrigare con questi due e non c'è ragione per cui voi dobbiate farne parte. I miei uomini hanno recuperato il vostro cavallo. È ora di metterci in viaggio.»

Molly lanciò un'occhiata a Pedro; il messicano aveva il capo chino e borbottava oscenità sottovoce. Poi il suo sguardo incontrò quello di Jake. Per un folle attimo, avrebbe voluto baciarlo, con passione e a lungo, ma non le sfuggì il fatto che lui avrebbe potuto essere pericoloso quanto Shep Lannigan.

Avrebbe fatto bene a non fidarsi di nessuno di loro.

Quindi uscì dalla baita.

CAPITOLO 7

J ake guardò Molly andare via.

Era meglio così.

Se ci fossero stati problemi – e ce ne sarebbero di certo stati – lei non doveva trovarcisi in mezzo.

Fissò uno sguardo freddo su Lannigan. «Se le torcerai un solo capello, dovrai risponderne a me.»

Shep finse di spolverarsi le maniche della giacca. «Non ho mai dovuto rispondere a te, McKenna, e *mai* lo farò.» Si voltò per abbandonare la casa, poi però si fermò sulla soglia. «E, giusto per essere chiari, l'Uccello Azzurro è mio.»

Ecco dunque di cosa si trattava: l'inafferrabile filone Uccello Azzurro. Immerso nella leggenda e nel mito, Jake l'aveva cercato come quasi ogni altro prospettore in città; Lannigan, tuttavia, aveva recintato un territorio tutto attorno – quasi altrettanto mitico, secondo Jake – fino ad arrivare a rubare le concessioni minerarie. Jake, tuttavia, non aveva molte prove a riguardo. Qualcuno aveva falsificato la concessione che lui aveva registrato per la Shanghai due mesi prima. Portare Lannigan in tribunale per questo si sarebbe però rivelato inutile, e l'uomo lo sapeva.

Quello era stato l'ennesimo punto di controversia tra lui e Robert.

«Nessuno sa dove si trova l'Uccello Azzurro, *estúpido*» si intromise Pedro.

«Io lo saprò. E presto.» Lannigan se ne andò, con un'espressione compiaciuta in volto.

Nessuno parlò o si mosse finché il suono intermittente degli zoccoli dei cavalli non fu svanito nel nulla.

Winston fece un sorrisetto a Jake. «È l'ora della vendetta.»

«È per via del denaro che hai perso all'*Orleans* qualche tempo fa?» Una sera, lui era riuscito a strappare a Winston un bel gruzzolo al tavolo del blackjack.

«Oh, di quello me ne sono già occupato» rispose l'altro con un tono arrogante.

La consapevolezza colpì Jake in pieno. *Ecco cos'è successo al mio denaro.*

Non era stato Robert a rubarglielo. Era Winston il ladro.

Jake tenne per sé la propria soddisfazione compiaciuta quando sentì la corda che gli teneva stretti i polsi cedere. Durante i suoi giorni da contrabbandiere in Cina, aveva preso l'abitudine di tenere un coltellino a serramanico nascosto in una tasca su misura che aveva nello stivale. Prima che gli uomini di Lannigan lo legassero, l'aveva recuperato e l'aveva tenuto chiuso nel palmo della mano. Per tutto il pomeriggio aveva continuato a segare le corde con ritmo costante.

Quando Winston gli si avvicinò, Jake lasciò scivolare via dai polsi i pezzi di corda e attese finché l'uomo non gli fu quasi addosso. Con il palmo della mano destra lo colpì dritto in faccia e, nello stesso momento, afferrò con la sinistra una delle pistole dell'uomo dalla fondina sui fianchi, ne armò il cane e la fece roteare in un mezzo cerchio. Gli altri uomini si bloccarono sul posto.

«Pezzo d'ignorante!» gridò Winston. Sdraiato sulla schiena, si teneva le mani sul naso, con il sangue che gli filtrava tra le dita.

«Me ne hanno dette di peggio.» Jake considerò i suoi assalitori. I suoi piedi erano ancora bloccati dalle corde, ma sarebbe bastato un attimo di distrazione per liberarsi e gli sarebbero stati tutti addosso. Inoltre, Pedro era ancora legato e doveva liberare anche lui. «Gettate tutte le armi, ragazzi» ordinò.

Per un attimo, nessuno si mosse.

Jake puntò la sua arma su ognuno di loro, a turno. Era probabile che non avesse abbastanza proiettili per farli fuori tutti ed era riluttante a farlo. Il risultato finale l'avrebbe solo fatto finire in prigione. Però non voleva neanche finire ammazzato.

Puntò in modo più chiaro su Emmett Jones, dal momento che, con Winston al tappeto, era il successivo nella linea di comando. Con un'espressione di disgusto, Jones estrasse la sua pistola e l'appoggiò sul pavimento. Lentamente, gli altri lo seguirono.

«Anche tu, Winston» disse Jake.

L'uomo spinse la sua seconda pistola sulle lisce assi di legno del pavimento verso di lui, con un furore letale che gli lampeggiava negli occhi, l'unica cosa visibile sul suo viso insanguinato.

«Ora indietreggiate.» Jake sventolò la punta della pistola per dare maggiore enfasi.

Tutti fecero come lui aveva detto, anche se sapeva di non avere molto tempo prima che contemplassero l'idea di saltargli addosso. Quindi fece scivolare la sedia di lato e poi la spinse indietro, nella speranza di riuscire a scorgere un barlume del coltellino che aveva fatto cadere.

Con lo sguardo ancora fisso sugli uomini, Jake si chinò verso destra e fece scorrere la mano sul pavimento finché questa non colpì l'arma affilata. La afferrò e la sfregò con rapidità sulle corde attorno alle caviglie. Una volta libero, andò da Pedro, gli slegò le mani e gli passò il coltellino. Il messicano si liberò da tutte le funi, si alzò e raccolse due pistole, mentre Jake ne prendeva una seconda per sé.

Pedro armò entrambi i cani e le puntò verso due degli uomini. «Lascia che gli spari, prima che andiamo via.»

«Non valgono la pena, *amigo*.» Jake si incupì. «Però vai a prendere delle altre corde. Sono sempre felice di ricambiare un favore.»

La cavalcata con Shep Lannigan non durò quanto Molly aveva pensato. L'uomo aveva spinto al massimo il cavallo e lei si era dovuta concentrare per riuscire a mantenere il proprio animale subito dietro di lui, quindi avevano conversato ben poco.

Sperava che quello che stava facendo fosse la cosa giusta.

Desiderava ardentemente che Robert facesse presto la sua apparizione, sano e salvo.

Suo fratello aveva lasciato la loro casa a Tucson due anni prima, a diciotto anni, ansioso di trovare la propria strada. La loro madre aveva tenuto a freno la lingua, però Molly sapeva che non voleva che lui andasse via. Il loro padre, al contrario, l'aveva sostenuto in modo fastidioso.

Molly ne era rimasta distrutta. Robert era suo fratello, il suo amico, la sua nemesi. Era cresciuta cercando la sua approvazione e allo stesso tempo protestando contro i suoi modi a volte troppo autoritari.

Quando aveva mandato una lettera per dire di essersi finalmente sistemato in Colorado, lei aveva quasi subito ordito un piano per andare a fargli visita. Aspettare fino a quando aveva compiuto diciotto anni era stato un atto di deferenza nei confronti dei genitori, e convincerli a lasciarla andare da sola era stata dura.

Avevano accettato dopo che la sua testardaggine e le suppliche senza sosta li avevano sfiniti, anche se avevano pattuito che Robert si sarebbe dovuto prendere cura di lei.

E ora non si riusciva a trovarlo da nessuna parte.

Il suo corpo si irrigidì. Ben presto avrebbe dovuto scrivere a sua madre, non poteva rimandare ancora a lungo. Però cosa le avrebbe detto?

Ti prego, Robert, dimmi che stai bene.

Era la cantilena che si ripeteva ancora e ancora, senza fine.

Se davvero suo fratello aveva una cotta per la figlia di Lannigan, allora Molly doveva credere che dirigersi al loro ranch fosse la linea d'azione migliore e più logica per rintracciarlo.

Ma Jake…

La paura la attanagliava, facendo aumentare il suo disagio.

Mentre il sole scendeva basso sull'orizzonte, un ampio ranch le apparve davanti agli occhi. A sud di Creede, quell'area pianeggiante e aperta era vicina a una parte della città che lei aveva sentito chiamare Jimtown. Molly scosse la testa davanti alla scarsa originalità del nome. Perché la gente del posto non si riferiva all'intera area come a Creede? Era probabile che fosse perché un gruppo di uomini non era riuscito a giungere a un accordo.

Giunti al cancello, con il nome SHEPHERD'S PASS scritto in metallo grigio scuro su un arco al di sopra delle loro teste, un cowboy li salutò. Non appena entrati, l'uomo richiuse il cancello con un chiavistello. Questo non prometteva bene.

Il cavallo della donna proseguiva dietro a quello di Lannigan mentre oltrepassavano un ampio recinto e diversi edifici alla loro destra. Quando apparve l'abitazione principale, Molly non poté non restare colpita. La ricchezza di Lannigan era chiaramente visibile nell'enorme struttura a due piani con un ampio portico.

Un giovane uscì dalla porta d'ingresso e andò loro incontro per salutarli.

«Ciao, pa'.»

«Archie, questa è la signorina Simms. È la sorella di Robert e si fermerà qui da noi. Per favore, aiutala con le sue cose e poi sistema il suo cavallo nel fienile.»

Molly smontò e il giovane annuì e le si avvicinò. Il suo capo continuava a ondeggiare su e giù, e sorrideva troppo. Nella testa della donna risuonò la voce di sua madre: *Le persone così vedono il mondo a una velocità diversa rispetto a noi.*

Lei estese la mano. «È un piacere conoscerti, Archie.»

Lui la prese, spostando lo sguardo di lato per un attimo prima di incontrare il suo con un'occhiata timida. Non poteva avere più di quindici o sedici anni, ed era un po' basso per un ragazzo della sua età. Archie non aveva ereditato l'altezza del padre o le sue fattezze scure; il viso era coperto di lentiggini e sulla testa aveva una zazzera selvaggia di capelli del colore della paglia.

«Porto dentro le vostre cose.» Lo sguardo del ragazzo rimase abbassato mentre parlava.

Nonostante le riserve su Shep Lannigan, Molly non poté fare a meno di provare simpatia per suo figlio. «Grazie.»

«Tua sorella è qui?» gli chiese suo padre.

Il ragazzo annuì e continuò a farlo mentre si allontanava insieme ai cavalli.

Lei seguì Lannigan su per gli ampi gradini del portico, quindi varcò una porta di vetro riccamente decorata. L'atrio era colmo di legno scuro lucido e sontuosa moquette.

«Bridget?» urlò l'uomo in nessuna direzione in particolare, quindi si tolse il cappello e lo appese a un gancio.

«Arrivo» rispose una voce femminile in lontananza.

Una giovane donna con capelli ramati e una figura snella scese la scalinata, la gonna in tessuto scozzese che le arrivava alle caviglie ondeggiava su un cumulo di sottogonne. Si fermò davanti a loro, gli occhi azzurri circospetti mentre guardava Molly.

«Questa è la sorella di Robert, Molly Simms.»

Lo sguardo di Bridget si illuminò. «Sono così felice di conoscervi finalmente» disse, attirandola in un rapido e impacciato abbraccio. «Siete venuta fino a qui dall'Arizona?»

«Sì.»

«Da sola?»

Molly annuì, colpita dalla grazia di Bridget Lannigan.

La ragazza rise. «Siete così coraggiosa. Robert sa che siete qui?»

«Sembrerebbe di no» interruppe Lannigan. «Perciò aiuta per favore la signorina Simms a sistemarsi in una delle stanze degli ospiti. Per il momento resterà qui con noi.»

«Certo» rispose lei.

Molly la seguì al piano di sopra, sentendosi un tantino vistosa nella gonna di lana scura, la camicetta di cotone e la giacca attillata coperta di polvere che indossava, tutte assai bisognose di venire lavate. «Sapete dove si trova Robert?»

L'espressione allegra sul volto di Bridget si attenuò. «Temo di no.»

Percorsero un lungo corridoio, oltre diverse porte, e infine la ragazza la condusse in una camera da letto.

Sebbene non fosse ampio, l'alloggio era davvero lussuoso, con un grande letto a baldacchino, un alto armadio in mogano e un divano. Molly entrò ed emise un udibile sospiro. «La vostra casa è bellissima» disse piano.

Non aveva viaggiato molto; perlopiù si era trattato di lunghi viaggi fino in Texas per andare a fare visita a sua zia Molly e a suo zio Matt, sebbene a volte fosse stata anche con la zia Em e lo zio Nathan.

«Grazie» le rispose Bridget. «Dovete essere stanca. Papà vi è venuto a prendere in stazione?»

«Qualcosa del genere.» Non sapeva quanto avrebbe dovuto dire riguardo alle tattiche di Shep Lannigan di fronte a sua figlia. «Robert era con James Winston?»

Gli occhi della ragazza si spalancarono per la sorpresa. «Conoscete James?»

«Solo di sfuggita.»

«Beh, sì, a volte mio padre manda Robert e James insieme.» La sua fronte si increspò formando una ruga. «Non so bene perché Robert questa volta sia tanto in ritardo.» Si mise a torcersi le mani e lanciò un'occhiata di lato.

Molly era certa di non stare solamente immaginando il disagio di Bridget, e attese dunque che la presunta innamorata di Robert aggiungesse qualcos'altro.

«Sono sicura che si sia semplicemente dimenticato che sareste arrivata» disse infine la ragazza, sebbene con un tono poco convinto. «Di certo arriverà da un momento all'altro.»

«Da quanto lui e voi…»

Bridget continuava ad agitarsi e, per qualche motivo, la cosa era rassicurante. La faceva sembrare più reale. Odiava pensare che Robert si fosse innamorato di qualcuno che non aveva cuore.

«Non da molto. Da qualche mese.»

«Purtroppo non ha mai fatto menzione di voi nelle sue lettere a casa, altrimenti avrei tentato di mettermi in contatto prima.» Era una piccola bugia a fin di bene; tuttavia, le piaceva pensare che se Jake McKenna non fosse intervenuto – e Molly non fosse stata pedinata, con tutta probabilità da uno degli uomini di Lannigan – l'avrebbe fatto.

«Come avete saputo di noi?»

«Jake McKenna.»

Bridget emise un suono cauto. «Solo un avvertimento: non crederei necessariamente a tutto ciò che dice Jake.»

Jake? Il suono del suo nome di battesimo sulle labbra della donna la infastidì. «Dunque mi state dicendo che ha mentito su voi e Robert?»

«No, no.» La sua voce sembrava stanca. «Sentite, sono la prima ad ammettere che Jake è molto affascinante, però lo usa per trarne vantaggio.»

L'irritazione di Molly aumentò di un grado e il cuore le martellava forte nel petto. Stava iniziando a pensare che quei due avessero dei trascorsi amorosi, e la sola idea le faceva saltare i nervi. La figlia di Lannigan era forse una rivale non solo per l'affetto di suo fratello ma anche per quello di Jake?

«Il signor McKenna non si è approfittato di me» le rispose Molly. In fondo, però, non era forse quello che aveva fatto? L'aveva baciata, nel tunnel della casa di Pedro, quando lei non era stata nella condizione di respingerlo. Tuttavia, salvaguardarsi da quell'uomo era stata l'ultima cosa che le era passata per la mente e, infatti, aveva ricambiato il bacio. Un'ondata di vergogna la investì mentre osservava quella sua mancanza di discrezione attraverso gli occhi di Bridget e la sua valutazione del carattere di Jake. A ogni modo, non avrebbe mai ammesso l'episodio davanti all'altra donna.

Sentendosi avvilita, Molly desiderava soltanto restare sola. «Sono molto stanca. È stata una lunga giornata.»

«Certo. Sono sicura che le vostre cose vi verranno portate a breve. Vi posso far avere qualcosa?»

«Dell'acqua, magari?»

«Manderò Stella a portarvene una brocca. È la nostra governante.» Bridget si diresse a ogni finestra e aprì le tende per lasciar entrare gli ultimi raggi del sole che tramontava. «La cena è alle sette. Verrò a prendervi qualche minuto prima, così vi mostrerò dove si trova la sala da pranzo.»

Molly la ringraziò con un cenno del capo, e la donna se ne andò, richiudendosi la porta alle spalle.

Finalmente sola, trasse un sospiro di sollievo. Si sbottonò la giacca e se la tolse, l'appoggiò su una sedia, quindi andò alla finestra.

Guardò fuori, oltre i recinti vuoti per le pecore e quelli per il bestiame che si trovavano dietro la casa. C'erano diversi uomini che gironzolavano. Gli uomini di Lannigan. Se Jake aveva ragione, non ci si poteva fidare di nessuno di loro.

Aveva fatto la cosa giusta ad andare in quel luogo?

Un colpo alla porta la fece sobbalzare. Quando la aprì, Archie la salutò con la testa che dondolava a ritmo costante.

«Ho il vostro bagaglio, signorina Simms.»

Lei si tirò indietro e il ragazzo depositò la borsa appena oltre la soglia, quindi la guardò con un'espressione timida. «Assomigliate a vostro fratello.»

«Ce lo dicono da tutta la vita.» Archie e Bridget si somigliavano poco. «Tu e tua sorella avete altri fratelli?»

«No. Siamo solo noi due.»

«Vostra madre è qui?»

«No. Io e Bridget non abbiamo la stessa madre. Comunque qui non ci sono.»

«Mi dispiace» gli rispose lei, supponendo che fossero decedute.

Lui le sorrise, mosse il mento su e giù ancora qualche volta e poi la lasciò sola.

Molly sollevò il bagaglio e lo posò sul letto. Lo aprì e si mise a rovistare all'interno, ma, quando divenne evidente che non era in grado di trovare i due oggetti che stava cercando, capovolse la borsa e ne svuotò il contenuto tutto in una volta. Esaminò e ispezionò i miseri effetti personali che si era portata dietro nella frettolosa fuga tra le montagne con Jake McKenna. Qualcuno aveva messo le mani nella sua borsa: la sua Colt Derringer e la concessione Chigger non c'erano più.

Doveva essere stato per forza Winston, che con tutta probabilità aveva consegnato il documento a Shep Lannigan. Lui l'avrebbe distrutto? Avrebbe avuto importanza se lo avesse fatto? Molly non conosceva le leggi che disciplinavano le concessioni minerarie, di certo però l'atto doveva essere stato registrato in città. Avrebbe voluto poter chiedere a Jake cosa fare.

Si sedette sul bordo del letto, oppressa dal peso del senso di sconfitta.

E se davvero Robert fosse stato in pericolo?

E se Winston e i suoi uomini avessero fatto del male a Jake e a Pedro, o anche peggio?

E cosa mai avrebbe potuto fare lei a riguardo?

CAPITOLO 8

Dopo aver recuperato Fernando, Jake entrò in città, seguito da Pedro, che aveva rubato il cavallo di Winston. Avevano legato e imbavagliato lui e gli altri quattro uomini e li avevano lasciati nella casa; alla fine qualcuno li avrebbe trovati. Jake avrebbe potuto riferire la questione della *detenzione*, come l'aveva chiamata Molly, al vicesceriffo; tuttavia sapeva che sarebbe stata una perdita di tempo.

«Devi liberarti di quel cavallo, e in fretta» disse al messicano.

Pedro lo guardò in malo modo e sputò il grumo di tabacco che sporgeva dal suo labbro inferiore. Aveva trovato la lattina nelle bisacce di Winston e l'aveva tenuta per sé.

«Chi è questo Charlie con cui sei coinvolto?» gli chiese Jake in tono noncurante.

«Una persona che conosco.»

«Una persona che è riuscita a disegnarti un bersaglio sulla schiena. Stai dando noia a Lannigan, lo sai anche tu che è una pessima idea.»

«Forse sto prendendo lezioni da te, *El Chacal*.»

«Non sei un leccapiedi, Pedro, quindi smettila di giocare con me.»

Jake condusse Fernando su Main Street, diretto al suo capanno situato a Upper Creede. Il messicano fece per andare in un'altra direzione, poi fermò il cavallo e si voltò verso di lui.

«Anche alcune delle mie concessioni sono scomparse, *amigo*.»

«Intendi che le vene si sono prosciugate?»

«No. Le ho registrate, però l'ufficio del registro non le ha più, e, quando sono andato alle concessioni, ho visto che i paletti sono stati rimossi. In alcuni casi è stata eretta una nuova linea di confine, com'è successo alla tua Shanghai.» Lo sguardo dell'uomo era letale. «Quei bastardi non mi manderanno via. Farò saltare in aria i loro uccelli.»

Jake non provava affetto nei confronti di Pedro; il messicano era irascibile e paranoico, una combinazione che era meglio lasciar stare. Ciò nonostante, sentiva che l'uomo doveva essere nei guai fino al collo. Diamine, forse anche lui stesso lo era. Quando la società con Robert si era sciolta, aveva pensato di andarsene, poi però qualcosa l'aveva trattenuto in città.

Vendetta per aver perso la Shanghai.

I soldi mancanti.

Le montagne stesse, forse.

No, era l'inafferrabile filone Uccello Azzurro che lo attirava, alimentando la sua determinazione e la sua voglia di viaggiare. Avrebbe avuto una grande soddisfazione nello strapparlo dalla presa arrogante di Lannigan.

E poi ora c'era Molly Rose Simms.

Quando era entrata a far parte dell'equazione?

Nell'attimo stesso in cui lui le aveva posato gli occhi addosso.

«Sta' attento, Pedro.» Con sua sorpresa, Jake lo pensava davvero.

Il messicano si allontanò sull'animale rubato e scosse la testa con disgusto. «*Adios*, puzzola pidocchiosa.»

E tanti saluti all'attimo di sentimentalismo.

Jake lasciò il cavallo nella stalla, quindi si diresse alla sua minuscola abitazione adagiata su uno stretto appezzamento di terra di fronte al torrente Willow Creek, composta da una piccola cucina e salottino separati da un letto singolo con una tenda. Niente di lussuoso, però era casa. Dall'altra parte della strada c'era un gabinetto in comune.

Si tolse la giacca e si sedette su una sedia per sfilarsi gli stivali.

Un lieve scricchiolio lo mise in allerta.

In un attimo, aveva la pistola in mano e la teneva puntata contro la tenda del letto. Quando la stoffa venne spostata di lato, Jake imprecò e rilasciò subito il cane, abbassando l'arma.

«Robert, figlio di puttana! Avrei potuto spararti!»

L'uomo portò i piedi sul pavimento. «Scusa. Non volevo spaventarti. Dove sei stato?»

«Dove diavolo sei stato *tu*?»

«È una lunga storia» rispose con fare stanco, scuotendo la testa. Aveva delle occhiaie scure e si grattava la barba corta e ispida sulle guance. Quando si mosse, il puzzo del suo corpo arrivò fino a Jake.

«Molly è qui.»

Robert alzò lo sguardo di scatto. «Davvero? Pensavo che non dovesse arrivare prima del mese prossimo.»

«Beh, a ogni modo, è arrivata all'inizio della settimana e da allora ti sta cercando dappertutto.»

«L'hai vista?»

«Sì.»

«Dove si trova?»

«Lannigan l'ha portata al suo ranch, quest'oggi.»

Robert si mostrò riluttante. «Perché?»

«Beh, tu sei il nuovo cagnolino di Lannigan. Suppongo abbia pensato che, con lei sotto il suo tetto, ti avrebbe stretto il guinzaglio.»

L'amico gli scoccò un'occhiata di ghiaccio e imprecò sottovoce. «Sai, avevi ragione.»

«Riguardo a cosa?»

«Riguardo a Lannigan, riguardo a Bridget. Sono stato un idiota e sono quasi morto a causa di questo.»

«Cos'è successo?»

«Ho sentito per caso Shep e Bridget parlare di come lei avrebbe dovuto corteggiarmi per portarmi nel gruppo. Credo che sia proprio quello che cercasti di dirmi all'epoca, ma io ero solo troppo testardo per ascoltarti.» Robert gli lanciò un'occhiata. «Ci ha provato prima con te, non è così?»

Jake non rispose.

L'altro rise, anche se con una vena di disgusto e, forse, persino un accenno di disperazione.

«Non l'ho mai toccata» gli disse Jake. «Non fa per me.»

Tua sorella invece sì. Dubitava però che l'amico fosse pronto a sentirglielo dire.

Robert accettò la sua spiegazione con una fiacca rassegnazione, passandosi una mano tra i capelli castani.

Jake non provò gioia davanti all'intuizione dell'amico. L'espressione che aveva negli occhi indicava quanto fosse profonda la sua delusione. Di certo le donne avevano un modo tutto loro di confondere le acque e mettere in crisi la sanità mentale di un uomo. «Dove sei stato?» gli chiese.

«Beh, pur sapendo che Bridget mi stava solo prendendo in giro, non potevo semplicemente allontanarmi da Lannigan senza un motivo. C'era in programma che andassi sulle colline con Winston e Jones, quindi ci andai. Avevo bisogno di tempo per pensare, comunque. Li stavo seguendo lungo il bordo di un crinale quando il sentiero è crollato e io sono atterrato in un burrone scosceso. Il mio cavallo è morto e quei due bastardi mi hanno lasciato là.»

«Sei ferito?»

«No, niente che non guarisca da solo.»

«Come ne sei uscito?»

«Pura disperazione. Saresti sorpreso nello scoprire quanto ti possa motivare a scalare uno scivoloso muro di granito.» Rise. «E fortuna. Temo che la mia alla fine si esaurirà. Ne ho usata già troppa.»

Jake esitò, poi però proseguì. «Tua sorella ha trovato la concessione per il filone Chigger nella tua stanza. Di cosa diavolo si tratta?»

Robert emise un sospiro benevolo, poi si fece serio. «Molly. Merda. È una tale ficcanaso, maledizione. Dunque, ecco come stanno le cose: Lannigan mi ha usato per trovargli dei giacimenti.»

Non era certo una sorpresa. Jake e Robert avevano avuto un discreto successo nelle loro imprese di esplorazione. Il fatto che Lannigan usasse sua figlia per attirare uomini era subdolo, tuttavia suppose che il gradasso lo riservasse per quelli che semplicemente non avrebbero ceduto. Lui e Robert avevano fatto parte di quel gruppo, fino a quando l'amico non si era arreso del tutto al fascino del richiamo femminile esercitato da Bridget.

Jake non poteva davvero biasimarlo. Se fosse stata Molly Rose a lanciare sul suo cammino delle succulente briciole, quanto avrebbe resistito *lui*?

Perché non riusciva a smettere di pensare a lei e a quel bacio appassionato nel tunnel?

«Quella la volevo nascondere a Lannigan» disse Robert.

«Allora perché non l'hai messa solo a nome mio?»

L'uomo sollevò lo sguardo per essere allo stesso livello di quello di Jake. «Ti conosco. Molly pareggia le probabilità.»

«Sei proprio una carogna. Dovresti sapere che, quando Molly è giunta in città, ho scoperto che Chip Westfield la seguiva.»

Robert rifletté in silenzio su quella notizia. «Allora non posso ancora lasciare gli alloggi di Lannigan. Non voglio mettere Molly in pericolo.»

«Credo tu l'abbia già fatto quando hai messo il suo nome sulla concessione per la Chigger. Com'è la vena?»

«Argento esposto di alto grado.»

La sfumatura di eccitazione nel suo tono fece risuonare dei campanelli di allarme nella testa di Jake.

«Porca miseria» mormorò. «Pensi che si tratti dell'Uccello Azzurro.»

Robert lo osservò, lo sguardo cupo.

«C'è oro?» La leggenda dell'Uccello Azzurro includeva pepite d'oro, sparse sul terreno come un campo di papaveri della California.

«Non che io abbia visto, comunque non avevo molto tempo per esplorare.»

Jake si chinò in avanti, con un sorrisino simile a quello di uno scolaretto e un senso di frenesia che gli si agitava dentro. «Dove si trova, di preciso?»

«A est della Mammoth Mountain, vicino a dove vive Ivan.»

«Ma davvero? Beh, questo spiega tutto. Là non abbiamo mai guardato.»

«Nessuno lo fa. L'unico modo per entrarci è attraverso uno stretto e scosceso valico roccioso. Non avevo molto tempo, perché non volevo che Winston mi trovasse. Ho messo dei paletti per rivendicarlo e ho afferrato un paio di campioni, ma il rendimento era basso. Devo tornarci.»

Jake si alzò e si mise a camminare avanti e indietro. «Ci andrò io. Tu non dovresti trovarti in quelle vicinanze. Ci sono altre concessioni in quell'area?»

«No.»

Jake si fermò e lo fissò. La gravità della situazione non gli sfuggiva. «Dobbiamo trovare l'apice.»

«Esatto. Però ho una condizione: se sposti la concessione, il nome di Molly rimane.»

«Perché non aggiungi semplicemente il tuo?»

Robert scosse la testa.

«Hai firmato qualcosa a Lannigan?» gli chiese Jake.

«Ricevo quaranta dollari al mese e un ottavo della quota.» Il suo tono grondava di sarcasmo.

«Non è male come affare.» Non fosse che, se l'Uccello Azzurro era qualcosa di simile all'Amethyst – la più grande vena a Creede, in quel momento –, allora Lannigan sarebbe diventato ricchissimo a spese di chiunque altro fosse coinvolto. «Però sai che c'è un problema nell'ufficio concessioni, vero? Non ho mentito riguardo alla Shanghai. Winston ha registrato la Mystery Box per conto di Lannigan *dopo* che l'ho fatto io. Sono stati loro a sovrapporsi, non il contrario.»

Robert sospirò. «Mi dispiace di non averti creduto prima. Ora dov'è la concessione per la Chigger?»

«Ce l'ha tua sorella» disse Jake.

«Allora vado da Lannigan.»

«Dovresti proprio lavarti, prima. Hai un aspetto terribile.»

Lui annuì. «Teniamo tra noi quello che è successo con Winston e Jones, per il momento.»

Jake fece una risatina inquieta. «Io e Pedro abbiamo da poco avuto un incidente con loro, quindi saranno trattenuti per un po', anche se dubito durerà a lungo. Immagino che sarò io quello più in alto sulla loro lista, anziché tu… almeno per il momento.»

«Dovrei sapere di cosa si tratta?»

«Probabilmente no.» Jake tornò a sedersi sulla sedia. «Molly era con noi.»

La schiena di Robert si raddrizzò, gli occhi si spalancarono per la preoccupazione. «Cosa?»

«È così che Lannigan ha messo le mani su di lei.»

«Non è stata ferita, vero?» gli domandò, con un cipiglio.

«No, sta bene. In un certo senso, è probabile che per lei sia meglio trovarsi sotto il suo tetto, però dovrai essere tu a deciderlo.»

«Com'è?»

«Molto simile a te.»

Robert assottigliò lo sguardo. «In che senso?»

«Ha un estremo ottimismo e la testardaggine di un mulo.»

L'amico scoppiò in una fragorosa risata, la prima scintilla di vita che Jake vedeva in lui da molto tempo. «Sono proprio ansioso di vederla» disse.

Anch'io.

MOLLY MANGIÒ IL PROSCIUTTO, le patate e la crema di mais con un entusiasmo che la sorprese. Gli eventi di quel giorno l'avevano resa famelica. Shep Lannigan sedeva come un re a capotavola, alla sua destra, mentre Bridget e Archie erano di fronte a lei, dall'altro lato del tavolo da pranzo.

Si era cambiata e aveva indossato un abito di cotone verde, nonostante avesse pochi indumenti con sé nella borsa, dal momento che aveva lasciato il resto dei suoi effetti personali allo *Zang's Hotel* quando era fuggita nella notte insieme a Jake. Avrebbe dovuto andare a recuperarli. Anzi, meglio ancora, sperava di poter ritornare alla sua stanza in affitto al più presto.

Lannigan si appoggiò allo schienale della sedia per permettere a Stella – un'anziana signora con un'espressione austera sul volto – di togliere il suo piatto. «Abbiamo avuto il piacere di conoscere meglio Robert in questi ultimi mesi. Sono certo che sarà molto felice di vedervi.»

Molly annuì e prese un sorso d'acqua da un calice di vetro.

«Quanto avete in programma di fermarvi?» le chiese Bridget.

«Qualche settimana.» Nonostante quella fosse la verità, cosa sarebbe successo se Robert non si fosse mai fatto vivo? E se gli fosse accaduto qualcosa di davvero terribile? In quel momento prese la decisione di rimanere per tutto il tempo che le sarebbe servito a ritrovarlo. «E siete certi che nessuno di voi sa dove si trovi Robert?»

«Ne siamo tutti all'oscuro, proprio come voi» disse Lannigan.

«Il signor Winston è tornato?» chiese lei.

«No» si intromise Archie. «Non l'ho visto.»

«Beh, ecco qua.» Lannigan la osservò come se Molly fosse un

cervo che lui stava per massacrare. «Probabilmente è ancora insieme a Robert.» La bugia gli scivolò con facilità fuori dalle labbra.

Sbalordita, Molly restò seduta immobile finché la rabbia non iniziò a scaldare il freddo che sentiva nelle ossa.

Cercò di nascondere la propria reazione, sapendo di non avere affatto il coltello dalla parte del manico fintanto che si trovava nella casa di quell'uomo. La preoccupazione per McKenna le si attorcigliava con forza nello stomaco.

Al suono di qualcuno che bussava alla porta, Stella lasciò la sala. Molly fermò il tragitto del calice verso le sue labbra, per ascoltare il rumore di voci là fuori.

Robert!

Senza attendere di ricevere il permesso da Lannigan, si alzò e si precipitò nel salone, per poi lanciarsi tra le braccia del fratello. «Sono stata tanto preoccupata.» Si tenne stretta a lui e serrò gli occhi per arrestare il flusso delle lacrime.

«Mi dispiace di non essere venuto a prenderti» le disse lui, con il viso affondato nei suoi capelli. «Ho confuso i giorni.»

«Robert» disse Bridget, entrando nella sala. «Grazie al cielo.»

Molly fece un passo indietro per permettere ai due innamorati un caloroso ricongiungimento; tuttavia, quando la ragazza gli si avvicinò, lui le posò sulla guancia un leggero bacio che mancava di intensità.

Dal suo aspetto era chiaro che si era da poco fatto un bagno e rasato, anche se i suoi occhi erano spenti per la fatica. Molly voleva chiedergli di più, però non con i Lannigan ad ascoltare.

«Sembri molto stanco» gli disse lei.

«Un pochino.» Lui le sorrise. «Come stanno mamma, papà ed Evie?»

Molly non riuscì a nascondere quanto fosse davvero felice di vederlo. «Stanno bene.»

Lannigan si avvicinò a loro, con un'espressione piacevole sul viso anche se gli occhi erano duri e freddi come diamanti.

«Robert, era ora che tornassi. Mi aspetto un resoconto completo.»

Lui annuì.

«Prima, però, vieni dentro e mangia qualcosa» aggiunse l'uomo.

Archie li seguì mentre tornavano alla sala da pranzo, saltellando attorno a Robert come un cucciolo. «Avete trovato l'Uccello Azzurro?»

«No.»

Robert si sedette accanto a Molly dopo che gli altri ebbero ripreso i propri posti.

«Cos'è l'Uccello Azzurro?» gli chiese lei.

«È una vena mineraria famosa e misteriosa» rispose Archie con entusiasmo, gli occhi spalancati e la testa che aveva ripreso a ciondolare. «La stanno cercando tutti. Dicono che vale milioni.»

«Sono un sacco di soldi» commentò Molly.

«Mio papà la troverà.» Il ragazzo infilzò una patata con la forchetta e se la infilò in bocca. «Ha molti uomini che la cercano.»

«Forse dovrei cercarla io stesso» commentò Lannigan. «Sembra che tutti quegli uomini non siano in grado di trovare un bel niente.» I suoi occhi si posarono quindi su Robert.

«Le origini di quella vena sono confuse, Shep» disse lui. «Lo sai. Ci vogliono un sacco di tempo e pazienza. Dov'è Winston?»

«Non è qui» gli rispose Bridget.

«Si sta occupando di altri affari» disse Lannigan sovrastando le parole della ragazza e guardandola con un cipiglio irritato.

Molly si irrigidì, tanto a causa del rimprovero dell'uomo alla figlia quanto perché sapeva che gli *affari* a cui aveva accennato coinvolgevano Jake.

«Del tipo?» chiese Robert, con la mandibola tesa.

«Ladri che non si attengono alle loro concessioni.» Lannigan si spostò per permettere a Stella di mettergli davanti un piatto con un'abbondante porzione di torta di mele. «Di certo sono lieto di non dover includere anche te in quel gruppo.»

Robert ridacchiò. «Se stai parlando di McKenna, non si trova sulle colline. L'ho appena visto in città.»

«Hai visto Jake?» gli chiese Molly, prima di riuscire a trattenersi.

Lui la fissò con un'espressione curiosa e annuì.

Al grugnito di disprezzo di Lannigan, lei distolse lo sguardo dal fratello e soffocò il disperato bisogno di interrogarlo, per guardare invece il cipiglio di disgusto dell'uomo.

Robert si appoggiò allo schienale della sedia. «Perché ho la sensazione che Winston fosse con McKenna qualche ora fa?»

«Hai fatto la cosa giusta a tagliare i ponti con quell'arrivista buono a nulla» disse Lannigan. «La nostra collaborazione alla fine sarà più redditizia per te.» Poi spostò l'attenzione su Molly. «D'ora in poi è meglio evitare quelli come McKenna.»

«Ho cercato di dirvelo» aggiunse piano Bridget.

Molly avrebbe voluto sputare fuoco. Si stava davvero stancando che tutti le dicessero quanto era terribile Jake McKenna.

Lannigan tornò a rivolgersi a Robert. «Finita la cena, vieni nel mio studio.»

Lui annuì e si avventò sul piatto di cibarie che Stella gli aveva messo davanti.

La conversazione si spostò su altri argomenti: il deposito dei treni per il quale Lannigan stava facendo pressioni affinché venisse costruito sulla sua proprietà, un'assemblea cittadina di donne e la lotta tra tre contee per rivendicare Creede come propria.

Nonostante le circostanze poco ideali del suo ricongiungimento con il fratello – e la preoccupazione per Jake –, Molly chiuse gli occhi e trasse un sospiro di sollievo. Robert era vivo e vegeto, grazie a Dio.

CAPITOLO 9

Molly gettò via la copia di *Frankenstein* che stava leggendo senza entusiasmo e saltò giù dal letto al suono di un colpetto sulla porta. Era Robert.

Gli sorrise raggiante e lo fece entrare, stringendogli la mano, quindi lo lasciò andare e richiuse la porta, per poi sedersi sul divanetto ai piedi del letto. Lui le si sistemò accanto.

«Mi dispiace per aver confuso le date e non essere stato qui quando sei arrivata» le disse.

«Ero terribilmente in ansia per te» gli disse, a voce bassa. «Cosa succede?»

Robert si appoggiò allo schienale e il suo corpo si afflosciò per l'improvviso rilascio della tensione accumulata. Indossava ancora la camicia bianca immacolata di poco prima, anche se il gilè era aperto e il colletto era sbottonato. «Non è niente.»

«Perché ora sono la proprietaria di una concessione mineraria con Jake McKenna?»

Robert si fece serio. «Mi dispiace. Sto solo cercando di tenere tutti sotto controllo.»

«Non ti fidi più di lui? Pensavo fosse tuo amico.»

«Lo è.» Suo fratello emise un pesante sospiro. «Suppongo che frequentare Lannigan mi abbia reso paranoico.»

«Lo sai, vero, che oggi mi trovavo con Jake quando Winston ci ha preso in ostaggio?»

L'espressione sul suo viso si indurì. «In ostaggio? Jake ha tralasciato questa parte», disse e poi borbottò un'oscenità.

«Io sto bene, però sono stata costretta ad abbandonare Jake e, insieme a lui, un uomo di nome Pedro Elizondo. Hai detto di aver visto Jake: sta bene?»

«Sì. Non ti devi preoccupare per McKenna. Sa badare a se stesso.»

Molly si acquietò, frenando il desiderio di saperne di più su quell'uomo; quindi, cambiò argomento. «Sei innamorato di Bridget Lannigan? Suo padre ha praticamente quasi organizzato il fidanzamento.»

Robert distolse lo sguardo. «Credevo di esserlo, anche se sto iniziando a pensare che fosse solo uno stupido giochetto.»

Lei allungò la mano per toccargli la spalla. «Mi dispiace.» Poi si schiarì la gola e rimosse il palmo. «Dunque ora che si fa? Il mio rientro a casa è previsto tra due settimane. Vuoi che trasferisca la proprietà della Chigger di nuovo a te? Devo informarti che il documento di concessione che ho preso nella tua stanza non è più in mio possesso. Secondo me, Winston ha frugato nella mia borsa e l'ha preso. Probabilmente l'ha dato a Lannigan.»

Suo fratello restò in silenzio e alla fine disse: «Jake pensa ci sia qualcuno nell'ufficio concessioni che sta aiutando Lannigan a occuparle illegalmente. Se lui ruberà la Chigger, potrebbe non importare che ci sia il tuo nome sui documenti.» Scosse la testa per la frustrazione. «Jake ha intenzione di tornare alla concessione per capire meglio la situazione. Non devi più preoccuparti; ora ce ne occuperemo noi.»

«Dovrei andare con lui.»

Robert inarcò un sopracciglio e la fissò come se fosse un gallo a due teste.

«Sono proprietaria della metà» disse lei, a propria difesa.

«Non sai niente di come si faccia una prospezione.»

«Quanto può essere difficile? Ti arrampichi qua e là sulle colline e cerchi dell'oro, no? Oppure setacciate i torrenti?»

Suo fratello si passò una mano sul viso, chiaramente esasperato. «Qualcosa del genere. Di rado però troviamo dell'oro. È l'argento quello che tutti cercano.»

Lei annuì. «Ho capito. Cerchiamo la roba grigia luccicante.»

«Servono campioni da portare all'ufficio del saggiatore, dove sciolgono i minerali e ne estraggono i metalli. Un buon campione dà un'idea di cosa possa contenere la vena.»

«Riportare a casa delle pietre. Posso farcela.»

Robert sospirò. «Molly, tu non andrai da nessuna parte.»

«Beh, che diamine, di certo non ho voglia di restare qui.»

«Smettila di imprecare.»

«Allora puoi perlomeno aiutarmi a tornare allo *Zang's Hotel?*»

Lui si chinò in avanti. «So che non vuoi rimanere qui, però penso che per il momento lo dovresti fare. Ho intenzione di staccarmi da Lannigan, ma non ancora, e non lo farò mentre tu sei qui.»

«Allora lasciami tornare all'albergo.»

«Mi libererò da lui quando lascerai la città. Forse dovresti tornare a Tucson già domani.»

«No!» L'infervorato rifiuto di Molly restò sospeso nell'aria. Lei fece un respiro per calmarsi, sollevò le gambe e abbracciò le ginocchia. «Sono venuta fin qui per vederti e ho intenzione di restare, capire cosa devi fare, e poi ce ne andremo entrambi. Sono venuta per chiederti di viaggiare insieme a me, Robbie. Potremmo andare a New York City. Sai che mamma e papà non mi lascerebbero mai avventurare fino a là da sola, però se tu fossi con me è probabile che dicano di sì.»

Robert sorrise. «Sogni ancora di vedere il mondo? Pensavo sul serio che ti fosse passata crescendo. Dovresti pensare a sposarti.»

Molly fece una smorfia e scrollò le spalle. «C'è tempo a sufficienza per farlo.» Quindi gli lanciò un'occhiata. Suo fratello era diverso, ora; certo, era più vecchio, eppure non si trattava solo di quello: quello scintillio spensierato nei suoi occhi era svanito. «Ti voglio bene, Robert.»

Lui le fece un sorrisino e con un dito le diede un colpetto sul ginocchio. «Anch'io ti voglio bene, Pulce.»

———

IL MATTINO seguente Bridget si presentò alla porta di Molly con un regalo. Entrò e distese un abito blu scuro sul letto.

«Cos'è?» le chiese lei.

«È per voi. Questa sera mio padre terrà una cena e ho pensato che stareste molto bene con questo colore.»

Il suo cuore sprofondò. L'abito era di gran lunga il più lussuoso che avrebbe mai avuto l'occasione di indossare, però lei non voleva trascorrere la serata alla festa. Malgrado ciò, si stampò un sorriso di gratitudine sulle labbra. Si sarebbe comportata da sorella coscienziosa e sarebbe stata gentile con l'innamorata di suo fratello e la sua famiglia anche se, dalla conversazione con Robert la sera prima, sembrava che il corteggiamento tra lui e Bridget stesse per giungere al capolinea.

«È bellissimo. Grazie.»

Bridget le porse un paio di scarpe di velluto abbinate. «Spero che queste vi stiano. Stella può aiutarvi a vestirvi più tardi.»

Molly annuì. «Posso chiedervi una cosa?»

«Certo.»

«Perché vostro padre ha uomini armati che sorvegliano il ranch?»

«È solo per protezione. Non vi fa sentire più al sicuro?»

«Suppongo. E se volessi andare in città? Sono una prigioniera, qui dentro?»

Bridget parve oltraggiata. «No. Volete che venga con voi?»

Non particolarmente. Tuttavia, sarebbe stata una risposta maleducata, quindi accettò senza una parola.

Qualche ora più tardi, Molly e Bridget entrarono a Creede sui loro cavalli, accompagnate da due degli uomini di Lannigan. Dal momento che non poteva certo mettere in pratica il vero motivo per cui aveva voluto fare quell'escursione – e cioè vedere Jake McKenna e accertarsi di persona che stesse bene –, dovette accontentarsi di andare a recuperare i suoi restanti averi dall'albergo, dopodiché seguì un piacevole pranzo con Bridget in un ristorante di Jimtown.

Una cosa la sorprese: tutto sommato, non fu un pomeriggio spiacevole. Bridget Lannigan poteva anche non essere la donna giusta per suo fratello, eppure a Molly stava iniziando a piacere, nonostante il suo istinto le dicesse il contrario.

Jake entrò nell'albergo e si rivolse all'addetto dietro al bancone, un giovane con occhi brillanti e un atteggiamento efficiente.

«Sto cercando una dei vostri ospiti e speravo che potesse essere qui» disse.

Il receptionist lo fissò con pazienza.

«Molly Rose Simms.» Jake appoggiò una mano sul bancone e si guardò attorno, nell'atrio spoglio.

«Oh, l'avete mancata di un soffio. Era qui con la signorina Lannigan a recuperare i suoi effetti personali. Immagino che stia allo *Shepherd's Pass*. Forse dovreste cercarla là.»

Lo sguardo di Jake tornò sul ragazzo. «Temo non mi siate stato di grande aiuto.» C'erano poche speranze che Lannigan lo avrebbe mai lasciato entrare nella sua proprietà.

«Le ho sentite parlare di una festa» aggiunse l'addetto.

Lui considerò l'informazione. «Da Lannigan?»

«Sì. Questa sera. Forse potreste incontrarla là.»

Jake annuì verso il ragazzo, quindi lasciò l'albergo e uscì nella strada trafficata. Si era trattenuto dall'andare a controllare la Chigger per una sola ragione: voleva rivedere Molly Rose Simms, e il fatto che la donna potesse partire per ritornare a casa prima che lui avesse avuto l'occasione di tornare in città lo infastidiva.

Un evento sociale al ranch di Lannigan apriva delle possibilità. Doveva far visita a Henry ed Esme Patterson.

NEL POMERIGGIO, Molly tornò allo *Shepherd's Pass* insieme a Bridget. Quando consegnarono i loro cavalli allo stalliere, lei notò Archie. «Potrei dare un'occhiata in giro?»

«Devo proprio farmi sistemare i capelli da Stella per la festa» rispose Bridget.

«Magari Archie potrebbe farmi fare un giro.»

La donna guardò al di sopra della propria spalla, verso il fratello che trasportava dell'acqua in un box. «Suppongo che potrebbe andare bene» mormorò sottovoce, quindi chiamò il ragazzo affinché si avvicinasse. Lui apparve una volta portato a termine il suo compito. «Archie, potresti mostrare il ranch alla signorina Simms?»

Archie si infilò i pollici nelle bretelle e si fissò gli stivali. «Sì, certo che posso» disse, con la voce bassa, quasi imbarazzato.

Gli occhi di Bridget incontrarono quelli di Molly e la supplica era chiara: "Fate attenzione a mio fratello."

Lei le rivolse un sorriso di rassicurazione. «Non lo tratterrò a lungo.»

Dopo che Bridget li ebbe lasciati soli, Molly si slacciò la cuffietta di paglia che indossava sulla testa e la tenne in mano mentre Archie le mostrava ogni box dell'enorme fienile.

«A mio papà piace allevare cavalli.»

«Gli animali sembrano forti e in ottima forma.»

Lo sguardo di Archie si spostò su di lei, quindi tornò sui propri stivali. «Ne sapete qualcosa sui cavalli?»

«Qualcosa. Però sono cresciuta in città. Mio padre gestiva un mulino a macina. Sei molto fortunato a vivere qui.»

«È vero. Sono fortunato.» La sua testa ondeggiò su e giù.

Molly non poté fare a meno di sorridere. C'era qualcosa di dolce e innocente in Archie Lannigan. Sperava che suo padre lo trattasse bene. Aveva percepito l'atteggiamento protettivo di Bridget e la cosa le scaldò ancora di più il cuore nei confronti della donna.

«Sei fortunato ad avere Bridget» gli disse. «Si vede che ti vuole molto bene.»

Archie si fermò fuori da un box e afferrò la ringhiera del cancelletto, oltre il quale un magnifico destriero nero corvino era intento a gustarsi del fieno, con la coda che sventolava avanti e indietro a un ritmo costante. «Voi ce l'avete una sorella?»

«Sì. Ha più o meno la tua età. Si chiama Evie.»

«Le volete bene?»

Molly rise. «Certo che sì, però prende i miei vestiti e i miei nastri per capelli senza chiedermelo, quindi a volte litighiamo.»

Sulla bocca di Archie si allargò un sorrisetto. «Io e Bridget non condividiamo i vestiti.»

«È una buona cosa.»

Lui rise, forse un po' troppo forte, anche se la sua gioia era contagiosa.

«Mia sorella è molto intelligente» proseguì Molly «in particolare per quanto riguarda l'aritmetica. Vuole studiare astronomia.»

«Che cos'è?»

«È l'analisi delle stelle nel cielo.»

«Sembra una cosa strana da imparare.»

Lei si appoggiò contro il cancelletto del box. «Lo è, suppongo, però nel mondo c'è una tale quantità di bellezza. Spetta alle persone vederla e condividerla con altre.»

«A me piacciono gli animali» disse Archie mentre guardava il cavallo.

«Scommetto che sei molto bravo con loro.»

«Mi fanno felice.» Il ragazzo si inclinò in avanti, tenendo stretto il cancello con entrambe le mani. «Non ditelo a mio padre, però qualche volta sgattaiolo fuori di nascosto. Voglio vedere gli animali. A volte sono feriti e io li aiuto.»

Nel petto di Molly crebbe la preoccupazione. «Dovresti stare attento, Archie. Gli animali selvatici a volte possono attaccare. Potresti farti male.»

Lui scosse la testa, l'attenzione concentrata sullo stallone che si era preso una pausa. «So come si fa.»

«Come si fa cosa?»

«Come avvicinarsi agli animali. Io li posso sentire.»

«Quindi scavalchi la recinzione del ranch nel cuore della notte?»

Lui sollevò lo sguardo verso di lei. «No. Ho la chiave del lucchetto.»

Jake si annodò la cravatta scura al collo e indossò la giacca nera. Non era solito vestirsi in modo tanto elegante a Creede, ma una festa da Lannigan lo richiedeva. Si era fatto il bagno e si era rasato e pettinato i capelli. Sentiva il forte bisogno di apparire presentabile, ma questo non aveva niente a che fare con Lannigan né con qualunque altro uomo che avrebbe partecipato.

Molly Rose sarà presente.

Uscì dalla sua baita e andò verso Fernando. Il cavallo lo attendeva al palo, dal momento che lo stalliere aveva consegnato l'animale già sellato e pronto. Jake montò su e si diresse a sud, verso Jimtown.

Attraversò il centro cittadino – il *Kinneavy's Saloon* traboccava già di clienti –, quindi si fece strada nella zona commerciale.

Infine giunse a una casa a due piani mentre una coppia ne stava uscendo, diretta a una carrozza collegata a un singolo cavallo.

Henry Patterson lo salutò con la mano. «Vuoi venire insieme a noi, Jake?»

«No, grazie. Sono a posto.» Si sollevò il cappello per salutare la moglie di Henry. «Esme, questa sera hai un aspetto delizioso, come sempre.»

Lei rise, e le linee sul suo viso si fecero più marcate. «Sei un tale ammaliatore, Jake.»

I Patterson rappresentavano il suo biglietto di accesso alla proprietà di Lannigan, e quello era un ulteriore debito nei confronti di Henry. L'anziano uomo era diventato suo amico poco dopo che Jake era arrivato in città, ed era stato proprio lui a finanziare la sua prima scorreria nelle montagne. Henry ed Esme erano diventati come una famiglia ed erano persino arrivati a cercare di trovargli una moglie, cosa a cui lui era riuscito a sottrarsi ogni volta. Fino a quel momento.

Quando si era recato da loro, qualche ora prima, Esme l'aveva osservato con sguardo scaltro mentre lui le descriveva la signorina Simms e il suo arrivo in città per far visita a Robert. Con un luccichio negli occhi, aveva incitato Henry finché il marito non aveva insistito che lui li accompagnasse al ranch di Lannigan quella sera, dato che la donna voleva incontrare Molly di persona. Jake sapeva che Esme aveva in mente le nozze, tuttavia sottoporsi a un tentativo di combinare un matrimonio era una piccola concessione se ciò lo avesse avvicinato a Molly.

Henry aiutò la moglie a salire in carrozza, quindi lo guardò. «Spero proprio che Lannigan non ti butti fuori facendoti atterrare sul tuo affascinante posteriore.»

«Il mio piano è restare attaccato a Esme. È lei la mia assicurazione.» Jake si fece serio. «Apprezzo che mi facciate venire insieme a voi, Henry.»

L'anziano tarchiato grugnì. «Molti di noi tollerano Lannigan perché non hanno altra scelta, però sono anche dell'idea che non bisogna stuzzicare l'orso, e tu l'hai fatto più di quanto avresti dovuto.» Henry scosse la testa. «Sei qui grazie a Esme. Lei è decisa a vederti godere la felice vita matrimoniale. Poi non dire che non ti avevo avvisato.»

La donna si sporse dal finestrino della carrozza. «Non ho mai fatto segreto delle mie intenzioni di combinare matrimoni.»

«Non vorrei che fosse altrimenti» disse Jake.

Henry lo guardò come se avesse perso la ragione, quindi scosse la testa rassegnato.

Jake avvicinò il cavallo al finestrino della carrozza. «Ti devo un bacio, Esme, per avermi permesso di accompagnarvi entrambi questa sera.»

Lei fece una risatina e sventolò il fazzoletto di pizzo che aveva in mano. «Lo riscuoterò.»

«Col cavolo» borbottò il marito, mentre si sedeva sulla panca accanto a lei. «Quanti anni hai adesso, Esme? Cento?»

«Sono troppo vecchia per essere ancora sposata con te.»

Jake soffocò un sorrisetto.

«È sempre stata una sgualdrinella» aggiunse l'uomo, e si mise il cappello su una folta chioma grigia che gli ricopriva la testa. «È per questo che l'ho sposata.»

McKenna sorrise in segno di riconoscimento, poi però il gesto si appiattì quando nella sua mente si insinuarono pensieri sulla salute di Henry.

L'uomo aveva ben più di settant'anni e, sebbene continuasse ancora ad andare nelle montagne con il perito per valutare i giacimenti, Jake era preoccupato che non avesse la forza per mantenere quel ritmo di vita. Cosa sarebbe successo se si fosse ammalato per essersi sforzato troppo?

Henry rappresentava investitori provenienti persino da New York City e allo stesso tempo finanziava usando anche il proprio denaro. Aveva organizzato la vendita di tre dei giacimenti più promettenti di Robert e Jake: il Lucky Dog, l'Arabian e il Sit

Down. Era probabile che sarebbe stato coinvolto anche nello Shanghai, se Jake non l'avesse perso.

Se il filone Chigger avesse dato risultati… maledizione, avrebbe potuto essere la scoperta del secolo. Lui e Robert avrebbero avuto bisogno dell'aiuto di Henry, se fossero davvero arrivati a possedere l'Uccello Azzurro.

Anzi, lui e *Molly* avrebbero avuto bisogno di assistenza. Gli aspetti legali della situazione avrebbero potuto risultare semplici o complicati, a seconda di come sarebbe andata a finire.

Jake condusse il cavallo accanto alla carrozza dei Patterson, lungo la strada serpeggiante che portava fuori dalla città. Alla base delle montagne si trovava il ranch di Lannigan, lo *Shepherd's Pass*.

Quando il cielo azzurro iniziò a fondersi diventando grigio, Jake si strinse la giacca per tenere lontano il freddo. Lungo la strada che conduceva all'edificio principale era ammassata una fila di ospiti, una collezione di carrozze, carri e uomini a cavallo, tutti nei loro abiti migliori. Lannigan era conosciuto per le sue feste stravaganti frequentate da molte persone.

Jake aveva partecipato solo a una di queste, verso la fine dell'anno precedente, in seguito alla vendita del Lucky Dog, che aveva reso noti lui e Robert come partecipanti al gioco nel settore delle prospezioni a Creede. A quel tempo, Bridget Lannigan si era comportata da vera civetta, e, per una breve, folle serata, lui si era ritrovato a essere l'oggetto delle sue attenzioni. Certo, era carina e con tutte le curve al posto giusto, eppure lui ringraziava ancora qualunque fosse il dio che abitava lassù di non aver fatto qualcosa di stupido. Lei era della stessa stoffa del padre, e un uomo doveva restarle a un miglio di distanza.

Aveva tentato di dirlo a Robert.

Non aveva funzionato.

Jake portò Fernando vicino all'entrata della casa e smontò. Un giovane prese il cavallo, insieme a un altro, e li condusse entrambi verso le stalle. Jake riconobbe diversi gentiluomini e li salutò con cenni del capo mentre si dirigeva alla carrozza dei Patterson. Non stava scherzando quando aveva detto di aver intenzione di restare attaccato a Esme.

Lannigan l'avrebbe sbattuto fuori se ne avesse avuto l'occasione, ma lui contava sul fatto che l'uomo non avrebbe osato turbare la festa o una delle ospiti femminili.

Jake afferrò con delicatezza il gomito di Henry mentre l'anziano scendeva i gradini della carrozza, e questo scosse la testa e gli allontanò la mano. «Non sono un invalido.»

«Voglio solo assicurarmi che tu non sia d'intralcio a Esme.» Estese quindi la mano verso Esmeralda Patterson, la quale lasciò che lui la aiutasse a scendere.

«Il mio cavaliere dall'armatura scintillante.»

«Sempre, Esme» le rispose lui, quindi si infilò la mano dell'anziana signora nella piega del gomito.

Henry si allontanò da loro e strinse la mano a un altro uomo. «John, è bello vederti.» Nel giro di poco, venne assorbito da discussioni con diversi gentiluomini.

Jake condusse dunque Esme su per i gradini che portavano al portico, rallentando l'andatura per restare al pari con il passo molto più corto della donna.

«Siamo appena arrivati ed è già impegnato a fare affari» si lamentò lei.

«Lo fa solo per te, Esme.»

«Lo so. Sono una donna molto fortunata. Non serve che tu me lo dica.»

«Anche lui è molto fortunato ad averti nella sua vita.»

Lei gli fece un sorrisetto. «Glielo dico ogni giorno.»

«Sono certo che lui lo apprezzi.»

Jake si tolse il cappello quando entrarono insieme nel salone affollato. Shep Lannigan lo puntò all'istante, e lui sostenne il suo sguardo con fare di sfida. Alla fine, l'uomo gli voltò le spalle.

Diverse persone salutarono Esme e, mentre la sua attenzione era distratta, lui ispezionò la sala in cerca di qualche traccia di

Molly o Robert, o persino di Bridget, ma non vide nessuno dei tre.

Ricevette parecchi cenni bruschi del capo da ospiti che gli passavano accanto, senza dubbio sorpresi della sua presenza. I problemi con la concessione Shanghai e con la Mystery Box non erano un segreto.

La popolarità di Esme fece sì che ben presto diverse donne la allontanassero da Jake, lasciandolo così libero di vagare. Depositò il cappello su un tavolino, quindi scivolò fuori dal salone e si diresse verso la sala da pranzo, dove era stata esposta una varietà di cibi di cui gli ospiti potevano approfittare.

Un banchetto composto da prosciutto glassato, cotolette di vitello, bistecche e filetto di maiale occupava metà del tavolo, mentre un pasticcio di carne in scatola, patate bollite e verdure varie rappresentavano un colorato contrasto dall'altro lato. Jake prese una crocchetta di pesce e patate e se la infilò in bocca.

Ne assaporò il gusto, riconoscendo che Lannigan aveva davvero un ottimo cuoco, poi si voltò per esplorare una folla di persone in un'altra stanza.

Shep gli si piazzò davanti. «Cosa diavolo ci fai tu qui?» gli chiese a voce bassa, puntandogli addosso uno sguardo letale.

«Sono con i Patterson. Sono stati tanto gentili da permettermi di accompagnarli. Suppongo che il mio invito sia andato perso.»

«Dirò a Stella di chiudere a chiave gli oggetti di valore.»

Jake sorrise, un gesto beffardo che aveva lo scopo di provocare Lannigan, quindi lasciò cadere la maschera e inchiodò Shep con uno sguardo gelido. «Non mandare mai più Winston a cercarmi.»

Gli occhi scuri dell'uomo non sussultarono neanche per un secondo. «Un giorno la tua fortuna finirà, McKenna, e non ci sarà nessuno là ad aiutarti. Non ti sbatterò fuori solo perché Esme Patterson è una cara vecchia signora, e per qualche ragione tu le piaci; io però non ho mai commesso quell'errore.»

«Sono distrutto. Ho sempre pensato che fossimo amici.»

Un uomo paffuto che Jake non riconobbe batté una mano sulla spalla di Lannigan. «Dove diavolo è finito tutto il bourbon, Shep?»

Quando il padrone di casa venne di nuovo inghiottito dai suoi ospiti, lui si ritrovò faccia a faccia con James Winston.

«Hai proprio un bel livido sul naso.» Jake non si preoccupò di nascondere il sarcasmo nella voce.

«Va' all'inferno.» I capelli rossi dell'uomo erano pettinati all'indietro ed era vestito in modo elegante al pari di chiunque altro dei presenti, eppure lui sapeva bene che da qualche parte aveva un'arma con sé.

Per sicurezza, Jake si era nascosto addosso il suo affidabile coltello.

Robert apparve dalla massa di ospiti.

«Sembra che ci sia un sacco di gentaglia a questa festa» disse Winston. «Ne sentivo l'odore lontano un miglio.»

«Sai, James» commentò Robert, con un aspetto decisamente migliore rispetto a quando Jake lo aveva visto il giorno prima «credo tu mi debba un cavallo.»

«Non è colpa mia se non riesci a stare seduto diritto quando sei sulle colline.»

Robert fissò l'uomo con uno sguardo glaciale. «Sì, beh, grazie per l'aiuto.»

«Ho solo supposto che te la fossi svignata per fare prospezioni per conto tuo. Non sono il tuo guardiano.»

«E nemmeno quello di Bridget.»

Un sorriso presuntuoso apparve sul volto di Winston. «Credo stia a lei deciderlo.»

Winston voleva Bridget? Accidenti, quella ragazza era popolare. Jake sperò che Robert non facesse qualcosa di stupido a causa sua.

L'amico borbottò una frase colorita sottovoce, fece un cenno del capo in direzione di Jake, quindi si spostò all'altro lato della stanza per posizionarsi al fianco di Bridget, il cui abito color avorio spiccava quanto un faro, facendogli sorgere il sospetto che quella fosse proprio l'intenzione della donna.

«Penso tu mi debba cinquemila dollari, James» disse Jake.

«Ah, davvero?» Winston lo guardò con una scintilla impertinente negli occhi. «Facciamo così: ti compilo una cambiale.»

«E io la porterò dritta in banca» scherzò lui.

L'uomo aprì la giacca da un lato quanto bastava per fargli vedere la pistola nella fondina, quindi si allontanò e afferrò un cicchetto da un tavolino, che buttò giù in un solo sorso.

Jake fece una smorfia. Avrebbe dovuto lasciare che Pedro sparasse a quello stronzo quando ne avevano avuto l'occasione.

Mentre rifletteva se prendere anche lui qualcosa di forte, alzò lo sguardo verso la scalinata e restò di sasso.

Molly scendeva lentamente, gli occhi rivolti verso il basso, e teneva sollevato il davanti dell'abito decorato che indossava. Il tessuto blu scuro metteva in mostra una figura che i suoi vestiti fino a quel momento avevano solo dato a intendere, e i suoi capelli erano tirati indietro dal viso, acconciati in riccioli che gli facevano venire voglia di affondare le dita in quelle ciocche. I suoi seni facevano capolino dal bordo increspato dell'abito in modo invitante, la pelle color crema gli ricordava una luna piena avvolta nel caldo abbraccio di una notte senza stelle.

Le gambe lo trasportarono più vicino all'ultimo gradino mentre gli occhi restavano fissi su di lei, e il cuore gli batteva all'impazzata nel petto. Non era mai stato tanto nervoso vicino a una donna da… beh, mai.

Aveva perso la verginità a sedici anni, con un'esperta maitresse a Casablanca e, da quel momento in poi, le donne non erano state altro che una piacevole distrazione.

Molly alzò lo sguardo, colta di sorpresa dalla sua presenza, poi un sorriso esultante le si allargò sul viso. Si affrettò a raggiungerlo, ma inciampò sull'abito e gli volò tra le braccia.

Jake la afferrò giusto in tempo, prima che finisse sul pavimento. «Troppo sherry?» La rimise in piedi con gentilezza, tenendola solo un tantino più a lungo di quanto fosse appropriato.

Con il viso arrossato, lei indietreggiò e rise, lisciandosi l'abito con le mani. Fece scorrere lo sguardo tutto attorno a loro e si schiarì la gola, quindi lo guardò. «Questo vestito è troppo lungo» bisbigliò, poi gli disse con trasporto: «Sono felicissima di vedervi.»

Il suo entusiasmo lo colpì in pieno e la sua mente si svuotò mentre lui si crogiolava nelle sue attenzioni. Quel fervore della donna era più potente di quanto ricordasse, e Jake non aveva fatto altro che *ricordare* tutto di lei da quando le loro strade si erano separate… i suoi occhi che cambiavano dal colore verde mare all'azzurro più scuro a seconda della luce, il suo viso a forma di cuore, la sua caparbia tenacità nell'affrontare Lannigan e il suo ovvio affetto profondo per Robert. Aveva sentito la mancanza persino del suo umorismo sarcastico. Quella donna era stata nella sua mente quasi senza sosta.

«Sono lieto che non mi abbiate dimenticato» mormorò lui.

«Sono stata in pensiero da quando ho lasciato voi e Pedro… Non pensavo che vi avrei visto questa sera. Lannigan sa che siete qui?»

Jake si riprese. «Lo sa. Andrà tutto bene. Dubito che farà una sceneggiata: ci sono troppi testimoni.»

Molly si strattonò il corpetto dell'abito e in seguito le maniche corte.

«Smettetela di agitarvi» le disse. «Siete bellissima.»

«Davvero?»

Bridget si avvicinò. «Signor McKenna, mio padre non mi ha detto che eravate qui. Vi hanno presentato la sorella di Robert?»

«Sì, ci conosciamo.»

Lei catturò lo sguardo di Molly e inarcò un sopracciglio. La delicatezza non era uno dei suoi tratti forti.

«Splendido» disse. «Molly è venuta in visita dall'Arizona.»

«Lo so.»

Il naso della ragazza si arricciò per la frustrazione. «Dunque non vi spiacerà se la prendo in prestito così che abbia l'opportunità di incontrare alcuni degli altri ospiti.»

Bridget la prese a braccetto e la trascinò via, non prima però che Molly lanciasse un'occhiata al di sopra della propria spalla. Jake voleva credere che quel desiderio che intravide nei suoi occhi fosse rivolto a lui, per il fatto di essere stata costretta a lasciare la sua compagnia, anche se sospettava che in realtà lei volesse solo fuggire dall'altra donna.

Espirò per buttare fuori la delusione sulla brevità del loro incontro e cercò di non fissare inebetito la sua schiena che si allontanava.

Aveva bisogno di un whisky.

Si preannunciava una lunga nottata.

CAPITOLO 10

«Vivete nel deserto?»

Molly annuì. Era intrappolata in un gruppetto di donne, tutte curiose riguardo al territorio dell'Arizona.

«È selvaggio come dicono?»

«Chi dice che è selvaggio?» chiese lei, in risposta.

«Beh, lo dicono i giornali» disse una donna in un abito marrone che si abbinava ai suoi capelli castani, nonostante questi fossero striati di grigio. «Dicono che laggiù è ancora un territorio senza leggi.»

Molly sorseggiava il suo bicchiere di sherry, dal sapore deciso e fruttato, indecisa su cosa quella donna si aspettasse che le rispondesse. A detta di tutti, Creede era un luogo più pericoloso in cui vivere rispetto a Tucson. Spostò lo sguardo di lato e quasi si strozzò con il vino. Jake era in piedi dall'altra parte della sala, intento a parlare con due uomini, ma poi i suoi occhi incontrarono quelli di lei e la sua espressione confusa la attraversò come un fulmine.

Lei tossì per nascondere la sua reazione scioccata e ondeggiò leggermente per un senso di vertigine, rendendosi conto che poteva aver assunto troppo alcol. Di solito le signore non bevevano in pubblico, tuttavia sembrava che gli ospiti benestanti alla festa di Lannigan avessero allentato quello standard. A diciotto anni, era la prima volta che Molly veniva trattata come un'adulta a pieno titolo, e la cosa le piaceva.

«Molly, cara, avete un innamorato a Tucson?» le chiese una signora gentile di nome Beatrice Perkins.

«No.»

«Beh, spero che mi permetterete di presentarvi a mio figlio, Carl. Siete così carina e dolce. So che gli piacereste.»

«Oh no, non Carl» disse Esme Patterson, scuotendo la testa.

Tra tutte le signore con cui aveva fatto conversazione, la signora Patterson era quella che preferiva. E ora aveva un motivo in più.

«Non sono d'accordo, Esme.» Beatrice scosse la testa. «Carl sarebbe un ottimo marito. Mi piacerebbe che la signorina Simms lo incontrasse.» Quindi spostò lo sguardo su di lei. «Potrei invitarvi a prendere il tè. Cosa ne dite di martedì prossimo?»

«Ho già preso accordi con la signorina Simms per martedì.» Esme le fece l'occhiolino e lei soffocò un sorriso. «E so da fonte certa che c'è già un pretendente in gioco» aggiunse.

Scioccata, la ragazza guardò l'anziana signora.

Beatrice allora guardò Molly con occhi brillanti e inquisitori. «Di chi si tratta?»

Lei non aveva idea di cosa dire e lanciò un'occhiata al gruppo di donne che ora la osservavano con fervente curiosità. Si rese conto troppo tardi di avere la bocca aperta.

«Jacob McKenna» rispose Esme.

Tutte le donne si spostarono, a disagio.

Molly aggrottò la fronte. Perché mai la signora Patterson aveva detto una cosa del genere? Lei non aveva raccontato a nessuno del bacio nel tunnel. Era forse stato Jake a dirglielo?

Durante la conversazione che avevano intrattenuto poco prima era risultato evidente che Esme Patterson avesse un debole per Jake e ne parlava molto bene. Era una delle poche a farlo, aveva notato.

Incerta su cosa dire, Molly rispose senza pensare: «Rimarrò in città solo per un breve periodo.» Lo stridio nella sua voce la infastidì. «Non credo proprio che sarebbe saggio creare inutili legami affettivi.» Incluso con McKenna, sebbene il suo cuore si ribellasse a quel pensiero.

«Solo un consiglio» disse Beatrice, abbassando la voce. «Jake McKenna è una canaglia. Ho sentito voci sul fatto che quell'uomo non rispetta la legge. Fareste bene a stargli alla larga. Il mio Carl, invece, è il più autentico e fedele di tutti. Sarebbe un ottimo marito. Voi due potreste andare d'accordo» insistette. «Non si sa mai.»

«Puah.» Esme sventolò una mano in aria con enfasi. «L'hai detto tu stessa, Bea. Le chiacchiere su Jake sono solo quello: voci. E queste, spesso, sono solo invenzioni.» La donna si concentrò su Molly. «La legge da queste parti a volte è opinabile. Jake McKenna è un brav'uomo, datemi retta.»

La ragazza si immobilizzò, non sapendo come rispondere. Alla fine, si stampò in volto il sorriso più sincero che riuscì a fare e si portò il bicchiere di sherry alle labbra, scoprendo con rammarico che era vuoto. «Penso che mi serva un po' d'aria fresca. Vogliate scusarmi.»

Si allontanò prima che una delle donne potesse fermarla, quindi si diresse verso la cucina. Passò accanto a una giovane domestica che reggeva un vassoio colmo di calici contenenti un liquido rosso e ne afferrò uno, per poi proseguire verso la sua meta, una tranquilla nicchia nel portico sul retro dove avrebbe potuto restare da sola.

Sgattaiolò fuori dall'entrata posteriore e individuò un punto tra due pali, un'apertura che avrebbe potuto ospitare senza problemi due persone, non fosse che il suo abito vaporoso occupava tutto lo spazio in più.

Rabbrividì, con le gambe che penzolavano oltre il bordo

dello stretto portico, e desiderò avere con sé una stola, ma andare a prenderne una avrebbe significato ritornare alla festa e, per il momento, non voleva farlo. Osservò il nutrito gruppo di cavalli che gironzolavano nervosi nel recinto più in là, con sbuffi e nitriti agitati. Era chiaro che la tensione fosse alta tra tutti i nuovi animali che non si conoscevano, bloccati insieme nello stesso posto.

Vi capisco.

Chi avrebbe voluto restare rinchiuso con delle creature sconosciute e che non si aveva un gran desiderio di conoscere?

Sorseggiò la sua bevanda, e il sapore le rivelò che questa volta aveva preso un vino diverso. Lo assaggiò di nuovo.

«Non avete freddo?»

Molly sobbalzò al suono della voce di Jake e allontanò il calice dall'abito per evitare che il liquido si rovesciasse. «Un pochino.»

Lui le si avvicinò, si tolse la giacca e gliela posò sulle spalle.

Subito il profumo di McKenna la avvolse: muschiato, selvaggio e caratteristico. «Grazie.» Un'ondata di desiderio la attraversò, primitiva e ardente. Era come se lei fosse una femmina di coyote che aveva appena colto l'odore del suo compagno… *o di uno sciacallo.*

L'uomo le si sedette accanto, con solo il palo che sorreggeva la ringhiera a dividerli. La sua camicia bianca quasi riluceva nella notte buia che li avvolgeva come in un abbraccio. Si allentò la cravatta e slacciò il primo bottone.

Molly lo osservava con la coda dell'occhio, cercando di non fissarlo.

Come avrebbe anche solo potuto prendere in considerazione un ragazzo di nome Carl, quando aveva già incontrato un uomo come Jake?

Prese un altro grosso sorso di vino, con lo sguardo dritto davanti a sé. Esme aveva forse detto la verità? Jake le stava facendo la corte?

«Andateci piano» le disse, la sua voce una carezza nell'aria della notte.

«Perché?»

«Perché domani lo rimpiangerete.»

Lei prese in considerazione il suo consiglio, poi fissò il recinto. «Avete detto a Esme Patterson che mi avete baciata?»

«No. Sta spargendo pettegolezzi a riguardo?»

La sua voce sembrava divertita, il che diede a Molly il coraggio di spostarsi in avanti. Oppure era l'alcol? «Sembra che ci siano delle voci sul fatto che voi… e io… che noi…»

Gli lanciò un'occhiata, e lo sguardo tenace dell'uomo catturò la sua attenzione, rendendole impossibile distogliere gli occhi.

«Che noi, cosa?» La sua voce, profonda e ipnotica, la travolse come una pioggia calda.

Lei scosse la testa, d'improvviso imbarazzata. «Non importa.» Si stava comportando da sciocca. Jake McKenna non le stava facendo la corte. Doveva tenere a mente la reputazione di quell'uomo. Mandò giù un altro sorso di vino, quindi proseguì. «A quanto pare, da queste parti avete la reputazione di essere una canaglia. Sono stata avvertita di starvi lontana e, dovrei aggiungere, da più di una donna.»

«Sono cosa? Una canaglia? Questa è nuova.» Ridacchiò, scuotendo la testa. «E voi cosa ne pensate, Molly Rose?»

«Non penso nulla. Io non vi conosco.»

«No?»

Confusa, lei ribadì: «No, non vi conosco. Non è quello che ho appena detto?» Pensieri disordinati le vorticavano nella testa. Accidenti al vino.

«Non dovete avere paura di me, sapete.»

«Non ne ho.»

Lui le fece un sorrisetto. «Ho trascorso del tempo a Istanbul e, mentre mi trovavo là, studiai un poeta e filosofo di nome Rumi. Era un grande osservatore della vita, di come le cose più piccole possano essere importanti. *Ciò che cerchi sta cercando te.*»

Molly lo osservò, perplessa.

«Forse noi due ci siamo cercati» aggiunse lui.

Lei rise, anche se era più una risata nasale. Imbarazzata, si raddrizzò e cercò di sembrare indifferente quando gli chiese: «È così che persuadete le donne? Con le lusinghe?»

«No. Solo voi.»

«Credo di aver bevuto troppo.»

Lui allungò la mano e le tolse il calice. Le loro dita si sfiorarono, provocandole un brivido e, per un attimo, pensò che Jake l'avrebbe baciata di nuovo. Si era per caso appena avvicinata a lui in preda all'estasi?

Mentre l'uomo scolava quello che restava del liquido nel suo bicchiere, lei gli fissava la bocca. «Come siete riuscito a fuggire da Winston?»

«Sono Lo Sciacallo.»

Prima che potesse trattenersi, un sorriso le si allargò sul viso. «Siete solo uno spaccone, proprio come tutti gli uomini.»

La sua espressione si fece seria. «E quanti uomini conoscete?»

«Qualcuno. Un po'.» Annuì. «Qualcuno. Beatrice Perkins mi ha praticamente quasi fatta fidanzare con suo figlio Carl.»

Jake socchiuse gli occhi, poi si irrigidì e voltò il viso dall'altra parte. La cosa non le piaceva. L'aveva forse offeso? Sollevò una mano per toccargli il braccio, ma, quando l'uomo riportò lo sguardo su di lei, Molly nascose il gesto fingendo di scacciare una mosca inesistente.

«Voglio andare a dare un'occhiata alla Chigger. Dato che siete mia socia, volete venire con me?»

Lei ridacchiò. Cielo, doveva mettere un freno all'alcol. «Che scandalo. Mi permettereste davvero di venire con voi?» *Non sembrare tanto ansiosa, Molly. Comportati come una donna.* Cercò di ricomporsi.

«Sì. Potete stare con Ivan e Pearl Krupin. Hanno una casa tra le colline.»

«Voi dove starete?»

«Userò l'abitazione dei Krupin come base per le mie esplorazioni. Vi vedrò ogni sera.»

«Posso venire a esplorare insieme a voi? Mi insegnerete come si fa?»

Lui annuì e il suo sguardo si addolcì. «Sì, vi insegnerò.»

Molly provò la stranissima sensazione che stessero parlando di più che solo di prospezioni. «Dovrei dirlo a Robert?» chiese piano.

McKenna esitò. «Probabilmente sì. Se non lo farete, si preoccuperà.»

«Pensate che mi fermerà?»

«Penso che siete sua sorella e lui vi vuole molto bene. Proverà sempre il bisogno di tenervi al sicuro.»

Lei considerò la situazione. «Per quanto tempo staremmo via?»

«Non più di qualche giorno.»

«Bene. Quando partiamo?»

«Posso radunare dei cavalli e delle provviste stasera» le disse. «Tuttavia, non so come farvi uscire da questa casa.»

Le venne in mente Archie. «Penso di avere un modo. Vediamoci nel punto in cui la strada digrada, al di là dell'entrata del ranch.»

«Quando?»

«Prima dell'alba» gli rispose lei.

Lui annuì. «Dovrei chiedervi come farete?»

«No.»

Il corpo di Jake emanava tepore e Molly ondeggiò. Era una combinazione inebriante di vigorosa corporatura maschile: spalle ampie, maniche arrotolate che rivelavano avambracci muscolosi, una mandibola scolpita e rasata di fresco. Dovette fare un enorme sforzo per non allungare la mano e toccargli la pelle liscia della guancia.

«Non siete poi così irresistibile.» L'aveva detto ad alta voce? Lui le fece un sorrisetto. «Ne siete sicura?»

No. Non ne sono affatto sicura. «Perché mi avete baciata, nel tunnel?»

Il divertimento nei suoi occhi lasciò il posto a uno sguardo penetrante che risvegliò un'antica parte femminile di lei, presente da sempre ma di cui non aveva mai preso coscienza. Fino a quel momento. Fino a Jake. *Lo Sciacallo.*

«Perché volevo farlo.»

«Vado con Jake alla concessione Chigger» disse Molly a Robert.

Era sera tardi e molti degli ospiti erano già andati via – incluso Jake –, quindi lei era finalmente riuscita ad avere un po' di privacy con suo fratello, e si erano rannicchiati in un angolo del salotto.

Robert sospirò e si strofinò il retro del collo. «Suppongo che dire di no sia inutile.»

«È probabile» gli rispose lei a voce bassa. «Ha detto che potrei stare dai Krupin. Non sarà come nella sua baita.»

«Di cosa parli?» Il volto del fratello si fece severo. «Cos'è successo nella sua baita?»

«Niente» disse lei in fretta. «Cercava di aiutarmi – e cercava anche te, dovrei aggiungere. Eravamo soli nella sua baita, ma lui si è comportato da gentiluomo.»

«Diamine» borbottò Robert sottovoce, passandosi una mano sul mento.

«Sai che so badare a me stessa.» Lo fissò con sguardo torvo. «E non essere così arrogante con me. So che giochi d'azzardo e fai visita a donne come Mabel al *Bertha's Saloon.*»

Molly si godette l'espressione scioccata sul viso del fratello e, in risposta, inarcò un sopracciglio.

«Cosa dirà la gente in città?» le chiese lui.

Incredula, lei scoppiò in una risata fragorosa. «Di te?

Probabilmente nulla. Quanto a me, nessuno qui è una persona modello. Ci sono talmente tanti luoghi di prostituzione in città che ormai ho perso il conto, e stasera ogni donna alla festa beveva.»

«Inclusa tu?»

«Sì, dannazione.»

«E hai intenzione di diventare anche una donna di facili costumi?»

«No, certo che no.»

«Allora te lo dirò una volta sola.» Robert si chinò per avvicinarsi a lei. «Se McKenna ti comprometterà, gli terrò una pistola puntata alla testa finché non ti sposerà.»

Molly soffocò un sussulto. «Non lo faresti.» Il solo pensiero la mortificava. Per quanto affascinante trovasse Jake, forzargli la mano per sposarla l'avrebbe messa in una categoria di donne che lei si rifiutava di occupare.

«Mettimi alla prova.»

Lei ridusse gli occhi a due fessure. Quel lato di Robert l'aveva sempre indispettita. «Sapevo che non avrei dovuto dirtelo.»

Lui fece una smorfia. «Va bene, ti do la mia benedizione con molta riluttanza; comunque sia, tra qualche giorno verrò anch'io.»

«Perché? Pensi che Jake mi terrà prigioniera e mi violenterà?» Il solo pensiero le fece avvampare il viso.

Lo sguardo del fratello la trafisse come il rumore acuto prodotto dall'incudine di un fabbro. «Non raccontare a *nessuno* della Chigger, nemmeno ai Krupin.»

«Però è probabile che Lannigan già lo sappia.»

«Forse. Posso dargli un piccolo indizio per mandarlo fuori strada. E per quanto non mi fidi di Jake per quanto riguarda la tua virtù, mi fido a mettere la tua vita in mano sua.»

Quella dichiarazione le penetrò nel profondo delle ossa, mettendola in allerta. «Cosa c'è di così importante in questa concessione?»

«Con tutta probabilità niente. Esiste però una possibilità che sia una scoperta senza pari.»

Lo stupore nella voce del fratello le fece venire la pelle d'oca sulle braccia e sulle spalle, causandole un brivido. Avrebbe voluto avere ancora la giacca di Jake. Già non vedeva l'ora di incontrarlo di nuovo, tuttavia non c'era bisogno che Robert lo sapesse. «Ho detto a Jake che ci incontreremo prima che sorga il sole. Ho pensato di chiedere ad Archie di aiutarmi a superare il cancello chiuso, dato che mi aveva detto di avere una chiave.»

Lui scosse la testa. «Lo dirà in giro. Va' di sopra e cambiati, poi fai i bagagli. Ce ne andremo adesso. Con tutti gli ospiti che vanno e vengono, sarà più facile sgattaiolare fuori. Stanotte le guardie di Lannigan saranno permissive.»

«Devo dire a Bridget che me ne vado?»

«No. Più tardi dirò che ti ho riportata allo *Zang's Hotel*. Vediamoci sul retro tra venti minuti.»

Molly salì le scale in tutta fretta; sfortunatamente, però, non riuscì a togliersi l'abito da sola. Frustrata, si chiese come avrebbe potuto far salire Stella e, proprio in quel momento, qualcuno bussò alla porta. Dall'altro lato c'era Bridget.

«Mi stavo domandando dove foste andata.» La ragazza corrugò la sua adorabile fronte. «Vi è piaciuta la festa?»

«Sì.» Era la verità. E il motivo era Jake McKenna. «Mi potreste aiutare a togliere il vestito? Sono pronta per andare a dormire.»

«Certo. È davvero molto tardi.» Bridget entrò nella camera e Molly chiuse la porta. La ragazza si spostò alle sue spalle e iniziò a slacciare le due dozzine di bottoni sul retro dell'abito. «Molti gentiluomini hanno chiesto di voi. Penso che potremmo organizzare delle visite, se qualcuno di loro vi ha colpito.»

«Sono molto lusingata, però non posso dire di essere interessata.»

«Posso chiedervi una cosa?»

Molly si irrigidì, chiedendosi se in qualche modo Bridget

sapesse che stava per fuggire dalla proprietà di Lannigan per andare sulle colline con Lo Sciacallo. Fece un brusco cenno con il capo sopra la spalla.

«Com'era Robert da giovane?»

Lei rilasciò il fiato che aveva trattenuto. «Era "tutto bianco o tutto nero", Bridget.»

«Cosa intendete dire?»

Il vestito si aprì e Molly lo spinse giù oltre i fianchi, poi ne uscì con ancora addosso tre strati di sottogonne. Si abbassò le bretelline della sottoveste sulle spalle e si voltò per guardare l'altra donna.

«Era sempre franco. A volte un po' troppo virtuoso, anche se perlopiù onesto, e credeva nel fare la cosa giusta.»

Il volto di Bridget si pietrificò e la donna distolse lo sguardo.

«Tuttavia, come molti uomini» aggiunse dolcemente «ha lasciato andare alcuni dei suoi nobili ideali. Deve tenere davvero molto a voi.»

Con gli occhi socchiusi, la donna incontrò il suo sguardo e Molly comprese che aveva capito. Con tutta probabilità, i Lannigan non facevano mai la cosa giusta.

«Siate onesta con lui» le disse. «Se lo amate, allora diteglielo.»

Bridget si mordicchiò il labbro e annuì.

NELLE ORE che precedevano l'alba, Jake si stava dirigendo alla sua minuscola casa e, quando si avvicinò, riconobbe il cavallo di Robert legato fuori. Quando entrò, rimase sorpreso nel vedere lì anche Molly Rose.

Chiuse la porta e lasciò cadere a terra la borsa con le provviste che aveva portato con sé. «Come l'hai fatta uscire dalla proprietà di Lannigan?» chiese all'amico, nonostante i suoi occhi si fossero spostati su Molly. Era vestita in modo semplice e infagottata per restare calda, eppure il suo viso era luminoso per ciò che li aspettava. Un sorriso le incurvò gli angoli della bocca e il cuore di Jake si mise a battere all'impazzata.

«Non è stato molto difficile.» Robert fece un passo avanti e spostò la tenda della finestra sul davanti, quindi guardò fuori. «Erano tutti ubriachi.»

«Lo so» gli rispose lui, con un sorrisetto diretto a Molly. La ragazza fece una smorfia, all'evidente ricordo del suo stato di ebrezza di poco prima.

A Jake non era importato. Le era piaciuto vederla con le difese abbassate. Tuttavia, nonostante avesse davvero voluto baciarla di nuovo, aveva mantenuto il controllo proprio per quella ragione. Voleva che lei fosse nel pieno possesso delle sue facoltà mentali la prossima volta che l'avrebbe presa tra le braccia. In quel senso si sentiva un po' territoriale. Non le avrebbe permesso di rivolgere alcun pensiero agli altri uomini che lei conosceva, sia che si trovassero nella sua cittadina o che provenissero dalle vecchie signore impiccione di Creede che cercavano di sistemare Molly con uno dei loro figli.

Un altro motivo per cui non l'aveva baciata era perché si trovavano al ranch di Lannigan, e lui desiderava una maggiore intimità. Sospettava che portandola tra le montagne sarebbe riuscito a ottenerne, anche se la presenza di Robert in quel momento riempiva la stanza di tensione.

«Ho messo insieme la maggior parte delle provviste» disse. «Un beneficio di questa città è che non dorme mai.»

«Dovreste partire ora.» Robert lasciò ricadere la tenda, che si richiuse. «Non voglio che qualcuno vi segua. Ci vediamo a casa di Ivan tra qualche giorno.»

Jake annuì. «Devo andare a prendere un altro cavallo dalla stalla per tua sorella. Molly, mettete qui dentro le vostre cose» le disse, porgendole una bisaccia vuota.

Mentre lei era inginocchiata e si accingeva a spostarvi i propri effetti personali dalla sacca, Robert gli si avvicinò. «È mia sorella.» Il monito era chiaro nella sua voce bassa. «Non un giocattolo.»

«Ti sento» mormorò Molly dal pavimento, gli occhi fissi sul compito che stava svolgendo.

Robert lo fissò con uno sguardo risoluto. Jake aveva visto quel suo lato soltanto quando si era trattato di Bridget, perlomeno all'inizio, quando l'amico aveva iniziato la relazione con la figlia di Lannigan.

«La proteggerò a costo della vita.» E lo intendeva davvero.

Molly si alzò. «Avete finito di cercare di avere la meglio l'uno sull'altro? Vorrei una pistola, dato che sono piuttosto certa che James Winston mi abbia rubato la Derringer.»

Entrambi la guardarono, poi Robert spostò l'attenzione su Jake. «Hai ancora quella Colt Lightning?»

«Sì. Pensi che la sappia usare?»

«Vi ho già detto che so sparare» disse lei in tono pratico.

Robert annuì, quindi Jake andò a recuperare l'arma dalla sua attrezzatura e la porse a Molly, con il calcio posato nel suo palmo. Lei la soppesò, sbloccò il tamburo e osservò le camere, quindi lo riportò in posizione con uno scatto. «Avete delle cartucce?»

Jake trovò una scatola di calibro 38 e gliela porse. Molly si diresse al tavolo e si mise a caricare l'arma.

L'attenzione di Robert si fermò su di lui. «In fondo, forse non mi dovrò preoccupare che tu possa rovinare la reputazione di mia sorella.» Sorrise, seppure senza umorismo.

A Jake non era mai capitato che una donna gli sparasse.

Comunque, c'era sempre una prima volta per tutto.

CAPITOLO 11

Mentre il cielo iniziava a farsi più chiaro sui bordi delle cime dei crinali, Molly conduceva il cavallo fuori dalla città dietro a quello di Jake e a un mulo carico di provviste: una tenda di tela, coperte, impermeabili, cibo sia per gli umani che per gli animali, forniture mediche di base e attrezzi da minatore. Lo sapeva solo perché prima di partire lo aveva interrogato. Dopo la precedente spedizione precipitosa tra le montagne, questa volta desiderava essere più preparata.

Una volta usciti dalla città, poté proseguire restando al fianco di Jake. «Quanto dista la casa dei Krupin?»

«Dovremmo arrivare all'imbrunire, dipende da quanto riuscirete a resistere.»

«Starò bene.»

«Non avete dormito e avete bevuto un po' troppo sherry. Se avete bisogno di fermarvi e riposarvi, non dovete fare altro che dirmelo.»

Per fortuna, Jake aveva di nuovo preso per lei Cannella, il che la rendeva molto felice. Diede una pacca al collo del castrone. «Mi fermerò solo se i cavalli avranno bisogno di una sosta.»

«Possiamo lavorare sulla vostra tolleranza all'alcol. Ho una bottiglia di whisky di segale da Pittsburgh, Pennsylvania, invecchiato più di cinquant'anni.»

«Dunque mi state conducendo nella natura selvaggia per farmi ubriacare?»

Lui rise. «No. Però, in una notte fredda, con i lupi che ululano e gli orsi che rugliano in lontananza, a volte l'unico rimedio è un po' di oro liquido.»

«Orsi?»

«È probabile che per la maggior parte siano ancora in letargo, tuttavia qualcuno potrebbe essere uscito prima. Non preoccupatevi, anche se siete solo una tiratrice accettabile riuscirete a colpirne uno con facilità.»

«Mio padre si è assicurato che fossi più che accettabile.» E suo cugino Eli, sebbene fosse quattro anni più giovane di lei, aveva affinato quelle abilità quando aveva vissuto con la sua famiglia due anni prima. Vivere nelle pianure del Texas aveva perfezionato le capacità del ragazzo fino a raggiungere la massima precisione. Era stato per quello oppure per la sua determinazione di essere migliore del loro cugino Lucas. Molly avrebbe puntato sulla seconda opzione. Quando lei aveva trascorso l'estate con sua zia Molly e suo zio Matt, sette anni prima, i due ragazzi erano stati competitivi in modo fastidioso, e a quei tempi avevano solo otto anni.

«Spero di poter andare in Arizona un giorno. Magari avrò l'occasione di incontrare vostro padre.»

«Se lo farete, forse non dovreste menzionare di aver baciato sua figlia in un tunnel o di esservi accampato sulle colline insieme a lei.»

Un sorriso increspò le labbra di Jake. «Me ne ricorderò.»

Con l'avvicinarsi dell'alba il cielo cambiò in grigio chiaro. Sebbene avessero lasciato Upper Creede e fossero entrati tra le montagne lungo lo stesso percorso dell'escursione precedente, una volta giunti sulle colline avevano deviato a est, in una nuova area. Per il momento, la strada era pianeggiante, tuttavia Molly riusciva a vedere che più in là avrebbero presto iniziato a inerpicarsi fuori dalla valle che stavano attraversando.

Jake le lanciò un'occhiata di sottecchi. «Perché non vi piacciono i tunnel?»

Lei si abbassò la tesa del cappello e si strinse la sciarpa attorno al collo, una vera sfida con le mani infilate in guanti di pelle. «Da piccola sono caduta in un pozzo. Ci è voluto parecchio tempo prima che mi trovassero.»

«Quanti anni avevate?»

Lei si schiarì la gola. «Sette. Anche adesso sembra che non riesca a domare la paura.» Imbarazzata, una parte di lei voleva nascondere quell'episodio a Jake. Non era certo un evento tragico quello che aveva vissuto, eppure ne riviveva echi spaventosi ogni qualvolta si trovava in uno spazio ristretto, il che, grazie al cielo, non accadeva spesso, dal momento che si assicurava di evitarli. In cerca di un modo per cambiare argomento, gli chiese: «Quando vivevate all'estero, che tipo di lavoro facevate?»

Lui rifletté sulla domanda. «Potreste non gradire le mie risposte.»

«Eravate un criminale?»

«Non se potevo evitarlo, però la vita a volte non è così semplice.»

In sella a Fernando, l'uomo aveva un'aria di freddo contegno; ciò nonostante Molly stava iniziando a capire che era tutta una farsa. Riusciva quasi a percepire l'odore dell'istinto di sopravvivenza che emanava.

«Fatemi un esempio» lo incitò.

«A diciotto anni ero un trafficante di sale a Shanghai.»

«Perché il sale? L'oppio non vi avrebbe fatto guadagnare più denaro?»

Jake rise, e a Molly faceva piacere sapere di riuscire a

scatenare una tale reazione in lui.

Con uno sguardo divertito, l'uomo le chiese: «Come fate a sapere dell'oppio?»

Lei scrollò le spalle. «A Tucson ci sono immigrati cinesi. Ci sono sale da oppio nella Vecchia Chinatown.»

«Spero che voi non ne frequentiate nessuna. Quella roba afferra le persone e ruba le loro anime.»

Molly si chiese se parlasse per esperienza personale.

«A quei tempi decisi che il sale era meno pericoloso. Il governo regolamentava chi poteva comprare e vendere, il che danneggiava tutti. In situazioni del genere, il contrabbando diventa un male necessario.»

«Però è comunque pericoloso.»

«Solo se ti prendono.» Il furfante che era in lui stava venendo fuori. Era quello che lo rendeva tanto interessante?

«Lo Sciacallo Contrabbandiere.» Molly fece scorrere lo sguardo a includere tutto lo splendore delle montagne del Colorado che li circondavano, con il timore che l'attrazione per quell'uomo fosse troppo evidente.

«Suona bene, vero? Comunque sono stato scoperto, anche se non dalla polizia. Una notte, un gruppetto di noi stava scaricando una spedizione giù al porto quando fummo assaliti da un'altra banda. Uccisero due di noi, poi presero me e altri tre. Ci portarono in un magazzino abbandonato e ci interrogarono. Volevano tutti i nostri contatti.»

«Glieli diceste?»

«Sì.» Il suo tono spensierato svanì. «Avevo solo diciotto anni e volevo vivere. Dopotutto, si trattava solo di contrabbando di sale, non valeva la pena di morire per quello. I miei contatti, tuttavia, non ne furono molto contenti. Riuscii a scappare, però dovetti restare nascosto, almeno finché non riuscii a lasciare la Cina. Alla fine mi ritrovai su una barca diretta in Vietnam e finii dritto in mezzo a una guerra tra Cina e Francia.»

Il cuore le batteva con un rapido ritmo intermittente nel

petto, e aveva il fiato corto. Come se fosse stata in quel momento là con lui, si preoccupava della sua sicurezza. Era una sensazione davvero strana. L'uomo era in salute ed era vivo e vegeto a solo un metro da lei, eppure le ci volle un momento prima che la sua mente accettasse quella logica. Non l'aveva perso. A dire il vero, lo conosceva a malapena. C'era forse qualche grande disegno dell'universo che aveva fatto incrociare i loro cammini? L'attrazione che provava per lui era qualcosa di più?

Le girava la testa per tutte le possibilità che si presentavano.

La voce di sua madre le sussurrò all'orecchio: *È il piano di Dio.* Mary Simms credeva fermamente in un potere superiore, soprattutto dopo che la sorella minore – Molly Hart – era stata resuscitata dai morti dieci anni dopo che tutti l'avevano creduta assassinata in modo brutale. Era difficile parlarne senza usare le parole "miracolo" e "destino".

Molly non aveva mai pensato molto a quell'argomento, eppure in quel frangente si chiese se la sua omonima avesse mai sentito la Provvidenza mormorarle nei recessi dell'anima.

Piano piano, la tensione andò dissipandosi, rimpiazzata dal sollievo. «Sono lieta che abbiate il talento di restare vivo.»

Jake le fece un sorrisetto. «Anch'io.»

NEL TARDO POMERIGGIO, Jake fece fermare gli animali accanto a un torrente che scorreva lento, così che potessero riposarsi e abbeverarsi. Si meritavano una pausa dopo aver passato diverse ore a inerpicarsi per uscire dalla vallata.

«Ci sono molti prospettori tra queste colline?» gli chiese Molly mentre conduceva Cannella verso l'acqua gelida.

«È probabile.» Jake slegò la corda che legava il mulo a Fernando, quindi estrasse la sua carabina Winchester dal fodero. Tutti e tre gli animali andarono a dissetarsi. «Restate qui. Torno subito.»

Si sistemò il cappello e si spostò su per il sentiero, in cerca di un punto di osservazione. Nella terra notò delle tracce. Forse un puma?

Si fermò e si mise in ascolto. Il vento si incanalava tra gli alti muri di granito e accarezzava gli alberi. Gli uccelli cinguettavano: era un buon segno. Secondo la sua esperienza, quando era presente una minaccia gli animali si facevano silenziosi. Camminò senza far rumore per un po', evitando le occasionali chiazze di neve, con gli stivali che affondavano nel terreno morbido, e ispezionando i dintorni, i suoi sensi all'erta.

Non c'era nulla di più affidabile del suo istinto, una lezione che aveva imparato a caro prezzo dalla sua fuga da Shanghai.

Lui e Molly Rose non erano soli, lo sapeva per certo.

Si bloccò al suono di un respiro affannoso e cercò di determinarne la posizione, anche se in una gola tanto stretta l'eco poteva trarre in inganno.

Un animale balzò fuori dai cespugli e si avventò su Jake. Quando lui si voltò di scatto, riconobbe il bastardino all'ultimo secondo e abbassò la canna della carabina. Il cane gli saltò addosso e gli piazzò le zampe anteriori sul petto, alla disperata ricerca di una faccia da leccare.

Jake gli grattò le orecchie e si chinò in avanti così che l'animale potesse baciarlo. «Grom, è bello vederti.» Il pelo dritto e marrone era un po' trasandato, ma per il resto era ben curato dai padroni.

«Eccolo.» La figura tarchiata di Ivan Krupin emerse dai cespugli, con una pala in mano. «Ero sicuro che doveva trattarsi di qualcuno che conoscevamo, dal modo in cui è partito a razzo. Quello, oppure aveva trovato un'innamorata.»

Jake rise e Grom si sedette sulle quattro zampe, agitando la coda come un cowboy che faceva girare un lasso. «Spero di non essere io l'amore di Grom.»

Ivan sospirò. «Penso tu sia l'unico che ha. Io e Pearl non riceviamo molti visitatori.» Si strattonò il cappello nero da pescatore sulla testa e guardò Jake con l'occhio sinistro – quello destro era coperto da una benda, a causa di un incidente con la dinamite accaduto anni prima. La sua carnagione scura e la barba e i baffi trasandati gli avevano sempre fatto pensare che l'uomo somigliasse a un pirata.

Jake gli strinse la mano. «Sei un po' lontano da casa.»

Lui scrollò le spalle. «Solo qualche ora. Sono stato a dissotterrare qualche mucchietto. Sei venuto a rubare tutto il mio duro lavoro?»

«No, ti starò fuori dai piedi. Voglio esplorare una valle qui vicino.»

«Quale?»

Jake schivò Grom che gli si sfregava contro la gamba. «Te lo farò sapere quando la troverò.»

«I prospettori e i loro segreti» brontolò Ivan, poi però rise. «Non dovresti andarci da solo.»

«Non sono solo. Ho compagnia.»

L'uomo inarcò un sopracciglio. «Tu e Robbie avete fatto pace?»

«In un certo senso. C'è sua sorella con me.»

«Non prendermi in giro, McKenna. Pearl darebbe il suo braccio sinistro per vedere un'altra donna.»

«Allora ben presto Pearl sarà senza un braccio.»

Ivan fece una fragorosa risata. «Accidenti, cosa stiamo aspettando? Mostrami questa femmina sfuggente prima che mi convinca di essere impazzito per aver bevuto troppo distillato di tarantola.»

«A tal proposito, ho una bottiglia di whisky di segale che ti piacerà.»

Lui gli diede una pacca sulla schiena. «Sei il figlio che non ho mai avuto.»

Il sentimento era sincero e anche colmo di tristezza. Ivan e Pearl avevano perso il loro unico figlio molti anni prima.

IVAN KRUPIN LE PIACQUE SUBITO. Durante le presentazioni, lui l'aveva avvolta in un abbraccio esuberante e il suo cane Grom l'aveva quasi buttata a terra con i suoi balzi. L'uomo non aveva un cavallo, perciò Jake gli camminava accanto conducendo Fernando, mentre si addentravano sempre più nella landa selvaggia. Al mulo non andava a genio il cane, però alla fine si mise in marcia una volta che Ivan ebbe dato l'ordine a Grom di andare avanti.

Con una pala su una spalla e uno zaino di tela sull'altra, l'uomo si posizionò in modo che Molly potesse sentirlo mentre si trovava in groppa a Cannella. «Robbie è un bravo ragazzo, a parte il fatto che frequenta quel teppista, Winston.»

«Se può consolarti» disse Jake «non penso che Robert lo faccia perché quel tizio gli piace.»

Ivan scosse la testa. «Allora spero che sappia quello che fa. Sai che sono in debito con te.»

«E io sono venuto a riscuotere.» Jake diede una leggera pacca sulla schiena dell'uomo quando ripresero a camminare.

«Tutto ciò che vuoi.»

Jake lanciò un'occhiata alle proprie spalle, verso di lei. «Molly Rose può restare con te e Pearl mentre io vado in esplorazione tra le colline?»

Ivan lanciò un urlo. «Certo che può. Pearl strillerà dalla gioia come un maiale nel fango.» Quindi spostò lo sguardo su di lei. «Siete sempre la benvenuta a casa nostra, signorina.»

«Vi ringrazio» disse Molly. «Perché dovete a Jake un favore?»

«Quasi mi mortifica dirlo.» L'uomo scosse la testa. «Comunque sia lo farò, dato che Jake mi ha salvato la pelle. Quel buono a nulla di Winston mi ha convinto con l'inganno a comprare azioni di una compagnia fasulla. Jake ha recuperato i miei soldi e i documenti incriminanti.»

«Dunque Winston aveva ragione quando vi ha accusato di aver rubato» disse Molly a Jake.

«Colpevole.» Sul suo volto non c'era traccia di rimorso.

Ivan lo guardò con preoccupazione. «Spero che tu non abbia avuto problemi a causa di questo.»

«Niente che non potessi gestire.»

Jake incrociò lo sguardo di lei e lo sostenne per un attimo. Era chiaro che non voleva che Molly approfondisse riguardo a quello che era accaduto tra lui e Winston.

Fu un viaggio piuttosto lungo, ma dopo diverse ore giunsero finalmente a una baita, un piccolo recinto e una stalla nascosta in un bosco ceduo. Dal camino uscivano spirali di fumo. Grom partì a razzo, con le orecchie che ciondolavano.

Una donna alta e slanciata uscì sul portico e sventolò una mano. Un grembiule copriva una gonna di lana sbiadita e una camicetta con le maniche arrotolate fino ai gomiti.

Molly smontò da cavallo e si diresse verso di lei per presentarsi.

«So chi sei.» Pearl la avvolse in un abbraccio, più o meno come aveva fatto Ivan.

Lei si godette il caldo abbraccio, sorpresa dall'affetto che i Krupin dimostravano per dei completi estranei, quindi tornò a guardare la donna. «Davvero?»

Occhi verdi come la foresta la accolsero. Le labbra sottili di Pearl si allargarono in un sorriso obliquo, i capelli castani screziati di grigio erano annodati in uno chignon sulla nuca. «Sono Pearl e tu sei Molly Rose.»

«Come sapete il mio nome?» le chiese lei, sbalordita dalla preveggenza della donna, che era come una fresca folata di vento e trasudava un senso di *conoscenza*. Guardare il suo viso la avviluppò in un bozzolo di calma serenità. «Ci siamo già incontrate?»

«Sei la copia esatta di tuo fratello, e lui ci ha raccontato così tante cose su di te.»

Ma certo.

Molly sorrise, imbarazzata per aver pensato che Pearl fosse una qualche ultraterrena dea della terra. Era semplicemente una donna che prestava attenzione.

CAPITOLO 12

Jake sedeva al tavolo all'interno della modesta baita dei Krupin, e Molly gli era accanto, insieme a Ivan e Pearl. Cenarono con abbondanti porzioni di stufato di coniglio e rapa che la padrona di casa aveva preparato, come se avesse saputo che stavano arrivando.

C'erano state volte in cui la donna aveva detto cose singolari, che Jake però aveva più che altro ignorato, considerandole come le riflessioni di un'anziana signora che trascorreva troppo tempo da sola nei boschi. La loro casa era isolata, anche per i canoni di un eremita, e spesso Ivan se ne andava tra le montagne per i fatti suoi.

«Ci sono ancora tre posti che ho intenzione di controllare» disse l'uomo. «Ho trovato dei cumuli e voglio vedere se riesco a trovarne la fonte.»

«Qui vicino?» chiese Jake con la bocca piena.

«Avanti, lo sai che non posso dirtelo.»

«Perché?» chiese Molly, e il suo braccio sbatté contro quello di Jake che, essendo mancino, andava a scontrarsi con lei che era destrorsa. Poiché la donna fingeva di non notarlo, Jake si concedeva di toccarla ogni volta che poteva.

«I prospettori sono una razza superstiziosa» disse Ivan.

Pearl si alzò. «È questa la tua definizione?» Recuperò la caffettiera che si stava scaldando sulla stufa e riempì le tazze agli uomini. «È più simile alla pazzia.»

Quando la donna si avvicinò alla sua tazza, Molly sventolò una mano per rifiutare. «Non riuscirò a dormire.»

«Tutti si preoccupano degli usurpatori di concessioni» disse Jake, rilassandosi sulla sedia e con il braccio sullo schienale di quella di Molly.

Ivan bevve il suo caffè ed emise un brontolio di felicità. «Pearl, fai il caffè migliore da questo lato delle Rockies.» Il suo sguardo si spostò poi su Molly. «Anche se il furto di concessioni è un problema, la preoccupazione maggiore è rappresentata da tutti quegli uomini che iniziano a indagare una volta che trovi qualcosa.»

«Sperano tutti di trovare altri punti di accesso a una vena, però la scoperta più importante è l'apice» aggiunse Jake.

Molly si appoggiò allo schienale e non si ritrasse quando lui le sfiorò la spalla con le dita. «Cos'è?»

«In parole povere» le disse lui «è l'inizio della vena in superficie. Se si è fortunati, la si rivendica, e quindi la legge dell'apice, conosciuta anche come Legge Mineraria del 1872, dà il diritto di seguire quella vena fino alla fine, anche se questa dovesse incrociare la concessione di qualcun altro.»

«Perché non vi limitate a registrare concessioni multiple su tutta l'area di interesse?»

Ivan fece una risatina e Jake sorrise.

«Lavorare su una concessione è un'attività estenuante» le disse Pearl, tornata a sedersi al suo posto. «Per mantenere la concessione, secondo la legge bisogna svilupparla. Per i prospettori è meglio trovare una o due zone da rivendicare e concentrarsi su quelle, anziché allargare troppo il lavoro.»

«Quanto può essere grande una concessione mineraria?» chiese Molly.

«La lunghezza massima è di centocinquanta metri e la larghezza è di novanta» disse Ivan. «Tutto quello che c'è direttamente al di sotto è tuo, a meno che non sia l'apice, allora in quel caso puoi espanderti oltre i confini della tua concessione. A ogni modo, il punto di scoperta deve essere all'interno di questi confini. A volte rivendichi una zona eppure, dopo settimane di scavi, non riesci a trovare nulla di valore. Quel punto di scoperta che pensavi di avere risulta essere inutile.»

«E cosa si fa in quel caso?»

«Si trova un'altra concessione, se in quell'area ne sono rimaste» rispose Jake.

Molly si voltò verso di lui, gli occhi una sfumatura scura di verde muschio nella luce tremolante della lampada a olio sul tavolo. Aveva il naso arrossato per via della lunga giornata trascorsa ad attraversare le montagne. «Sembra tutto molto difficile.»

Lui rimosse a malincuore la mano dalla sua sedia prima di cedere alla voglia di toccarla di nuovo, dal momento che avevano un pubblico. «Fare prospezioni non è un metodo per arricchirsi in fretta.»

«Parla per te» si intromise Ivan.

Jake sorrise. «Suppongo sia questo il motivo per cui continuiamo a farlo. Non sai mai cosa troverai sulla prossima parete rocciosa.»

«Oltre a Pearl, ci sono altre donne qua fuori che fanno prospezioni?» chiese Molly.

«Io le faccio solo quando devo» le rispose lei. «Comunque non ci sono poi molte donne qui.»

«È un lavoro tedioso e spesso noioso» disse Jake. «Non dite che non vi avevo avvertita.»

«Domani andrai insieme a Jake?» le chiese Pearl.

«Mi piacerebbe.» Molly lo fissò con un'espressione speranzosa.

«Se troverai qualcosa, dovrai condividerlo.» Ivan mise da parte la ciotola e si batté una mano sullo stomaco.

«I contratti hanno un certo potere.» Pearl spalmò del burro su un biscotto, quindi guardò Jake e in seguito Molly. «C'è sempre uno scopo dietro.»

Il fato fece scorrere un dito lungo la spina dorsale di Jake. Nonostante lui non avesse parlato ai Krupin della Chigger, come al solito quei due erano riusciti comunque a scoprirlo.

«Pearl ha ragione» disse Ivan. «Fa' attenzione se hai intenzione di infrangerne uno. Non ne ho mai visto derivare nulla di buono.»

«Ho afferrato il concetto.» Jake incrociò lo sguardo di Molly e vi ritrovò riflesso il suo stesso disorientamento.

Sulle labbra della ragazza si allargò un sorriso mentre si girava per chiedere a Pearl: «Da quanto vivete qua fuori?»

«Siamo qui da quasi tre anni. In principio vivevamo in una tenda, e Creede non era altro che un passaggio per i minatori che andavano e venivano da Lake City e Silverton. Da allora c'è stata una crescita straordinaria.»

«Come vi procuravate le provviste a quei tempi?» le chiese Molly.

«In qualunque modo e luogo riuscivamo.» Pearl rise. «In qualche modo, ce la siamo sempre cavata.»

«Capisco perché amate stare qui. È così bello e maestoso. Non ho mai visto un luogo simile.»

«C'è una certa sensazione in queste montagne, che si trova in pochi dei posti in cui sono stata. La poderosa corrente della terra scorre con forza, nei torrenti, nell'aria e negli alberi, e persino nelle pietre.»

«Dovreste ascoltarla» disse Ivan. «Ogni volta che mi ha parlato delle pietre e delle sue sensazioni a riguardo ho trovato qualcosa. È il mio bastone da rabdomante personale.»

«Dannazione» borbottò Jake. «Ora conosco il tuo segreto, Ivan.»

«E lei è tutta mia. Trovati la tua arma segreta.»

Lo sguardo di Jake si spostò di scatto su Molly, tuttavia l'attenzione della ragazza era focalizzata su Pearl.

«Ho una zia» disse lei. «Si chiama Emma e anche lei possiede la capacità di *sapere* le cose.» La sua voce aveva un accenno di reverenza. «Per lei, era come se non riuscisse a spegnere la conoscenza. Una volta mi disse che era come scivolare in un torrente con l'acqua che ti scorreva veloce tutto attorno.»

«E ora?» chiese Pearl.

«È più cauta.»

«Ci vuole pratica per potenziare la capacità di *vedere*. Io, se sto ferma e in silenzio, riesco a *sentire*.»

«Che cosa sentite?» le chiese Molly.

«Il suono della terra e di tutte le sue creature.»

Il viso di Pearl risplendeva alla luce della lampada e, per un attimo, sembrò giovanissima, una bambina con una capacità sovrannaturale di muoversi nel mondo con dei sensi eccezionali. Per Jake era chiaro che Molly rappresentasse una perfetta accoppiata, uno spirito con l'abilità di abbellire coloro che le stavano attorno rimuovendo gli strati del mondo visibile.

«*Sii grato per chi viene, perché ognuno è stato inviato come una guida*» disse lui, le parole si affacciarono da un ricordo lontano, un tempo e un luogo incisi in eterno nella sua mente.

«Da dove viene questa frase?» gli domandò Pearl.

«È di un poeta che ho studiato mentre mi trovavo in Turchia.» Il suo insegnante – un uomo cieco di nome Doruk Mataraci – era stato senza dubbio l'uomo più intelligente che avesse mai incontrato. Avevano legato condividendo tè turco e budino al latte, e una tendenza a vedere la vita come un gioco.

Pearl gli fece un sorriso smagliante. «Tu sei proprio Lo Sciacallo: sveglio e furbo come i nostri coyote.» Poi spostò lo sguardo su Molly. «Spero che riuscirai a stare al passo con lui.»

«Non me la lascerò alle spalle» disse Jake.

«E adesso andate tutti fuori.» La padrona di casa li liquidò con un gesto della mano e si alzò di nuovo dalla sedia. «Devo riordinare.»

«Vi aiuto» si offrì Molly.

Ivan spinse indietro la sedia facendone strisciare le gambe sul pavimento. «Tu vai a prendere quella bottiglia di whisky e io prendo la mia pipa» disse rivolto a Jake, che annuì. «Donna, passami una tazza» ordinò alla moglie.

Lei scosse la testa, ma poi prese due tazze di latta pulite e le porse a Jake. Grom volò fuori dietro di loro quando i due uomini uscirono. Jake andò a recuperare la bottiglia di liquore dalla sua attrezzatura nella stalla, quindi si accomodò su una sedia a dondolo sul portico, con Ivan accanto a lui. Versò una piccola dose di whisky in ciascuna delle tue tazze e si appoggiò contro lo schienale per sorseggiare il forte alcolico mentre osservava le migliaia di luci scintillanti che affollavano il cielo notturno.

Ivan riempì la pipa e accese un fiammifero, quindi tirò delle boccate finché il tabacco non iniziò a bruciare. «Lei mi piace.»

«Pearl? Vorrei ben sperare.»

«No, mascalzone, Molly Rose.» L'uomo prese un sorso dalla sua tazza, quindi si rinfilò la pipa all'angolo della bocca. «Cos'hai intenzione di fare a riguardo?»

«In che senso?»

«Non diventerai più giovane, McKenna. Dovresti davvero sistemarti. Una brava donna può fare la differenza nella vita di un uomo.»

«Non lo dubito.»

«Perché non riesco a pensare a un'altra ragione per cui l'avresti portata qua fuori.»

Jake scolò la sua tazza di acquavite. «Magari possiede una concessione importante e io ho intenzione di rubargliela.»

Ivan si immobilizzò, con lo sguardo pensieroso. «So che hai

vissuto la tua vita negli angoli più sperduti, figliolo, però so anche che non arriveresti mai a rovinare una ragazzetta carina come la sorella di Robbie là dentro.» Inclinò la testa verso l'interno della baita.

Jake fissò la tazza vuota. «Hai un'opinione troppo alta di me, Ivan.» Da quando Molly Rose era entrata nella sua vita, lui era stato afflitto dal desiderio di essere migliore. Era un sentimento nuovo e inaspettato. Prima di quel momento, essere l'uomo che era non l'aveva mai infastidito.

Ivan si chinò per avvicinarsi. «Per la donna giusta, tutti noi ci sforziamo di essere uomini degni di questo nome.»

L'aroma acre del tabacco gli ricordò gli uomini del piroscafo che l'avevano portato in Asia molti anni prima. Erano un assortimento di tagliagole, vagabondi e opportunisti – uomini stranamente retti eppure egoisti nelle loro occupazioni. In una parola, pirati. Era una tribù nella quale lui si era insediato, un legame di parentela che gli calzava a pennello, tuttavia non era certo il tipo di vita che una donna come Molly Rose avrebbe bramato.

«Com'è che sei rimasto con Pearl per tutto questo tempo?» gli chiese Jake.

Ivan batté la pipa per svuotarne il contenuto sul portico, quindi tornò a riempirla di nuovo. «Quello che mi stai davvero chiedendo è come fa un uomo a consegnare la propria vita a una donna.» Sfregò un altro fiammifero e accese di nuovo la pipa. «Invece si tratta proprio del contrario. Sarei perso senza la mia Pearl.»

Jake riempì di nuovo entrambe le tazze e sorrise. «In effetti hai un terribile senso dell'orientamento.»

«Sei un verme, ma comunque riesco a vederlo.»

«Vedere cosa, vecchio mio?»

«Che lei ti prende.»

Jake mandò giù il suo drink in un solo sorso. *Già.*

Più in là, l'ombra di Grom schizzò a tutta velocità, all'inseguimento di un coniglio, uno scoiattolo o un topo. Lui provò un'affinità con il cane. Gli ultimi dieci anni erano stati occupati da un'impresa dopo l'altra, che non l'avevano mai trattenuto a lungo nello stesso posto.

Eppure non riusciva a scrollarsi di dosso la sensazione che la sorte gli avesse appena sferrato un calcio nei denti, e il suo nome era Molly Rose Simms.

MOLLY ASCIUGAVA i piatti mentre Pearl li lavava, e ben presto rimisero in ordine la cucina.

«Jake dormirà nella stalla» le disse la donna. «Io e Ivan non siamo moralisti, perciò mi aspetto che anche tu passerai lì la notte.»

«Io...»

«Sai come si fa a evitare una gravidanza fino al momento giusto?»

«Ehm...» Lei scosse la testa, imbarazzata, con la voce bloccata in gola.

«Lo vuoi sapere?»

«Non ne sono sicura.» La sua voce era poco più di uno squittio.

«Vedo quell'espressione che hai negli occhi. Quando la passione colpisce, la mente smette di funzionare bene.» Pearl le batté una pacca sulla mano. «Io credo che le donne dovrebbero essere preparate per la passione, dal momento che per loro la posta in gioco è molto più alta.»

Molly non riusciva a muoversi, pietrificata dall'incredulità. Nemmeno sua madre era mai stata così franca con lei.

La donna la guidò verso il tavolo e la fece sedere con dolcezza su una sedia, quindi le si accomodò accanto. «Quello che Dio ha creato tra un uomo e una donna è una cosa meravigliosa. Sei già stata a letto con Jake?»

Molly scosse la testa con la velocità di un picchio che si accanisce su una corteccia fresca.

Pearl ridacchiò. «Conosco Jake. Non ti forzerà se non sei pronta. È un tipo a posto, su questo puoi scommetterci, perciò calmati. La cosa più importante da ricordare è che quando si unirà a te, non potrà giungere alla conclusione dentro di te. Se lo farà, c'è una possibilità che rimarrai incinta.»

Molly deglutì. Non era del tutto sicura cosa intendesse dire la donna, però non voleva sembrare una completa idiota nel chiederglielo. Inoltre, lei e Jake non erano affatto vicini a *giungere alla conclusione* tra loro, giusto?

«Io e Jake non ci conosciamo da molto» mormorò.

«Oh, tesoruccio, questo non fa alcuna differenza.»

A Molly girava la testa. Non sapeva quale sensazione fosse più forte, se la curiosità o la preoccupazione. «Perché dite ciò?»

«Si dice che le anime oltrepassino il tempo e lo spazio.» Le rughe sul viso di Pearl si distesero e sembrava che stesse brillando di una luce interiore, gli occhi scuri riflettevano una saggezza che Molly aveva talvolta visto in sua zia Emma e sua zia Tess. «E, al momento giusto, si incontrano. L'attrazione tra te e Jake è molto forte.»

«Forse» ammise lei.

Il calore della donna la invitava a scivolarle in grembo e ad abbracciarla come una nipote farebbe con una nonna. Molly si sforzò di restare seduta, anche se non riuscì a trattenersi dall'allungare la mano in cerca di quella di Pearl. I palmi dell'anziana donna le avvolsero la mano destra. «Perché lui mi sembra così familiare?» le chiese, in un impeto di desiderio.

«Le vostre anime sono incollate.»

A Molly sfuggì una risata. Di certo quella era una delle conversazioni più strane che avesse mai avuto. Poi, in un lampo, le tornò alla mente un lontano ricordo, e guardò la donna con gli occhi sgranati.

«Cosa c'è?» le chiese Pearl.

«Me n'ero dimenticata fino a questo momento. Quando avevo undici anni, passai l'estate in Texas con i miei parenti. Vi ho raccontato di mia zia Em e delle sue capacità di conoscenza. Un giorno, mentre l'aiutavo a fare il pane, mi chiese se sarei stata interessata a sentire il racconto di una visione che aveva avuto di recente… su di me. Naturalmente, io dissi di sì.»

«Che cosa ti raccontò?»

«Mi disse che mi aveva visto correre con un animale. Lo definì un coyote, però ora mi chiedo se…»

«In alcuni luoghi, i coyote vengono chiamati sciacalli.»

Molly restò seduta in silenzio, poi scosse la testa. «Si tratta solo di assurdità e di pia illusione? La sua visione avrebbe potuto significare qualsiasi cosa.»

«Cosa ti disse tua zia?»

Cercò nella sua mente degli altri frammenti. «Beh, qualcosa del tipo che i coyote possono essere astuti e che hanno un forte istinto di sopravvivenza.»

«Per quanto riguarda Jake è vero. Penso che sia il motivo per cui a Ivan piace. Spiriti affini e quant'altro.»

Un brivido le percorse la schiena. *Spiriti affini.*

«Zia Em mi disse che certi spiriti animali possono restarci attaccati» disse. «Che forse ci inseguono. Devo ammettere che la sua affermazione mi spaventò un po' perché pensavo significasse che a un certo punto un coyote mi avrebbe inseguita.»

«Penso che forse lei avesse visto il futuro. Alcune persone riescono a farlo, anche se può essere più difficile trovare chiarezza.»

«Voi possedete questo talento?»

Pearl scosse la testa. «No, non proprio. Preferisco vivere il momento. C'è già molto da sapere nel qui e ora.»

Molly aggrottò la fronte al ricordo di un altro dettaglio della sua conversazione con zia Emma. «Mia zia disse anche che c'era una lettera nella sua visione. Non riusciva a leggere il nome che c'era scritto sopra, però c'era un francobollo di Hong Kong con un'ulteriore scritta che diceva "Shanghai". A quel tempo ammise che non ne capiva il significato.» Un altro brivido. «Jake mi ha detto di essere stato un trafficante in Cina.»

Il volto di Pearl si illuminò per la sorpresa. «Davvero?» esclamò, poi scoppiò in una spassosa risata. «Che demonio, quell'uomo. Se io fossi giovane e bella come te, proverei a rapirlo subito.»

Attonita, Molly non aveva parole.

La donna le prese la mano. «Oh no, sto solo scherzando. Non cambierei il mio Ivan con niente al mondo.»

Molly esitò. «No, non è per quello. È che… io non sono bella. Quel colpo di fortuna è toccato a mia sorella Evie. E… non spetta a me rapire Jake.»

«Molly Rose, credo davvero che ti sbagli su entrambi gli aspetti.» La voce di Pearl era un tranquillo balsamo di rassicurazione. «Lascia che ti offra qualche altro consiglio su modi alternativi di accoppiarsi senza il rischio di concepire un bambino.»

Mentre lei ascoltava, il disagio lasciò presto il posto a shock e stupore. Non aveva idea che ci fossero tante variazioni in una relazione. Non c'era da stupirsi che gli uomini andassero a far visita a donne come Mabel. La profondità della conoscenza di una donna di facili costumi doveva essere sconcertante.

Quando Jake e Ivan entrarono in casa, Molly quasi schizzò dalla sedia per lo spavento.

«Non volevamo spaventarvi, figliola» disse Ivan, e inchiodò sua moglie con uno sguardo accusatorio. «Cosa le hai raccontato?»

«Cose importanti, tutto qui.»

«Jake, di solito per noi uomini significa guai.»

Jake fece un sorrisetto e Molly distolse lo sguardo, per il

timore che lui potesse notare che lo stava fissando con desiderio, chiedendosi come sarebbe stato se loro due avessero fatto una qualsiasi delle attività a cui Pearl aveva accennato.

«È ora di andare a dormire» disse Ivan. «Voi due cercate di stare al caldo là fuori nella stalla.»

Il cuore di Molly martellava e una vampata di calore la avvolse, partendo dalla testa fino a raggiungere le dita dei piedi. La sua mente era ricolma di tutti i modi in cui lei avrebbe potuto dare piacere a Jake e come lui avrebbe potuto darlo a lei. Era davvero troppo turbata per restare da sola con lui, questo era certo. *Buon Dio, come faceva una donna a gestire certe cose?*

«Se non è troppo una seccatura, potrei dormire qui?» disse senza pensarci. «Mi va bene stare sul pavimento.»

Pearl sembrò sorpresa. «Naturalmente. Ne sei certa?»

Molly annuì.

La donna sorrise a Jake. «La terremo d'occhio noi, non preoccuparti.»

Un lampo di delusione gli annebbiò gli occhi. «Non sono preoccupato. Porterò dentro le sue cose.»

Ivan e Pearl si spostarono nell'angolo della baita, mentre Jake uscì per poi tornare con la bisaccia di Molly, che si alzò e gliela prese dalla mano.

Lui le si avvicinò. «Starete bene qui dentro?»

«Sì» gli rispose lei in fretta.

«Bene, allora ci vediamo domani mattina presto.»

Con sua sorpresa, le baciò la guancia, poi si mise in testa il cappello.

«Buonanotte» aggiunse.

Lei incrociò i suoi occhi, distolse lo sguardo, quindi tornò a incontrarlo. «Buonanotte.»

Dopo che fu uscito, Molly ne fu sollevata eppure allo stesso tempo sentiva la sua mancanza. Si tenne occupata preparando un giaciglio sul pavimento, vicino alla stufa della cucina. Ivan fece entrare Grom, e il cane le si accucciò accanto, con il corpo polveroso che spingeva contro la sua spalla.

L'uomo ridacchiò. «Vi riscalderà.»

La faceva anche starnutire. Attraverso la foschia mentale causata dal naso che colava, la sua mente non voleva smettere di rivivere tutti i modi possibili in cui Jake avrebbe potuto riscaldarla.

Buon Dio, davvero.

CAPITOLO 13

Jake si alzò di buon'ora e si mise a preparare i cavalli e il mulo, dal momento che non gli piaceva oziare.

Mentre conduceva gli animali sul davanti della baita, Molly uscì sul portico. Anche lei si era già lavata e vestita, e aveva i capelli tirati indietro dal viso e acconciati in uno stretto chignon.

«Buongiorno» le disse lui. «Come avete dormito?»

«Bene.»

Bene un corno. Le ombre scure che aveva sotto agli occhi indicavano che aveva avuto una notte agitata.

«Grom si agita nel sonno» aggiunse. Poi il suo sguardo si spostò sui cavalli. «Ci portiamo dietro molte cose per restare via solo una giornata.»

«Voglio essere preparato nel caso non riuscissimo a tornare prima che faccia notte.»

Un lampo di panico le corrugò il viso.

«Molly, non dovete per forza venire con me» la rassicurò, anche se sperava che lo facesse. Era probabile che lasciasse Creede nelle settimane seguenti e lui aveva a disposizione solo poco tempo prezioso per conoscerla.

Lei lo guardò con un'espressione indecifrabile. «No. Verrò.»

Per nascondere il suo sollievo, Jake si mise a controllare che la cinghia di Cannella fosse stretta bene. «Dovremmo metterci in marcia non appena possibile.»

«Vorrei prima aiutare Pearl con la colazione.»

Lui annuì al di sopra della spalla e la donna scomparve all'interno della casa, mentre Ivan prese il suo posto.

«Ho un po' di tempo, perciò dammi uno o due compiti da sbrigare» gli disse Jake.

L'uomo scese dal portico e gli diede una pacca sulla schiena. «Prenditi tutto il tempo che ti serve su quelle colline. Dovrai lavorarci su.»

Si riferiva a Molly, e aveva ragione.

«Aiutami a dar da mangiare ai maiali e ai polli» aggiunse, e Jake lo seguì.

La colazione consisteva in uova fritte, pancetta, biscotti e caffè bollente. Molly sembrava più rilassata e chiacchierava con Pearl sui vari volatili presenti in quell'area.

Con le pance piene, si spostarono verso i cavalli legati al palo. Lo sguardo di Molly tornò a farsi circospetto mentre indossava il cappello e se lo abbassava sulla fronte, per poi stringerne i lacci di pelle attorno al collo. Quel giorno i suoi occhi erano pensierose pozze azzurre e lei gli ricordava un'intoccabile bellezza egizia.

Jake strinse la mano di Ivan e diede un bacio sulla guancia a Pearl. Molly li abbracciò entrambi.

«A presto» disse Ivan.

I due montarono sui cavalli, e Molly afferrò le redini con una mano guantata, la schiena dritta come una verga.

«Fate attenzione ai coyote» disse Pearl, sventolando la mano.

Lei aggrottò la fronte, però ricambiò il gesto.

Jake sollevò una mano in segno di saluto e fece voltare Fernando verso un sentiero che conduceva lontano, verso un'area remota.

Trascorsero la mattina ad attraversare un valico e, una volta giunti in cima, si fermarono per riposare. Il freddo nell'aria si era dissipato grazie al sole che scaldava la terra. Jake appoggiò un avambraccio sul pomo della sella e spostò lo sguardo su Molly, godendosi la vista dato che nelle ultime ore lei gli era stata sempre alle spalle.

«Una delle più belle vedute al mondo» disse, lieto che fossero finalmente soli.

«Immagino abbiate visto molti posti meravigliosi.»

«Vero, tuttavia è bello avere qualcuno con cui condividere questa.»

Gli angoli delle sue labbra si sollevarono. «Ditemi qual è il posto più straordinario che avete mai visto in tutti i vostri viaggi.»

Lui ci pensò su per un momento. «Devo rispondere le piramidi di Giza, appena fuori dal Cairo. Sono altissime ed è difficile immaginare come siano state costruite. Le pietre sono più grandi di qualunque uomo. Sapevate che la piramide principale era la struttura più alta al mondo finché non venne costruita la Torre Eiffel a Parigi?»

Lei scosse la testa. «Siete stato a Parigi?»

«A dire il vero no.»

«Negli ultimi tre anni una donna in città mi ha insegnato il francese.»

«Sono colpito. Non riesco a immaginare che nel deserto dell'Arizona si usi molto il francese.»

Molly scrollò le spalle. «Non è una scusa per non impararlo.»

«Magari un giorno potremmo andare a Parigi insieme.»

La sua fronte si corrugò per lo sgomento. Jake cercò di trovare un motivo per cui la donna fosse così scontrosa, ma non riusciva a capire il suo umore. «O magari no» borbottò sottovoce, e scese dalla sella.

Molly smontò e si allontanò di qualche passo, intenta a osservare il paesaggio mentre lui rimuoveva il carico dal mulo e assicurava dei picchetti nell'unico appezzamento di erba, così che gli animali potessero brucare. Quindi prese dalla bisaccia del cibo avvolto in una garza per formaggi e lo sistemò, prima di sedersi e distendere le gambe. A quell'altitudine il terreno era piuttosto brullo, solo terra e rocce e poca vegetazione.

Con la coda dell'occhio osservò Molly avvicinarsi e sistemarglisi accanto, anche se a debita distanza. Riusciva quasi a sentirla rimuginare su quanto vicina si sarebbe dovuta posizionare. Non si era seduta rivolta verso di lui, invece era appollaiata con il busto inclinato e lo sguardo rivolto verso l'ampio spazio aperto di Madre Natura.

Jake estrasse un coltello dallo stivale e tagliò due pezzi di formaggio, poi gliene porse uno. Lei lo accettò in silenzio.

«Siete stata molto taciturna dalla nostra visita a Ivan e Pearl.» Si sdraiò appoggiandosi su un gomito.

Lei annuì, gli fece un sorriso poco convinto e diede un grosso morso al formaggio, quindi distolse lo sguardo.

«Ho fatto qualcosa che vi ha offesa?»

«No» gli rispose lei in fretta, troppo in fretta, scuotendo la testa per dare maggiore enfasi.

«State mentendo. Sputate il rospo, Pulce.»

I suoi occhi di zaffiro scattarono verso quelli di lui.

Jake ridacchiò. Non aveva potuto farne a meno.

Lei spostò lo sguardo verso l'estesa vallata dove si trovavano Creede e Jimtown, e socchiuse gli occhi. «Nessuno a parte Robert mi chiama così.»

«Non avete risposto alla mia domanda.» Spezzò un grosso pezzo di pane che Pearl gli aveva dato e iniziò a mangiarlo a piccoli bocconi.

«Non mi avete offesa.»

«Ma…»

«Ma niente. Avete sempre bisogno di venire coccolato?»

Lui quasi si strozzò con il cibo. Quando riuscì finalmente a parlare, disse: «No» e poi rise. «In qualche modo, oggi siamo partiti con il piede sbagliato.»

«Sorridete troppo» lo rimproverò lei. «Ne eravate a conoscenza?»

Il suo sorriso si allargò ancora di più. «È questo che vi ha fatta innervosire?»

«No, certo che no.» Molly incrociò le gambe sotto la gonna e si sporse in avanti, con i gomiti appoggiati sulle ginocchia mentre con una mano affusolata si grattava la nuca. «È solo che… ecco…» Appoggiò il mento su una mano e, con la stessa rapidità, lo spostò, chiaramente agitata. «Mi avete baciata e… penso che forse *voi* potreste pensare che potrebbe esserci qualcosa…» Sventolò una mano tra loro. «Che potreste aspettarvi di più, *molto di più*» abbassò la voce per dare enfasi «ora che siamo qua fuori da soli, in mezzo al nulla.»

«Perché mai lo dovrei pensare?»

«Di certo Ivan e Pearl lo pensavano.»

«È questo il motivo per cui siete rimasta in casa ieri notte?»

«Era la cosa appropriata da fare.» Il tono della sua voce si era alzato.

«Dunque ora siete preoccupata perché ci siamo solo noi due qui fuori?»

«Se mi bacerete di nuovo, rimarrete solo deluso» disse lei d'impulso.

Jake si mise a sedere dritto. Quella conversazione gli faceva girare la testa. Doveva procedere con cautela, e non era sicuro in quale direzione dovesse procedere. «Lo dubito; a ogni modo non vi bacerò a meno che non me lo chiediate voi. Siamo d'accordo?»

Lei lo osservò, e la paura nel suo sguardo lo sorprese.

«Pearl mi ha detto cosa vogliono gli uomini» gli disse.

«Perché mai l'avrebbe fatto?»

«Immagino che stesse cercando di essere utile.»

Lui assottigliò lo sguardo. «Cosa vi ha detto di preciso?»

Il viso di Molly divenne rosso come un peperone e nei suoi occhi passò un lampo di panico. «Non potrei proprio ripeterlo.»

«Forse se me lo raccontaste, potrei dirvi se è vero.»

A lei sfuggì una risata nervosa e distolse lo sguardo. Quindi prese un respiro per calmarsi. «Oh, va bene» disse, sebbene continuasse a non guardarlo. «Ha detto che il modo migliore per evitare un figlio è di evitare la penetrazione, perciò sarebbe meglio aiutarsi con una mano oppure con la bocca. Ha detto che se ci fosse comunque una penetrazione, allora la cosa migliore da fare sarebbe di uscire prima di arrivare alla fine. Dovrà essere la donna a prendere il controllo, perché l'uomo sarà perso, la sua mente sarà semplicemente incapace di funzionare. Ha descritto diverse posizioni che possono aiutare a concepire un bambino o a evitarlo.» Fece una pausa per prendere fiato. «Volete che vada avanti?»

Sbalordito, Jake non sapeva cosa rispondere. Non era certo di cosa lo avesse scioccato di più, se il fatto che Pearl avesse parlato in modo tanto onesto di certi argomenti o che Molly avesse avuto il coraggio di riferirglielo ad alta voce.

Ivan, fortunato che non sei altro. Non c'era da stupirsi che non fosse mai lontano da sua moglie.

Lui si schiarì la gola. «No.»

«Io sono piuttosto inesperta in questo genere di faccende» continuò lei, sempre evitando il contatto visivo «e dato che sono certa che voi…»

«Che io cosa, Molly?» la esortò lui con dolcezza.

«Avete viaggiato in tutto il mondo.» Si tolse qualcosa dalla gonna. «Con tutta probabilità avrete conosciuto donne bellissime ed esotiche che erano piuttosto esperte in cose del genere. Ho solo pensato che doveste sapere che io non lo sono.»

Lei lo ammaliava molto di più di quanto lo avesse fatto qualunque altra amante straniera.

«Non ho mai supposto che lo foste.» Jake le si avvicinò, e il suo fiato le fece fluttuare contro il collo una ciocca di capelli sfuggiti all'acconciatura. «Quanto alle donne che ho conosciuto, posso in tutta onestà affermare di non avere *mai* incontrato una come voi.» Si riportò a una distanza di sicurezza prima di fare qualcosa di pericoloso, come ad esempio mordicchiarle l'orecchio. Non voleva spaventarla, e percepiva che da un momento all'altro lei avrebbe potuto fuggire via. «E riguardo a quello che ha detto Pearl... una donna può sempre scegliere quello che desidera fare. Oppure no. Io non sono esigente.» Inarcò un sopracciglio quando lei lo guardò. «Azzarderei dire che la maggior parte degli uomini non lo sia, a parte, a quanto sembra, Ivan.»

Lei gli regalò un sorriso incerto.

«Tuttavia, la nostra prossima cena con loro potrebbe essere un tantino imbarazzante» aggiunse, prima di raccogliere i resti del pranzo, per poi alzarsi e offrirle una mano. Lei la prese e Jake la sollevò in piedi. «Non abbiate paura di parlare con me, Pulce.»

Molly sollevò il mento e incontrò il suo sguardo, il suo imbarazzo d'improvviso era svanito. «Penso che d'ora in poi mi servirà un sorso da quella bottiglia di whisky che avete con voi prima di affrontare altre conversazioni a cuore aperto come questa.»

«Si può fare.»

Lei distolse lo sguardo e la sua mano scivolò via da quella di lui.

Rumi gli sussurrò nelle orecchie: *Gli amanti non si incontrano finalmente in qualche luogo. Sono sempre stati l'uno nell'altro.*

A MOLLY ERA STATO RIMOSSO un peso dalle spalle. La conversazione con Jake che l'aveva messa a disagio aveva, in modo miracoloso, alleviato la sua ansia, così come la tensione causata dalla loro vicinanza forzata.

Anche se percepiva il desiderio che l'uomo provava per lei – se doveva essere onesta con se stessa, l'aveva percepito fin dall'inizio –, la cosa che più la sconcertava era la brama che lei stessa provava. Non si era mai sentita così prima di allora. Doveva tenere gli occhi ben aperti.

Mentre percorrevano un sentiero che scendeva in una valle colma di pini, osservava Jake in sella a Fernando davanti a lei.

Fu allora che si rese conto del motivo per cui Pearl le avesse detto quelle cose. L'astuta donna l'aveva intesa come una tattica di avvertimento, e aveva funzionato.

E sebbene riportare le parole di Pearl a Jake in quel momento era stato davvero mortificante, la reazione dell'uomo era servita a far diminuire la paura che le si era insidiata nelle ossa. Lui l'avrebbe lasciata in pace a meno che non fosse stata lei a invitarlo ad avvicinarsi. *Non vi bacerò a meno che non me lo chiediate voi.*

Il solo pensiero le provocò uno sfarfallio nel ventre. Se quell'evento le aveva insegnato qualcosa, a ogni modo, era che avrebbe dovuto fare le cose con calma.

Però non ho molto tempo da passare con Jake.

Tuttavia, quello non era un motivo valido per procedere alla cieca e a tutta velocità, lasciandosi condurre solo dal cuore.

Verso il tardo pomeriggio giunsero a un vicolo cieco tra le rocce.

«Per questa notte ci accamperemo qui, poi domattina entreremo a piedi nella vallata dall'altra parte» disse Jake.

Molly annuì e si mise ad aiutarlo a preparare il campo, scavando un braciere mentre lui piantava due tende. Poi raccolse della legna asciutta e accese un fuoco, posizionò un treppiedi di legno sopra le fiamme e vi appese una pentola per far bollire il caffè. Mentre questa si scaldava, i due mangiarono il resto del formaggio e del pane che Pearl aveva dato loro.

«Qual è la vostra prossima meta?» gli chiese Molly, decisa a mantenere al minimo il proprio attaccamento a Jake McKenna.

Lui bevve dell'acqua da una borraccia. «Beh, non sono mai stato in Canada.» Piegò un ginocchio e vi appoggiò l'avambraccio. «Voi dove andrete?»

«Tornerò a Tucson. Però forse potrei fare un viaggio in giro per l'Europa molto presto.»

«E come pensate di fare?»

Sebbene fosse vero che il denaro e le risorse erano un problema, di recente le era venuta in mente un'idea. «Potrei fare la bambinaia in una famiglia benestante e viaggiare con loro.»

«Ma poi sareste vincolata a prendervi cura dei figli di qualcun altro.»

Lei scrollò le spalle. Era un piccolo compromesso da accettare. Purtroppo, però, non conosceva nessuna famiglia benestante con figli che stava per imbarcarsi in un viaggio oltreoceano.

«È molto più facile per un uomo» gli disse. «Non avete mai pensato di scrivere delle vostre avventure?»

«No. Dubito che avrei la pazienza per farlo.»

«Però avete studiato quel poeta, Rumi. Immagino che le sue opere non fossero state scritte in inglese.»

«No, infatti. Durante la mia permanenza a Istanbul avevo un insegnante piuttosto ostinato di nome Doruk. Anche se era cieco, insisteva nel volermi far imparare la lingua persiana.»

«Perché era ostinato?»

«Aveva deciso che io sarei diventato un uomo del Rinascimento.»

Molly spezzò un tozzo di pane. «Cosa significa?» chiese, prima di infilarselo in bocca.

«In pratica che avrei dovuto acquisire consapevolezza. Che avrei dovuto mettere fine ai miei comportamenti pagani e trovare l'illuminazione.»

«L'avete fatto?»

I suoi occhi si illuminarono di malizia. «Un uomo non può essere entrambe le cose?»

Lei non riuscì a resistere e abboccò. «Dunque aggirate la legge con la piena consapevolezza di ciò che state facendo?»

«Qualcosa del genere.» Estrasse una mela dall'attrezzatura e la addentò, poi gliela passò.

Molly fissò lo spazio vuoto che aveva lasciato. «Grazie per

avermene lasciata un po'.» Ne morse un pezzo più piccolo e, dopo aver deglutito, disse: «Questo periodo di illuminazione deve aver richiesto molto tempo.»

«Ne avevo parecchio a disposizione.» Jake tolse la pentola dal treppiede con un bastone lungo quindi la posò a terra. «Ero molto malato.»

«Di cosa?» A Molly si serrò il petto. Eccola di nuovo, quell'innaturale stretta di preoccupazione per il benessere di Jake.

L'uomo prese una pezza di iuta per proteggersi le dita dal manico bollente poi versò il caffè in due tazze e gliene porse una. «Malaria.»

«Non è fatale?» chiese lei, allarmata.

«Come potete vedere, sono riuscito a sopravvivere. Una volta passati il vomito e la febbre infinita, ero debole come un gattino. Mi ci è voluto un bel po' per tornare a essere me stesso.»

«Quanto siete stato vicino alla morte?» gli chiese lei piano, dimenticandosi della mela.

Jake allungò la mano e gliela prese. «Ho incontrato il tristo mietitore faccia a faccia.» Finì quel che restava del frutto e scartò il torsolo. «Dovremmo metterli da parte per i cavalli.»

«Cosa si prova a essere vicini alla morte?»

Lui sorseggiò il caffè, quindi disse in modo oggettivo: «All'inizio, combatti. Poi arriva la disperazione. E infine, fai pace con l'idea.»

«Della volontà di Dio?»

«Qualcosa del genere.»

«O la grazia di Dio.»

Lui fece una pausa e fissò il fuoco. «Non l'ho mai detto a nessuno…» Si passò una mano sulle guance. «Quando pensavo di essere arrivato alla fine, ebbi un incontro. Non so come altro definirlo. Credo che si trattasse dei miei genitori.» I suoi occhi si spostarono di scatto verso quelli di lei. «Mi dissero che non era la mia ora.»

«È una visione meravigliosa.»

«Suppongo di sì. Ammetto che è stato bello sapere che erano ancora con me.»

«Dovreste incontrare mia zia Emma. Possiede la capacità di entrare in quelle altre *vie*.»

«Mi piacerebbe.» Il suo sguardo le provocò un fremito di aspettativa. Era lieta che lui non volesse che la loro conoscenza terminasse lì. Tuttavia, quando il silenzio si protrasse, la testa le si riempì di visioni di quelle attività intime tra uomini e donne descritte in dettaglio da Pearl, e cominciò ad agitarsi.

Fu Jake a spezzare l'incantesimo. «Questa cosa mi riporta alla mente un racconto che ho sentito mentre ero in Turchia. Era la storia della sposa lupo.»

Molly si obbligò a rilassarsi mentre lui parlava.

«C'era un uomo che aveva un figlio, e mandò a chiamare un saggio anziano per predire l'oroscopo del ragazzo. Gli venne detto che suo figlio era destinato a venire fatto a pezzi da un lupo. Il padre dunque costruì una camera sotterranea e lo nascose là dentro. Quando il bambino divenne uomo, arrivò per lui l'ora di prendere moglie, perciò suo padre fece in modo che gli venisse portata una sposa. Il fratello del padre aveva una figlia che sarebbe andata bene. I festeggiamenti del matrimonio durarono sette giorni e sette notti e, alla fine, la ragazza venne condotta nella stanza. Non appena l'uomo e la novella sposa restarono soli, lei si trasformò in un lupo e lo fece a pezzi. Poi tornò umana, senza alcuna idea di cosa fosse accaduto.»

Molly aggrottò la fronte. «È una storia tremenda.»

Jake rise. «Ha a che fare con il destino. Qualunque cosa deve succedere, succederà. Non si può combatterla.»

Lei scosse la testa. «Io non credo sia così.»

«Di certo obbliga un uomo a pensarci due volte prima di contrarre un matrimonio.»

«Solo se si sposa la donna sbagliata.»

«Sì, però un uomo ha poca scelta. È destinato a sposare solo *una* donna.»

Molly si mordicchiò il labbro. «Suppongo sia un modo di vedere la cosa. Io preferisco pensare che siamo noi a creare le nostre strade. Di certo voi l'avete fatto, quando a quindici anni avete lasciato l'orfanotrofio.»

«Voi non avete mai provato la sensazione di venire attirata verso qualcosa?»

«A volte sì. È stato qualcosa a trascinarvi fuori da quell'orfanotrofio?»

«A parte il fatto che era un'esistenza infelice e che là fuori nel mondo non c'era alcuna famiglia ad attendermi?» Il suo volto si indurì. «Mi chiedo sempre cosa ci sia al di là del prossimo orizzonte.»

«Dunque è l'ignoto che vi fa andare avanti. Suppongo che anche per me sia così. Ci dev'essere di più in questo mondo, e io desidero con tutta me stessa viverlo.»

«Io ho visto moltissimi posti. All'inizio può essere eccitante, poi però alla fine sono le persone ciò che ricordi.» Il suo sguardo si posò su di lei, l'espressione dura di poco prima si andava attenuando. «A volte desideri quella persona con cui poter essere te stesso. La persona con cui sei destinato a stare.»

La felicità che Molly aveva provato per l'attenzione dell'uomo lasciò il posto alla frustrazione. «Ecco che ricominciate con questa idea che le persone sono destinate a stare insieme, che i loro sentieri si incroceranno come per una qualche magica occasione. E se non succedesse? E se le persone fossero solo persone? Imperfette e banali.» Si rifiutava di lasciarsi travolgere dal suo fascino.

L'uomo la fissò come se fosse un bambino a cui lei aveva appena rubato l'ultimo biscotto alla melassa. «Non avete mai sperimentato la magia nella vostra vita, Molly Rose?»

Forse. La sentiva persino in quel momento, con Jake. A ogni modo, non era pronta per tutto ciò. Non era pronta per una connessione con lui che le avrebbe cambiato la vita. Forse tra qualche anno, ma non ora.

«E voi?» ribatté, nel tentativo di evitare la sua domanda.

Il lampo possessivo nei suoi occhi le disse quello che già sapeva, ma che lei faceva del proprio meglio per ignorare.

«Ci conosciamo a malapena, Jake.»

Lui le fece un sorrisetto. «Chiedetemi qualunque cosa.»

Come un'incosciente, andò avanti. «Siete mai stato innamorato?»

«No. E voi?»

«No. Avete figli?»

Lui ridacchiò. «No. E voi?»

Molly contrasse le labbra. «Certo che no. Penso che lo saprei se ne avessi.» Mise da parte il caffè, dal momento che non voleva avere acidità di stomaco prima di andare a dormire. «Siete mai stato in prigione?»

L'uomo fece una pausa. «Definite prigione.»

Lei lo guardò torva. «Un'incarcerazione per avere infranto la legge.»

Jake considerò le sue parole. «Suppongo si possa dire di sì, anche se entrambe le volte le accuse erano inventate, quindi non meritavo davvero di trovarmi là.»

Molly sollevò le sopracciglia in attesa di una spiegazione.

«Oh, volete i dettagli.» Pungolò il fuoco con un bastone, facendo sollevare scintille in un caotico turbinio. «La prima volta è successo a Casablanca. Avevo diciassette anni e avevo acquistato due cammelli che avevo intenzione di usare per cercare fornitori di lana locali. Il mio obiettivo era quello di negoziare lana da spedire in Europa, però venni ben presto arrestato per furto di cammelli. L'uomo che me li aveva venduti mi tradì. Trascorsi dodici giorni in prigione finché non venne dimostrato che non li avevo rubati.

«La seconda volta fu un anno dopo, quando ero fuggito da Shanghai per andare in Vietnam. Venni catturato dai cinesi e accusato di essere una spia per i francesi. A quel tempo erano in guerra per il controllo di un'area chiamata Tonkin.»

«Lo eravate?»

La sua attenzione tornò su di lei. «Ero cosa?»

«Una spia.»

«No, anche se avevo fatto amicizia con alcuni agenti francesi e condividevo informazioni sulle attività di spedizione di cui ero a conoscenza.»

Buon Dio. Quell'uomo aveva nove vite. «Quanto è stata brutta la vostra incarcerazione?»

«Per fortuna non durò molto. Cina e Francia firmarono un protocollo di pace e pochi giorni dopo venni rilasciato.»

«E se ciò non fosse accaduto?»

«Suppongo che sarei ancora là.»

La luce del fuoco illuminava le linee definite del suo viso, e lei moriva dalla voglia di toccarlo. «Avevate paura?»

«Ho sempre un po' di paura, Molly. Sono solo un uomo, imperfetto e banale.» Una scintilla di divertimento danzava nel suo sguardo mentre ripeteva le parole che aveva pronunciato lei poco prima. «E voglio proprio baciarvi.»

Le cime degli alberi ondeggiavano, una leggera folata di vento accompagnava lo spettacolo. Più in là, nell'oscurità, i cavalli sbuffavano mentre erano intenti a brucare. Le stelle brillavano sopra le loro teste, i cieli un ulteriore mistero in quel mondo di cui Molly era tanto curiosa, un mistero molto simile all'uomo che le era accanto.

«Sì» gli rispose lei, la voce a malapena udibile.

Lui le afferrò la mano e l'attirò a sé, mentre si spostava in avanti per colmare lo spazio vuoto che li separava. Prima che Molly riuscisse a rendersene conto, la mano destra di Jake le coprì un lato del viso, e la sua bocca – con appena l'accenno di un sorriso – catturò quella di lei con decisione.

Le loro labbra si fusero, adattandosi in modo perfetto, e un'ondata di desiderio per tutto quello che il suo tocco prometteva la attraversò. L'intensa brama che proveniva dall'uomo si mescolò con la sua e le schizzò dritta verso il ventre… e più in basso. Sprofondò contro di lui, sentì il sapore di caffè e di mele nella sua bocca, e la sua mano libera gli si insinuò sotto il braccio e gli afferrò la spalla, per tirarlo più vicino a sé.

Si voltò del tutto verso di lui e le sue braccia la avvolsero, la mano dell'uomo le sorreggeva la testa mentre approfondiva il bacio. Molly si aprì a lui, sollevata di poter finalmente conoscerlo in quel modo. Non si era goduta il bacio precedente nel tunnel come avrebbe dovuto, e da allora aveva trascorso davvero troppo tempo a far correre l'immaginazione, tanto che la cosa la stava facendo impazzire.

La bocca di Jake si spostò lungò la linea del mento e sul suo collo, e lei inclinò la testa per fornirgli un accesso migliore. Lui portò una mano tra loro e la insinuò nel risvolto del suo cappotto, fino a soffermarsi appena sopra il suo seno. Lei rispose con un bacio, senza alcun freno, e gli infilò le dita tra i capelli. Jake fece scorrere il palmo sempre più giù e la esplorò, nonostante gli abiti.

Il respiro le si bloccò nella gola e gli si spinse ancora più vicina, con il desiderio ardente di portarlo sopra di sé.

Lui resistette. «Dannazione» le sussurrò contro le labbra «sta andando più in fretta di quanto avevo pensato.»

«Non lo dirò a Robert.» Le sue labbra trovarono di nuovo quelle di lui.

Jake si bloccò e inclinò la testa verso il basso, con la fronte appoggiata alla sua, il respiro affannoso. «Per quanto voglia fare l'amore con te, non dovremmo farlo.»

Le sue parole le scatenarono nella mente visioni delle audaci descrizioni di Pearl della sera prima; eppure, anziché provare trepidazione, fu una strana ondata di sicurezza a riempirla. Jake la voleva, e questo la fece sentire audace.

Si chinò in avanti per baciarlo di nuovo. «Te l'ho detto. Non lo dirò a mio fratello. Non lo dirò a nessuno.»

Lui emise una risata strangolata e mise qualche centimetro di distanza tra loro, abbastanza per poterla guardare negli occhi. «Sono davvero un tale farabutto?»

«No, certo che no.»

«Eppure tu sei del tutto felice di lasciare che ti seduca non dicendo ad anima viva che siamo diventati amanti.»

Molly cercò di schiarirsi la mente annebbiata, un compito difficile a causa di tutto quel desiderio appena risvegliato che le scorreva dentro il corpo. «Sì» rispose, esasperata.

Lui si tirò indietro. «No.»

«In che senso *no*?» Molly allungò la mano per attirarlo a sé, ma lui la schivò.

«Voglio che tu ne sia più certa.»

«Lo sono.»

Un'ombra di dubbio passò sul volto di Jake e un senso di imbarazzo la inghiottì. «È perché sono così inesperta?» gli chiese lei tutto d'un fiato. «Se mi dirai… come… beh, come funziona, prometto che farò del mio meglio.»

«No, non si tratta di questo. Sei perfetta così come sei. Sei in assoluto la donna più bella che io abbia mai visto.»

La sincerità nei suoi occhi e la cruda verità nella sua voce la galvanizzarono. Come poteva una donna resistere davanti a una confessione del genere? Si sarebbe strappata i vestiti di dosso e gli avrebbe offerto il proprio corpo in un battito di ciglia. Tutto ciò che lui doveva fare era chiederlo. Per un breve e folle istante, prese in considerazione di farlo comunque. Poteva essere *lei* a sedurlo. Poteva farlo, no? Un pizzico di esitazione la trattenne.

«Voglio che tu ne sia sicura, Molly. Non voglio rubarti il cuore. Preferirei che fossi tu a donarmelo di tua spontanea volontà.»

«È il pagano illuminato a parlare?» gli chiese lei, quando infine ritrovò la voce.

«No. Solo uno sciacallo sincero.»

Lei scosse la testa. «Scommetto che eri molto più divertente a diciotto anni.»

Jake sfoderò un sorriso ricolmo del suo fascino malandrino. «Tu hai diciotto anni adesso. Conosco bene la sconsideratezza che ti scorre nel sangue.»

«Non sono una trafficante di sale né una spia francese» gli disse lei in tono sfacciato.

«Mai dire mai.» Lui intrecciò le dita con le sue e si portò la mano alla bocca, per sfiorarle le nocche con le labbra.

Quel gesto le lasciò un brivido di desiderio che dai suoi seni sensibili si diffuse in tutti gli arti, per poi andare a depositarsi proprio in quel luogo da cui aveva sperato di tenere fuori Jake: il suo cuore.

CAPITOLO 14

Jake si svegliò di soprassalto nella foschia cinerea del primo mattino. Si rotolò su un fianco e allungò un braccio sulla figura addormentata di Molly. Lei gli dava le spalle, quindi si concesse il lusso di strofinarle il naso dietro l'orecchio. Si sistemò contro il suo corpo, godendosi la sensazione del suo morbido posteriore contro di sé e si meravigliò davanti all'ironia della situazione. Era la seconda notte che trascorreva con lei e, ancora una volta, si era comportato da vero gentiluomo.

Non era davvero da lui.

Avrebbe potuto averla. Sapeva fin troppo bene come ammaliare una donna: cosa dire, dove accarezzare e infiammare, come farla sentire speciale con un solo sguardo.

E solo Dio sapeva quanto lui la desiderasse. La notte scorsa, per un convulso momento aveva quasi preso quello che lei gli stava offrendo, e al diavolo le conseguenze.

Però poi lei aveva espresso la volontà che la loro relazione restasse segreta.

Perché diamine quella cosa lo infastidiva tanto?

Aveva tenuto a freno il proprio desiderio, deciso a dimostrarle di essere qualcosa di più di una canaglia, come l'aveva definito lei alla festa di Lannigan. E, sebbene fossero finiti entrambi nella sua tenda – nonostante lui ne avesse piantate due –, si era limitato a qualche occasionale bacio e a rannicchiarsi insieme a lei per tenerla al caldo.

Con una mano posata sul fianco della donna, si immaginò di rimuoverle gli indumenti, di averla nuda davanti agli occhi, e di amarla finché nessuno dei due sarebbe più riuscito a ricordarsi dove si trovassero. Si allontanò con una spinta e si mise a sedere.

Restarle accanto era una tentazione troppo forte.

Il sole non sarebbe apparso per alcune ore, dal momento che si trovavano in una vallata circondata da alte cime. Jake si occupò dei cavalli e del mulo, quindi accese il fuoco e vi mise a bollire una pentola di caffè.

Dispose sul terreno tutti i suoi picconi da minatore in varie misure, insieme a diverse pale e a una mazza che aveva ottenuto da un fabbro, per decidere quali articoli portare con sé. Mentre verificava l'affilatura di uno dei picconi, un rumore attutito catturò la sua attenzione. Inclinò la testa di lato, aspettandosi di vedere Molly che usciva dalla tenda, ma rimase deluso quando lei non apparve.

Fu allora che li vide.

Due uomini a piedi che si spostavano in lontananza lungo il confine degli alberi. Non li riconobbe, tuttavia avevano l'aspetto e l'atteggiamento di prospettori che avevano senza dubbio visto il fumo del suo falò, poi però si erano allontanati. Per il momento. Jake avrebbe dovuto tenere gli occhi aperti.

Molly strisciò fuori dalla tenda.

«Buongiorno» le disse. «Come hai dormito?»

«Meglio di quanto pensassi.» Si mise in piedi e inarcò la schiena per stiracchiarsi. Lui si godette la visione delle curve che per la maggior parte del tempo la donna riusciva a tenere nascoste sotto una giacca. Distolse lo sguardo, anche se la tenne comunque nella sua visione periferica.

«E tu non russi» aggiunse lei. «Perlomeno, non che io ricordi.

Ricordo invece di aver sognato una tremenda tempesta. Sono felice di vedere che questa mattina il cielo è sereno. Quest'aria di montagna è tonificante per i polmoni, non trovi?»

Lui soffocò una risata. Non erano stati i polmoni l'oggetto dei suoi pensieri.

Con due passi colmò la distanza tra di loro e la baciò. «Faresti meglio a mangiare qualcosa e a vestirti per un'arrampicata. Vorrei partire il prima possibile.»

Molly lo afferrò per un braccio e lo attirò per tenerlo stretto a sé, avvicinando il viso al suo. «Potremmo tornare nella tenda e trascorrere la giornata là dentro.»

«Ho capito che sarai un'enorme distrazione» le mormorò lui contro le labbra.

«Detto dalla maggiore distrazione che conosco.»

Lui rise e la baciò, per poi ritrarsi per tenersi a una distanza di sicurezza. «Preparati a fare prospezioni.»

Molly annuì, continuando a fissarlo.

Jake distolse lo sguardo prima che l'espressione languida sul viso della donna potesse indurlo in uno stato di trance e lanciargli un incantesimo. Fare prospezioni non era mai stato tanto divertente.

Inerpicarsi su per la vallata occupò la maggior parte della mattinata, e Molly si ritrovò a dover affrontare una paura delle altezze che non aveva mai saputo di provare. Quando il sole salì più alto in cielo, anche il calore aumentò, così entrambi si tolsero i cappotti. Con gli zaini di tela sulle spalle e le borracce appese al collo, Molly seguì Jake su per un ripido pendio quasi a strapiombo. Nell'arrampicarsi, l'uomo conficcò nel granito tre ancoraggi distinti con l'aiuto di un martello e vi fece passare dentro la corda come misura precauzionale per afferrarli nel caso fossero caduti, poi le avvolse la corda attorno alla vita e alle gambe, per maggiore sicurezza. Lei strizzava gli occhi e abbassava la testa ogni volta che il martellare di Jake le faceva piovere addosso pietre e terra, anche se la tesa del cappello la proteggeva.

Quando infine raggiunsero la cima, Molly si sedette per riposarsi e per riflettere sull'impresa che aveva appena compiuto.

«Fare prospezioni è sempre così?» gli chiese, ancora senza fiato.

Jake bevve un lungo sorso d'acqua da una borraccia, con il viso ricoperto da un lucido strato di sudore. «No. È questo che rende la Chigger così speciale. Nessuno viene a fare prospezioni qui.»

«È da pazzi, Jake. Non sono certa di riuscire a tornare giù.»

«Scendere sarà più facile. Allestirò una carrucola e ti calerò giù io stesso.»

Molly si mise ad ammirare il panorama nel tentativo di calmare i propri dubbi: la distesa di montagne arrivava fino all'orizzonte, e loro due erano del tutto soli. Lui le offrì del pane e carne salata di maiale, e lei mangiò con gratitudine, con i muscoli che le tremavano dopo l'arrampicata.

«Sei pronta?» le chiese lui.

Molly annuì e si mise in piedi. Jake si mise in spalla la corda che aveva recuperato dopo la salita, insieme allo zaino di tela, che era molto più pesante del suo, dal momento che conteneva una piccozza, una pala e un grosso martello; quindi si incamminò per un sentiero improvvisato che si inoltrava nella vallata nascosta. Lei prese un profondo respiro per farsi coraggio e lo seguì.

Per fortuna quel pendio non era altrettanto scosceso e riuscirono a scendere usando i picconi senza bisogno della corda. Mentre proseguivano verso il passo, Jake si fermava a intervalli regolari per ispezionare la campagna con un cannocchiale che teneva nello zaino.

«Ecco il centro.» Si arrampicò lungo un sentiero orizzontale e Molly fece del proprio meglio per tenere il passo.

Quando finalmente lo raggiunse, l'uomo era fermo vicino a un mucchio di sassi.

«È un segnale?» gli chiese lei.

«Sì.» Jake si tolse tutta l'attrezzatura che aveva addosso e si lasciò subito cadere in ginocchio per ispezionare al di sotto di una sporgenza piatta. «È stato il modo in cui Robert ha delineato i confini della Chigger.»

«Che cosa cerchi?» Molly appoggiò a terra lo zaino e si guardò attorno. Si trovavano sul lato della montagna, all'incirca a metà strada nell'angusta vallata coperta da qualche pino e spiazzi brulli. Dei mucchietti di neve punteggiavano il terreno più in alto e un torrente stretto scorreva alla base della valle.

«La vena.»

Sdraiato sulla pancia, Jake gettò via il cappello e si mise a strisciare sul terreno, ispezionando la roccia a mano a mano che si spostava. Molly gli si inginocchiò accanto.

«Come si fa a capire se una concessione è buona o meno?»

Lui indicò un'area che luccicava. «La roccia mineralizzata di solito è un buon segno. Qui ce n'è una discreta quantità. Devo raccogliere dei campioni da riportare in città. Poi mi sposterò più in alto per vedere se riesco a seguire la vena fino al suo punto di inizio.»

«Quello è tutto argento?» Molly indicò gli strati orizzontali che lui era intento a esaminare.

«È probabile, e ci sono anche quarzo e galena.»

«C'è dell'oro?»

«Potrebbe essercene, anche se la resa nell'area di Creede è piuttosto bassa. Quello che si vuole davvero è un minerale di alto grado con dell'argento. Parecchio.»

Jake si mise seduto e Molly lo imitò, poi appoggiò la testa contro la roccia per guardare in alto. «Questo pendio è terribilmente ripido. Metterai degli altri paletti per delimitare la concessione?»

«Forse uno o due. Dopo che i campioni saranno stati analizzati, io e Robert potremo decidere dove piantare il primo palo.» Si mise in piedi ed esaminò l'area in cui si trovavano. «Anche se da questa angolazione sarà difficile farlo. È probabile che avremo bisogno di gallerie.»

«Hai intenzione di scavare una galleria?» gli chiese lei, con tono scettico.

«No, è per questo che esiste la dinamite.» Allungò una mano verso di lei e, quando la prese, la sollevò in piedi.

«Sembra rischioso in un posto come questo» gli disse Molly.

«Io e Robert vendiamo le nostre concessioni prima che si arrivi a quel punto.»

«Dunque farai lo stesso anche con questa, giusto?»

Lui si piegò e raccolse il cappello. «Se è redditizia quanto sembra, potrei tenerla per un po'. Vendere troppo presto potrebbe costarci migliaia, se non decine di migliaia di dollari.»

All'improvviso Molly si rese conto delle implicazioni di quello che lui le stava dicendo. «Vuoi dire che, dato che possiedo metà di questa concessione, potrei fare un sacco di soldi?»

Un sorriso gli incurvò le labbra. «Avremmo bisogno di soci – investitori –, però sì, questa risolverebbe il tuo dilemma di trovare i fondi per viaggiare in Europa. Tuttavia, probabilmente dovrei dirti che Robert pensa che questa possa essere la vena che Lannigan sta cercando.»

Sorpresa, Molly disse: «L'Uccello Azzurro?»

«Conosci la storia?»

Lei annuì. «Il fatto che potremmo averla trovata non lo farà arrabbiare?»

Un malizioso luccichio balenò nei suoi occhi. «Ci conto.»

QUANDO TORNARONO ALL'ACCAMPAMENTO, il tramonto discese su di loro. Jake aveva avuto ragione: rispetto alla salita scendere la rupe era stato più veloce, sebbene non fosse stato meno terrificante per Molly; lei però aveva ingoiato le proteste e aveva proseguito. Non voleva che l'uomo rimpiangesse di averla portata con sé o, ancora peggio, di essere suo socio.

L'idea che avrebbe potuto avere un reddito tutto suo la stuzzicava e le aveva dato il coraggio di permettere a Jake di calarla giù con la corda legata attorno al corpo.

Tornare dagli animali le procurò sollievo, ma ancora più forte era il recente senso di fiducia in se stessa che aveva da poco scoperto.

Posarono a terra le attrezzature, rese più pesanti dai campioni di minerali, e Molly si strofinò le mani per ripulirle, ma si immobilizzò quando due uomini trasandati vestiti di stracci, con la barba e i cappelli flosci, si avvicinarono.

«Ehilà» disse quello sulla destra.

Jake le si piazzò davanti.

«Vi abbiamo visto prima» continuò l'uomo, ed entrambi si fermarono. «Abbiamo pensato di venire a farvi un saluto. Io sono Marcus, e questo è Jim.»

«Sono Patrick» disse Jake.

Quella bugia mise Molly in allerta, che sbirciò oltre la sua spalla, dato che non voleva essere all'oscuro nel caso ci fossero stati guai.

«Siete sposati?» chiese Jim.

«Sì» rispose lui.

«Beh, che bello.» L'uomo fece un sorrisetto. «Non conosco molte donne a cui piace fare questo. Avete trovato qualcosa?»

«Oggi no» gli rispose Jake. «E voi?»

Marcus sospirò. «Siamo già stati qui, però è difficile. Sembra che la maggior parte dei materiali promettenti si trovi su in alto. Questa volta abbiamo portato più corda, speriamo che aiuti.

Ecco, pensavo solo che dovessimo presentarci. Quanto pensate di fermarvi?»

«Qualche giorno.»

L'uomo annuì e lo sguardo gli cadde sulla pistola al fianco di Jake. «Beh, se avete bisogno di qualcosa fatecelo sapere.»

Li salutarono con un cenno della mano e se ne andarono.

Jake si voltò verso di lei. «Non rilassarti troppo. Sono venuti a indagare su di noi. Forse lavorano addirittura per Lannigan o magari cercheranno di derubarci. O peggio.»

«Cosa sarebbe peggio?»

«Che provino a rapirti.»

«È ridicolo» gli rispose lei. «Chi fa una cosa del genere?»

Jake recuperò una borsa di fiocchi di avena e si diresse verso i cavalli. «Rimarresti sorpresa nello scoprire cosa farebbe un uomo, a volte per nessun'altra ragione se non per il fatto che può farlo.»

Molly concentrò l'attenzione sui due uomini che ormai non erano che due puntini in lontananza. Esausta, aveva sperato di poter riposare un po' prima di preparare la cena; tuttavia, in quel momento la sua fatica aveva scarsa importanza.

JAKE PORTÒ gli animali più vicini all'accampamento e li assicurò a dei picchetti, per fare in modo che la loro agitazione li avvertisse nel caso in cui si fosse avvicinato qualcosa – sia che si trattasse di un predatore sia di un prospettore. Nel frattempo, si mise a riflettere su quello che si era messo in tasca qualche ora prima, mentre era alla ricerca dell'apice della Chigger. Era un punto di svolta, e non gli piaceva affatto l'idea che i loro nuovi amici, Marcus e Jim, si inoltrassero nella valle per ficcanasare.

Non aveva svelato a Molly di aver rivendicato una nuova concessione al di sopra della Chigger, quando aveva scalato le zone più in alto, dopo che l'energia della donna era andata diminuendo e l'aveva lasciato andare da solo.

Mentre cenavano con dell'altro maiale salato e patate bollite, aveva quella sua scoperta sulla punta della lingua, però qualcosa lo trattenne. Molly sembrava stanca morta.

Jake aveva detto a Robert che avrebbe intestato qualsiasi nuova concessione a sua sorella e capiva che, in sostanza, stava collaborando con l'amico e non con lei. Eppure, se quello che aveva scoperto fosse andato a buon fine, ci sarebbero stati in ballo molti soldi. E questi cambiavano le persone, non sempre in meglio. Anche se Robert aveva coinvolto Molly, lui percepiva che si era trattato di un atto di disperazione e non di un'azione ben calcolata. Le cose si sarebbero potute complicare.

Dopo essere rimasto scottato dal furto della Shanghai da parte di Lannigan, Jake sentiva il bisogno di esaminare quella nuova svolta, prima di andare avanti in modo sconsiderato. Lanciò un'occhiata alla donna, il suo viso illuminato dal bagliore del fuoco, e sentì un forte dolore contorcersi nel profondo del petto. Quanto più tempo trascorreva insieme a lei, tanto più quello strano desiderio cresceva. Sebbene fosse carico di un bisogno bramoso e carnale, c'era qualcosa di più.

Non aveva mai compreso appieno il sentimento alla base delle opere di Rumi, cioè che una persona cara esisteva come il perfetto completamento di un'altra anima. Una parte di lui fremeva dalla voglia di scappare. Non gli serviva quel tipo di attaccamento, quella potenziale sofferenza. Quando i suoi genitori erano morti e lui era andato a vivere in orfanotrofio, aveva imparato a ignorare il dolore dell'abbandono, la pena per la perdita di un punto di riferimento nella vita.

Molly aveva irritato quella ferita.

E la cosa lo spaventava a morte.

Allo stesso tempo, non voleva far altro che avvolgersi attorno a lei e lasciare che gli placasse l'angoscia; ma se si fosse avvicinato troppo a quella fiamma attorno alla quale lui danzava come una falena – se si fosse concesso di crogiolarsi nel suo calore –, sarebbe poi stato in grado di sopravvivere senza?

«Ci sono molti orsi qui?» chiese Molly.

«Qualcuno» le rispose lui, grato per quelle chiacchiere futili «anche se non ho sentito di alcun attacco. Sono solo diffidenti nei tuoi confronti come tu lo sei nei loro.»

«Domani torneremo alla Chigger? Abbiamo già un sacco di campioni.»

«Magari tornerò ad arrampicarmi fin lassù di buon'ora per qualche ulteriore esplorazione. Tu puoi restare qui.» Voleva esaminare una più ampia porzione di terreno attorno alla nuova concessione per assicurarsi di aver delimitato l'area migliore.

Lei annuì.

Di nuovo, la preoccupazione per Marcus e Jim gli attraversò la mente. «Assicurati di tenere a portata di mano quella Colt che ti ho dato. Sembri in procinto di addormentarti da seduta. Ci penso io a ripulire, tu va' a letto, Molly.»

Lo sguardo della donna incontrò il suo. Seppur spossata, non nascose il sincero desiderio negli occhi, che gli causò una totale presa di coscienza.

«Posso restare di nuovo nella tua tenda?» la sua voce roca gli fece aumentare le pulsazioni e un senso di aspettativa gli riscaldò il corpo.

«Sì.» Aggiunse un lieve sorriso per farle sapere quanto ci teneva. Gli importava che lei lo sapesse. Gli importava moltissimo.

Molly entrò carponi nello spazio limitato del rifugio, mentre lui alimentava il fuoco nell'attesa che quel violento desiderio nel suo corpo si spegnesse per poter arginare quelle braci. Non poteva sdraiarsi accanto a lei finché non fosse riuscito ad avere il controllo di sé.

Inspirò l'aria dalla bocca e si passò una mano tra i capelli, alla ricerca di un senso di pace che in quei giorni si stava dimostrando dannatamente elusivo.

La desiderava.

Però non l'avrebbe fatta sua. Non ancora.

Non finché non fosse stato sicuro… di lei. Ma, più che altro, di se stesso.

Molly si svegliò di soprassalto. L'oscurità silenziosa la avvolgeva mentre la nebbia del sonno si diradava piano.

Dov'era Jake?

Si mise a sedere e scivolò verso l'apertura della tenda.

Il fuoco si era spento e di lui non c'era traccia.

Un brivido di paura le corse giù per la schiena. Prese il pesante cappotto e infilò i piedi negli stivali, quindi afferrò la Colt Lightning dalla sua attrezzatura.

Lasciandosi la tenda alle spalle, percorse piano il perimetro del loro accampamento, facendo attenzione a non inciampare nel buio. Gli animali notarono la sua presenza, poi tornarono a dormire.

Jake era scomparso.

Qualcosa l'aveva forse messo in allerta?

O, peggio, era nei guai?

Doveva trovarlo.

Jake si avvicinò con passo furtivo all'accampamento dei due prospettori.

Non riusciva a dormire. Le implicazioni della nuova concessione che aveva trovato non smettevano di ronzargli nella testa come uno sciame di api. In aggiunta a ciò, c'era l'incessante desiderio che provava per Molly Rose. Restare fuori dalla tenda non aveva spento quel fuoco in un tempo ragionevole, quindi aveva afferrato il suo Winchester ed era svanito nella notte, in cerca di un modo per smaltire quel ronzio ansioso che gli scorreva nel sangue.

Mentre i suoi sensi si adattavano all'oscurità, i suoi muscoli si contraevano e si distendevano. A volte Lo Sciacallo aveva solo bisogno di muoversi, prima di finire col rosicchiarsi una gamba per la frustrazione.

Dal fuoco dei prospettori saliva una nuvola di fumo, e due oscure figure vi dormivano accanto, avvolte nelle coperte. Nell'aria risuonava un lieve russare. Tre muli vegliavano lì vicino, per il momento ignari della sua presenza.

Niente fuori dall'ordinario.

Restò in attesa in un avvallamento naturale del terreno.

Si immobilizzò al suono di un leggero fruscio alle sue spalle, per poi espirare in silenzio quando vide cosa l'aveva causato.

Molly.

Con la schiena ricurva, la donna si avvicinava piano alla sua sinistra, a circa dieci metri di distanza. All'improvviso, inciampò ed emise un flebile grido. Lui le si spostò accanto con rapidità e le coprì la bocca con la mano; tuttavia, quando vide su cos'era caduta, disteso in una fossa, si pietrificò.

Un corpo.

Molly gli si dimenò contro e sussultò. «Che cos'è?» sussurrò.

Jake le avvolse la vita con un braccio e la tirò indietro, poi si chinò in avanti per controllare l'uomo. Provò una brutta sensazione quando vide la camicia che sbucava da sotto la terra che lo ricopriva e una mano parzialmente visibile.

Rimosse manciate di terra dalla testa, e il suo cuore sprofondò quando riuscì a vedere meglio il volto.

Pedro.

Si guardò attorno, quindi afferrò il braccio di Molly e la issò in piedi. Con le labbra premute contro il suo orecchio le disse: «Dobbiamo andare.»

Si muovevano con rapidità sul terreno irregolare, e i loro respiri creavano delle nuvolette bianche nell'aria fredda. Una volta raggiunto il loro accampamento, Jake rimosse subito tutte le coperte e i materassini dalla tenda e si mise a smontarla.

«Ce ne andiamo ora?» bisbigliò Molly.

«Penso che sarebbe una cosa saggia da fare, non trovi?»

«Sono stati loro a uccidere quell'uomo?»

Non aveva riconosciuto Pedro. Era meglio che non lo sapesse. Lui annuì. «Sembrerebbe di sì. Non penso che dovremmo attendere fino al mattino per scoprirlo.»

Lei concordò e lo aiutò a preparare i bagagli. In breve tempo, Jake sellò i cavalli e assicurò tutta l'attrezzatura. Ben presto si stavano facendo strada per uscire dalla vallata, viaggiando lentamente a causa della notte buia.

Jake non riusciva a togliersi dalla mente il fatto che la presenza di Pedro in quell'area – e la sua sfortunata morte – avessero qualcosa a che fare con la Chigger e la nuova concessione che lui aveva da poco delimitato.

Ripensò al frammento che aveva trovato qualche ora prima, mentre esplorava da solo la zona sopra la Chigger, che teneva al sicuro nella tasca del cappotto. La lucida pepita d'oro suggeriva che ci potesse essere una vena ricca e spessa. Aveva delimitato una nuova concessione, e chissà cosa avrebbero trovato più in profondità, una volta raccolti i campioni della scoperta e scavato un pozzo esplorativo. Non appena si fosse sparsa la voce, uomini in preda alla febbre mineraria si sarebbero precipitati come avvoltoi.

A quanto pareva, si stavano già delimitando i confini e subito la violenza era diventata un piano alternativo a cui molti ricorrevano.

Il bisogno di proteggere Molly dalla battaglia che stava per risultarne era ciò che lo spingeva a portarla via da quella montagna e riportarla dai Krupin – e a Creede – nel più breve tempo possibile.

CAPITOLO 15

Mentre cavalcavano nella notte, Molly faticava a restare sveglia. Si accasciò con sollievo quando finalmente si avvicinarono alla casa di Ivan e Pearl, tra il cinguettare e il gorgheggiare degli uccelli, con la luce del sole che si espandeva riscaldando il paesaggio e animando ancora una volta la terra.

Erano stati quei due prospettori a uccidere quell'uomo?

Rabbrividì, e un denso terrore le si contorse nel ventre.

Tutto ciò aveva qualcosa a che fare con la Chigger?

Quando si fermarono di fronte alla baita, Ivan uscì sul portico, sistemandosi le bretelle sulle spalle.

«Siete tornati prima del previsto» disse, socchiudendo l'occhio buono.

«Cambio di programma.» Jake smontò, quindi si avvicinò a Molly e l'aiutò a scendere da Cannella. Lei gli si appoggiò contro, bramando la sua forza.

«Sembrate sfiancati» disse l'uomo. «Il viaggio è andato bene?»

«Più o meno.» Jake la condusse verso la baita tenendole la mano.

Un fastidio alla caviglia la costringeva a zoppicare. Doveva aver preso una storta nella notte, quando era quasi caduta sul cadavere.

«Ti sei fatta male?» le chiese lui.

Molly scosse la testa. «Non è niente.»

«Venite dentro.» Ivan aprì la porta.

L'aroma di uova fritte e prosciutto era celestiale. Molly sorrise con gratitudine a Pearl, che era in piedi accanto alla stufa, mentre si dirigeva zoppicando verso una sedia, e solo una volta arrivata lasciò la mano di Jake.

«Ivan, ti devo parlare» disse McKenna.

Gli avrebbe raccontato del corpo che avevano trovato? Una sensazione nefasta si abbatté su di lei. Sperava che Jake non facesse nulla di imprudente.

Una volta che i due uomini furono usciti, Pearl la fissò con uno sguardo torvo colmo di preoccupazione. «Cos'è successo?»

Lei considerò cosa dire, tuttavia la sua mente, indebolita dalla stanchezza, non riusciva a trovare una buona scusa. «Abbiamo trovato un cadavere.»

Un'espressione scioccata attraversò il viso della donna. «Dove?»

«In un burrone, a circa quindici miglia a nord. È questo il motivo per cui siamo partiti di notte.»

Pearl si asciugò le mani sul grembiule. «Avete fatto la cosa giusta.»

«Ho paura di quello che Jake potrebbe fare adesso.»

«Pensi che tornerà indietro?»

Molly annuì.

La porta si aprì e Ivan entrò.

Pearl puntò lo sguardo su di lui. «Non hai intenzione di andare con lui, vero?»

Suo marito annuì senza parlare.

«Perché non torniamo a Creede e chiamiamo lo Sceriffo?» si intromise Molly.

«Non c'è tempo» disse l'uomo, quindi guardò la moglie.

«Metti insieme delle provviste. Jake sta selezionando le sue così da aver bisogno solo di Fernando. Molly resterà qui.»

«Ma—»

«Pearl» disse lui, interrompendo Molly «sai del rifugio sicuro. Potresti prendere in considerazione di andarci con lei. Questi uomini potrebbero superarci e arrivare qui. Voglio che siate entrambe fuori pericolo.»

La donna restò in silenzio.

«Forse voi due dovreste dirigervi verso Creede» aggiunse il marito.

«Sai che non lo farò» gli rispose Pearl.

Lui sospirò. «Lo so.»

Molly zoppicò fino alla porta e Ivan si spostò così che potesse uscire. Jake era vicino a Fernando, intento ad assicurare la sua attrezzatura, con il cappello che gli nascondeva il viso. Cannella e il mulo erano spariti e si trovavano già nel recinto.

Lei scese dal portico. «Perché stai tornando indietro?»

L'uomo controllò il fucile, quindi lo infilò nel fodero appeso alla sella. «Sono curioso.»

«Perché non hai dato un'occhiata la notte scorsa?»

«Non ti volevo là.» Legò la bisaccia mentre Fernando mangiava fiocchi d'avena da un secchio che lui gli aveva messo davanti.

«E se ti dicessi di non andare?»

Jake portò finalmente l'attenzione su di lei. Le si avvicinò con un incedere che mostrava sicurezza e una discreta spavalderia e che le fecero battere all'impazzata il cuore. Come spesso accadeva negli ultimi giorni, i suoi pensieri cambiarono direzione e si spostarono su come sarebbe stato giacere con lui, il suo corpo nudo contro il proprio, le labbra che le stampavano baci roventi sulla pelle, le sue mani che… Non sapeva se avrebbe dovuto essere turbata dal fatto che lui non avesse fatto l'amore con lei o lieta che avesse dimostrato controllo.

Mentre l'uomo si ergeva di fronte a lei, i suoi occhi brillavano divertiti.

«Pensi che sia divertente?» Per quanto ci avesse provato, non riuscì a trattenere l'accusa – o il panico – dalla voce.

«Sei preoccupata per me?»

«Tu ti preoccupi per me. Non è quello che fanno i soci?»

Ora le era vicinissimo, le ampie spalle proiettavano un'ombra su di lei e bloccavano la vista del mondo che si trovava dietro di lui. E se gli fosse successo qualcosa? Di certo in passato aveva vissuto situazioni in cui c'era mancato poco. Molly mantenne il corpo saldo mentre un'ondata di disperazione l'afferrava.

Non andare.

Ricacciò giù la supplica prima di pronunciarla ad alta voce, consapevole che quel suo estremo disagio per il benessere dell'uomo alla fine avrebbe potuto farlo scappare. Distolse lo sguardo dal suo, per evitare di annegare in quei suoi profondi occhi color del mogano, e prese un respiro per darsi coraggio, sforzandosi di riprendere il controllo.

Sollevò gli occhi e li fissò sulla sua clavicola. Il colletto della camicia era aperto e rivelava pelle abbronzata e qualche ciuffo di peluria scura. Voleva toccarlo.

Accidenti.

Serrò la mano dietro al suo collo e lo attirò a sé, per poi baciarlo con impeto e schiettezza.

La reazione di Jake fu immediata. La avvolse tra le braccia e la portò a diretto contatto con il proprio corpo, mentre le sue labbra sprofondavano in quelle di lei. Molly rispose con la stessa brama e, con il bacio che si faceva via via più passionale, le sue inibizioni volavano via trasportate dalla brezza.

Alla fine, lui staccò la bocca dalla sua. Il suo respiro caldo contro la guancia le causava brividi di piacere in tutto il corpo. «Sei davvero determinata, non è così?»

«In che senso?» Lei sfregò il naso contro la sua barba corta, godendosi quella sensazione e quell'intimità.

«A farmi impazzire.»

Molly sorrise, contenta dalla testa fino alla punta dei piedi che lui la trovasse così interessante.

Alle loro spalle si aprì la porta, e Jake la lasciò andare.

Ivan si schiarì la gola. «Ehi, voi due, non sono sicuro che questo sia il momento adatto.»

Con grande riluttanza, lei fece un passo indietro, imbarazzata che l'uomo li avesse visti. Jake le afferrò la mano e la tenne vicina a sé.

«Devi prendere quando puoi farlo» gli disse.

«Vero» rispose l'uomo. «Pearl, vieni qua fuori, donna.»

La voce della moglie giunse dall'interno. «Oh, no, non ci pensare neanche.»

Ivan entrò nella baita e richiuse la porta.

«Hai la Colt» disse Jake, mettendo Molly in guardia con il suo sguardo possessivo. «Tienila vicina. Rimanete dentro e non lasciate entrare nessuno. Non ci metteremo molto, forse un giorno. Se per allora non saremo tornati, riporta Pearl a Creede. E non andare a stare da Lannigan.»

Lei aggrottò la fronte. «Quante istruzioni! Sei sempre così autoritario?»

«Solo con te.» Poi si chinò e la baciò con dolcezza. Le fece scivolare una mano lungo la schiena e si concesse una pacca sul suo posteriore, ottenendo da lei una risposta attutita.

«Sta' attento» gli sussurrò lei contro la bocca.

Jake interruppe il contatto e si sistemò il cappello, con un luccichio negli occhi. «Sono stato in situazioni peggiori.»

«Solo perché ti chiamano Lo Sciacallo non significa che puoi dormire sugli allori.»

Lui fece un sorrisetto. «Magari ci posso riposare?»

Molly gli diede una spinta scherzosa e lui salì in groppa a Fernando. «Avanti, Ivan» gridò.

Il cavallo di Ivan era pronto e sellato accanto a Jake. L'anziano uomo uscì dalla baita, si ficcò il cappello in testa e le fece un cenno di saluto con il capo quando le passò accanto. «Non esitate a sparare a qualunque furfante.» Quindi salì sul suo cavallo.

«Solo, non sparare *a noi*.» Jake le lanciò un'ultima occhiata, lo sguardo scuro e coinvolgente, poi fece girare Fernando e si avviò lungo il sentiero che loro due avevano da poco percorso.

Ivan scosse la testa. «Io non sono un furfante, però non posso parlare per Lo Sciacallo.»

E poi partirono.

Pearl uscì sul portico. Molly si strinse le braccia attorno alla vita. In silenzio, insieme osservarono i due uomini svanire nella landa selvaggia.

«ATTENTA A DOVE METTI I PIEDI» le disse Pearl al di sopra della propria spalla, con il tramonto che si avvicinava in fretta.

Molly seguiva la donna lungo un sentiero che le aveva condotte a un quarto di miglio dalla baita dei Krupin. Una folata di vento si abbatté sui pini sovrastanti e lei si irrigidì per tenersi salda, quindi riprese la salita lenta e costante. Fece una smorfia quando una fitta di dolore le attraversò la caviglia.

Dalla stalla giungevano i suoni agitati degli animali, insieme all'incessante abbaiare di Grom, che era chiuso a chiave in casa. Nessuno di loro era felice della tempesta in arrivo, tantomeno Molly. Sperava che Jake e Ivan avessero trovato un posto in cui ripararsi.

Pearl aveva insistito affinché si ritirassero in un nascondiglio e lei aveva accettato anche se, mentre arrancavano sempre più lontano dalla baita, si domandava se fosse stata una buona idea.

La donna portava con sé uno zaino pieno di cibo e un vecchio fucile, e Molly aveva la sua Colt e diverse coperte.

Il sentiero si fece più ripido e lei si concentrò sul restare al passo con l'anziana donna sorprendentemente agile, finché giunsero a un precipizio dal quale penzolava una corda con dei cappi pensati apposta per i piedi. Pearl si mise in spalla il fucile e salì come una scimmia, quindi si sporse e le fece cenno di passarle le coperte. Molly fece come le era stato chiesto, poi afferrò la scala di fortuna e con un grande sforzo di braccia si issò in modo goffo. Quando finalmente strisciò sulla sporgenza, rimase sdraiata sulla pancia, cercando di riprendere fiato.

«Ci siamo quasi» le disse la donna.

Molly si mise in piedi e si pietrificò, con lo sguardo fisso sull'entrata di un tunnel oscuro. Pearl sventolò la mano, invitandola a entrare, e lei sentì il petto stringersi, il cuore raddoppiò i battiti mentre l'urgenza di fuggire la consumava.

«*Questo* è il vostro rifugio sicuro?» disse, con la gola che si era ristretta. Si trattava di un tunnel minerario, puntellato con legno bucherellato, che non le sembrava di certo molto sicuro.

Pearl tornò fuori. «Cosa c'è?»

Il vento ora soffiava con più forza, la tempesta infuriava tutto attorno a loro.

«Non posso entrare lì dentro.»

La donna le si avvicinò, con la preoccupazione che le raggrinziva il viso. «È sicuro. Io e Ivan l'abbiamo trovato non molto tempo dopo il nostro arrivo. Non ci sono minerali utilizzabili, però i tunnel sono rinforzati, e Ivan ha fatto dei lavori.»

«Io resterò qui fuori.»

«Con questa tempesta?»

«Perché non possiamo restare in casa? Sono certa che là dentro staremmo bene.»

Le spalle di Pearl si abbassarono. «È quello che ho detto a Ivan, però lui ha insistito affinché venissimo qui. Entro ad assicurarmi che sia tutto a posto.»

La donna scomparve e Molly si accasciò contro la scarpata rocciosa e si portò le ginocchia al petto, raggomitolandosi a riccio come se fosse ancora una bambina che cercava di nascondersi.

Ciocche di capelli le colpivano il viso mentre si dondolava avanti e indietro, nel tentativo di ignorare l'ondata di panico che andava aumentando dentro il suo corpo. Il rombo di un tuono risuonò nel cielo ormai scuro, e nuvoloni grigi minacciavano di scaricarsi sulla terra da un momento all'altro.

Sobbalzò davanti a un fulmine.

Non posso restare qui fuori.

Strinse i denti e si rimise in piedi, recuperò le coperte e le tenne strette al petto; quindi afferrò la Colt con la mano destra. Negli anni successivi all'incidente nel pozzo era riuscita a evitare posti del genere, e aveva iniziato a credere di essere guarita dal suo terrore; invece, dopo l'episodio nel tunnel di Pedro, era chiaro come il sole che non era così. Se non si fosse mai recata a Creede, era possibile che avrebbe potuto vivere il resto della sua vita senza dover mai più provare quel terrore.

Poi però non avrei incontrato Jake.

Si costrinse a muoversi verso l'entrata.

Un altro lampo squarciò il cielo. Lanciò un urlo e sobbalzò.

Con gli occhi chiusi, entrò nel tunnel, lottando contro ogni grammo di forza esercitata dai suoi muscoli che volevano girarsi e scappare lontano, molto lontano.

Una volta all'interno, il fragore della tempesta si affievolì. Con respiri affannosi, aprì gli occhi. Più in là si intravedeva il tremolio di una luce. Con piccolissimi passi, Molly si mosse in quella direzione. Lanciò un'occhiata alle sue spalle, verso l'entrata. Non ci sarebbe stato bisogno di addentrarsi molto nel tunnel per evitare il peggio della burrasca. Sperò che Pearl sarebbe stata d'accordo con lei.

La tempesta dietro di lei imperversava alla massima potenza, la sua furia si presentava all'entrata del tunnel con macerie che vi passavano davanti spinte da violente folate.

Calmati. Fa' respiri profondi.

Un improvviso innalzamento del senso di frustrazione la consumava. Stanca di se stessa e di quella maledetta paura, raddrizzò le spalle e continuò ad addentrarsi nelle profondità nere come la pece, ignorando un'ondata di nausea. Cercò di concentrarsi tra i pensieri disordinati che andavano alla deriva quanto i cespugli e i rami che venivano strappati all'ambiente circostante dalla tempesta.

Dal profondo del tunnel giunse l'eco di una zuffa, accompagnato da un piagnucolio che sembrava provenire da Pearl.

La preoccupazione la pervase.

Si mosse in avanti, il suo unico pensiero era quello di aiutare Pearl. La donna poteva essere caduta, poteva essersi ferita…

Quando girò la curva, si bloccò, spaventata. Nella flebile luce, un uomo con una lunga barba trasandata e un'espressione selvaggia negli occhi si ergeva sopra Pearl, che giaceva immobile sulla schiena ai suoi piedi.

Lo sconosciuto puntò la pistola verso Molly. «Gettatela» le ordinò.

Lei esitò.

«Avanti, fatelo ora» aggiunse.

Lei si piegò e lasciò cadere a terra la Colt.

Non lo riconosceva, anche se aveva l'aspetto simile a molti degli uomini di Creede che effettuavano prospezioni: abbigliamento sgualcito, che dall'odore lasciava intendere che fosse stato usato a lungo, e uno sguardo circospetto colmo di una dose di follia.

Una volta che si fu raddrizzata, Molly chiese, con voce tesa: «Chi siete?»

«Non importa. Voi due non dovreste essere qui.»

«Nemmeno voi.» Lanciò un'occhiata a Pearl. «Le avete fatto del male?»

«Non di proposito.» L'uomo sventolò la pistola per un po'. «Sedetevi.»

Lei si accucciò e appoggiò il posteriore sul suolo sconnesso e cosparso di pietre. Si sistemò la gonna e la sottogonna sulle ginocchia piegate e lisciò il tessuto con i palmi sudati, poi si mise a cercare dei segni vitali su Pearl. Respirava?

Il petto della donna si alzava e si abbassava appena.

Molly trasse un sospiro di sollievo.

Era viva, per il momento. Questo le dava speranza. Spostò dunque l'attenzione sull'uomo che le puntava contro la pistola. «Siete un prospettore? Perché penso che i Krupin posseggano questa concessione, il che farebbe di voi un ladro.»

«Solo perché dicono di possedere la concessione non significa che sia così.»

Molly provò con un'altra tattica. «Dovreste lasciarci andare.»

Lui non rispose.

«Lasciate che la porti fuori da qui, poi potrete andarvene» disse, con i nervi a fior di pelle.

Pearl si mosse e l'uomo si allontanò da lei, con l'arma ancora puntata su entrambe.

«Posso darle un'occhiata, per favore?» lo implorò.

Lui esitò, poi cedette con un cenno del capo.

Con la coda dell'occhio, Molly localizzò la Colt che giaceva a terra dove l'aveva posata. Poteva afferrarla e sparare prima che lo facesse lui? Improbabile.

Strisciò fino a raggiungere Pearl e le toccò piano il viso. Le palpebre della donna si mossero, sulla fronte stava iniziando a formarsi un pomfo.

«Pearl, state bene?»

Lei aprì gli occhi e fissò l'uomo che le osservava.

«Riuscite a mettervi seduta?» le chiese Molly.

Pearl annuì e lei la aiutò.

«Nove Dita Bishop, cosa ci fai qui?» lo sgridò la donna.

Lui si spostò in cerchio finché le poté vedere in faccia.

Pearl si toccò il pomfo sulla fronte e fece una smorfia. «Sei nei guai o sei solo convinto che qui dentro ci sia dell'oro?»

«Ce n'è?» le chiese lui, in tono quasi accusatorio.

«Hai guardato in giro?» Il volto della donna si raggrinzì per il disgusto. «Questa concessione si è rivelata un vicolo cieco. Sei un altro di quegli idioti che cercano l'Uccello Azzurro?»

«E tu cosa ne sai?»

«Questa concessione di certo non lo è.» Pearl fece cenno a Molly di lasciarla andare.

«E invece da qualche altra parte?» chiese lui.

«Mio marito la cerca da oltre due anni e non ha mai trovato alcuna di quelle ricchezze che si presume si trovino nell'Uccello Azzurro. Mi dispiace deluderti. A ogni modo, devo chiederti di andartene. Questa è la mia concessione.»

«Non se non ci avete lavorato nell'ultimo anno, e penso che non l'abbiate fatto, perciò non hai basi per buttarmi fuori.»

«Allora lasciaci andare e tu puoi restare» disse Pearl.

Un senso di disagio strisciò lungo la schiena di Molly come una serpe. E se non fossero stati Marcus e Jim a uccidere l'uomo che avevano trovato la notte precedente? E se il vero colpevole fosse *quell'uomo*?

«Siete qui da solo?» gli chiese Molly.

«Sono venuto con Pedro, ma lui è sparito.»

Molly aggrottò la fronte. «Intendete Pedro Elizondo?»

L'uomo la guardò con lo sguardo carico di diffidenza. «Già.»

Era Pedro quel cadavere che avevano trovato? Sperava davvero di no. Sebbene non avesse conosciuto l'uomo a lungo, di certo non gli augurava di venire assassinato e sepolto nella landa selvaggia.

Il signor Bishop grugnì e si premette una mano sul fianco, quindi tornò a raddrizzarsi.

Lei notò un segno rosso sul tessuto della sua camicia color avorio. «Siete ferito?»

Senza preavviso, l'uomo cadde in ginocchio e collassò a terra. Per un lungo istante, nessuna delle due donne si mosse.

«È andato a incontrare il Creatore?» chiese infine Pearl.

Molly gli si avvicinò con fare guardingo e lo pungolò con un dito. Dato che lui rimase incosciente, gli rimosse con cautela l'arma dalle dita e cercò il battito. «È vivo.»

Poi lo voltò sulla schiena. Il sangue gli impregnava i vestiti, vicino al fianco sinistro, e lei scostò il tessuto con uno strattone.

«Gli hanno sparato?» le chiese Pearl.

«Così pare. Cosa dovremmo fare?»

La donna imprecò sottovoce. «Suppongo che non possiamo lasciarlo qui. E se trascorriamo la notte qui dentro, potrebbe morire se non gli puliamo la ferita.»

«E se fosse stato lui a uccidere Pedro?»

Gli occhi di Pearl incontrarono quelli di Molly. «Pensi che quell'uomo che avete trovato sia *proprio* Pedro?»

«Potrebbe essere. Magari Pedro ha sparato al signor Bishop durante un litigio.»

La donna si allontanò dal muro con una spinta e si avvicinò al corpo inerte di Nove Dita. «Beh, diamine» borbottò. «Metti via la sua arma. Dovremo trascinarlo fuori da qui io e te.»

CAPITOLO 16

J ake fece fermare Fernando in un bosco di pini, grato per il riparo dalla tempesta.

Ivan fermò il suo cavallo accanto a lui. «Faremmo meglio a restare qui e aspettare che passi. Non ha senso farsi colpire da un fulmine.»

«Sono d'accordo.» Rivoli di acqua gli si riversavano dalla tesa del cappello. Jake smontò e cercò l'area più coperta che riuscì a trovare, quindi diede una scrollata all'impermeabile per evitare che continuasse ad appiccicarsi ai vestiti.

Ivan prese del cibo dalle bisacce, e i due uomini si rannicchiarono su un tronco d'albero che usarono come panca.

«Cosa pensi stesse facendo Pedro per farsi ammazzare?» gli chiese Jake.

L'altro si mise a masticare un pezzo di carne secca. «Scommetto che ci sarà almeno mezza dozzina di uomini che ha avuto una disputa con lui. Non posso dire di essere sorpreso che non sia finita bene. Raccogli quel che semini.» Ivan gonfiò il petto, poi sospirò. «Era determinato a trovare l'Uccello Azzurro, ma, dopotutto, chi di noi non lo è.»

«Credi che l'avesse trovato?»

L'uomo scrollò le spalle, poi però lo guardò con l'occhio buono. «Ho la sensazione che anche tu abbia dei segreti.»

Jake abbassò lo sguardo sul pezzo di pane fatto in casa da Pearl che teneva in mano e incurvò le spalle in avanti per proteggerlo dalla pioggia.

«Solo, promettimi una cosa» disse Ivan.

Mentre i goccioloni battevano su di loro, Jake lanciò un'occhiata all'intenso sguardo indagatore del prospettore pirata, che si chinò in avanti prima di proseguire. «Se sarà necessario, lascerai perdere.»

Jake capiva cosa gli stava dicendo: che non esisteva alcuna ricchezza per cui valesse la pena di rischiare la vita. Eppure, una parte di lui sapeva che, se si fosse trovato vicino, sarebbe stato difficile tirarsi indietro. La sensazione inebriante di cercare qualcosa di sconosciuto era mitigata solo dal trovare, alla fine, il tesoro. Era un gioco a cui aveva partecipato molte volte in passato e non poteva negare che la sfida gli piaceva.

«Tu riusciresti a farlo, Ivan?»

L'uomo borbottò un'oscenità sottovoce e scosse il capo.

«Come pensavo.»

———

MOLLY GRUGNÌ MENTRE, con l'aiuto di una corda, calava il corpo privo di conoscenza di Nove Dita Bishop oltre la sporgenza.

«L'ho preso!» La voce di Pearl echeggiò dal basso.

Dal momento che aveva ancorato il punto di appoggio per i piedi all'interno del tunnel, non appena uscì dai confini del cunicolo venne subito inzuppata dal diluvio, consapevole in modo marginale che la sua attenzione non era più rivolta al terrore di luoghi bui e ristretti. Era chiaro che avere una distrazione aiutasse. Forse aveva trovato una cura per i suoi attacchi di panico.

Scese lentamente la scaletta, attenta a non aggrovigliare la fune che aveva ancora legata attorno alla vita. Quando raggiunse Pearl, la donna aveva già il braccio di Nove Dita sopra le spalle. Lei si sistemò dall'altro lato e, insieme, lo trasportarono lungo il sentiero, con le gambe dell'uomo che si trascinavano nel terreno bagnato e fangoso. Il dolore alla caviglia era a malapena percepibile.

Per due volte si fermarono a riprendere fiato, quindi proseguirono. Nessuna delle due parlò; Molly non ne aveva la forza. Insieme avanzavano con un unico scopo in mente: giungere alla baita il più in fretta possibile.

Quando finalmente apparve la proprietà, Molly dovette ordinarsi di portare a termine il percorso anziché lasciar cadere il signor Bishop nel punto in cui si trovavano. Dopotutto, lui aveva colpito Pearl e le aveva tenute sotto tiro. Valeva tutti quegli sforzi? E trascinarlo attraverso il fango e la pioggia era il piano migliore, considerando la sua ferita?

L'abbaiare attutito di Grom li accolse quando giunsero sul portico, e il signor Bishop si mosse, farfugliando e borbottando in modo incoerente. Poi scivolò dalla presa di Molly e cadde sulle assi di legno.

«Alzati, Nove Dita» gli ordinò Pearl. «Siamo quasi arrivati.»

Con un ultimo sforzo, le due donne lo trascinarono fino alla porta e, non appena Pearl la aprì, Grom sfrecciò fuori, uggiolando e saltando su di loro. Molly estese il braccio libero per respingere l'animale.

Una volta dentro, la padrona di casa afferrò una sedia e lasciò andare Nove Dita. L'uomo sprofondò sulla seduta, ma Molly gli restò accanto affinché non cadesse.

«Vado a disfare il letto e a mettere una coperta» disse Pearl, affrettandosi a farlo.

Grom guaiva eccitato e cercò di leccare il viso di Molly quando lei si chinò, con l'acqua che le gocciolava dal volto e dai vestiti. La pioggia continuava a martellare sul tetto in quella che sembrava una cacofonia di spari.

Pearl tornò ed entrambe sollevarono il peso morto di Nove Dita dalla sedia, per poi trasportarlo verso il letto.

«Dobbiamo togliergli i vestiti bagnati» disse la donna. «Non vogliamo che prenda freddo.»

Insieme, gli sfilarono la camicia da sopra la testa, rimossero gli stivali, quindi i pantaloni. Sotto la biancheria intima, altrettanto inzuppata, sul fianco sinistro c'era una macchia di un rosso intenso.

Pearl sospirò. «Bisogna togliere tutto.»

Molly si preparò e annuì. Mentre il pensiero di svestire Jake fino ad arrivare alla pelle nuda era stato allettante, non aveva alcun desiderio di vedere Nove Dita Bishop in tenuta adamitica.

L'anziana donna prese una coperta in più e, mentre abbassavano il tessuto di cotone lungo le braccia e ancora più giù, Molly strizzò gli occhi così da non vedere niente. Pearl stese con rapidità la coperta sopra le parti intime dell'uomo, lei invece balzò ai piedi del letto e tirò l'indumento fino a sfilarlo del tutto, per poi lasciarlo cadere, mentre l'altra gli esaminava la ferita sul fianco.

«Non sembra che il proiettile sia ancora all'interno» disse. «È probabile che l'abbia solo preso di striscio. Va' a prendermi dell'acqua e dell'acido carbolico nella credenza. Ci dovrebbero essere anche ago e filo.»

Molly prese tutto quello che Pearl le aveva ordinato e anche degli stracci puliti, poi si occupò di accendere il fuoco nella stufa mentre l'anziana donna puliva e ricuciva la ferita. Grom si sistemò sul pavimento con riluttanza, osservando ogni sua mossa e sbattendo la coda in modo rumoroso sul pavimento ogni volta che lei gli si avvicinava.

Pearl avvolse la ferita con una benda, quindi coprì Nove Dita dalla testa ai piedi con altre coperte.

«Cambiati quei vestiti bagnati, Molly. Non posso permettere che ti prenda un malanno anche tu.»

La donna aveva ragione. Appena prima di accendere il fuoco,

le sue mani avevano smesso di funzionare come dovevano. Era stato a dir poco problematico. Molly era rimasta colpita che Pearl avesse avuto la capacità di usare l'ago e ricucire la ferita dell'uomo.

Entrambe si tolsero le camicie e le gonne, anche se ormai non erano più inzuppate d'acqua quanto lo erano state quando erano entrate nella baita, e indossarono abiti asciutti. Spossate, crollarono tutte e due sulle sedie attorno al tavolo della cucina, finalmente in grado di riposare.

Sopra l'occhio sinistro di Pearl si era formato un pomfo violaceo.

«State bene?» le chiese Molly, indicando il punto dove era ovvio che Nove Dita l'aveva colpita con il calcio della pistola.

Le spalle della donna si afflosciarono. «Sopravviverò.»

«Pensate che sarà così anche per lui?» Lanciò un'occhiata al corpo inerte dell'uomo: il petto si alzava e abbassava a malapena.

Pearl si incupì e fissò il ferito. «Dopo tutta questa fatica, sarà meglio per lui che lo faccia.»

«Credete che abbia ucciso Pedro?»

«Se l'ha fatto, almeno sapremo che Jake e Ivan non sono in pericolo.»

Tuttavia, la spiegazione della donna non alleviò l'ansia di Molly. E quei due prospettori – Marcus e Jim – che lei e Jake avevano visto? Se fossero stati loro a farlo, come Jake aveva sospettato fin dall'inizio?

Il suo sguardo si posò su Nove Dita. Non appena si fosse risvegliato, gli avrebbe chiesto di raccontarle con esattezza ciò che era accaduto, perché non sapeva quanto sarebbe riuscita a rimanere nella baita a preoccuparsi e a pensare a Jake e Ivan. Soppresse l'impulso di seguirli… ma solo per il momento.

Jake si svegliò prima dell'alba, con le membra irrigidite a causa del letto di aghi di pino bagnati dove lui e Ivan erano stati costretti a coricarsi, in quella striscia di foresta in cui avevano cercato rifugio dal temporale. Per fortuna, la pioggia era cessata, sebbene nuvoloni carichi e spessi continuassero ad abbracciare il cielo.

Ivan gemette. «Sto diventando troppo vecchio per queste cose.»

«Magari dovresti iniziare a fare prospezioni giù nel territorio dell'Arizona.»

L'uomo ridacchiò. «Suppongo di sì, però forse sei tu che dovresti pensarci. Hai una buona ragione per dirigerti a sud.»

Un sorriso distese la bocca di Jake. Sarebbe riuscito a rinunciare all'Uccello Azzurro e a tutte le possibilità che quel filone offriva per una donna? Non avrebbe potuto in qualche modo avere tutto?

La frustrazione gli divampò dentro, per poi ritirarsi con la stessa rapidità. Se si fosse legato a Molly Rose, l'avrebbe rimpianto? Allo stesso tempo, il pensiero di lasciarla andare gli causava un fremito di confusione nel petto. Maledizione. La vita sarebbe stata molto più semplice se non le avesse mai posato gli occhi addosso.

I due uomini non persero tempo a gingillarsi, e ben presto si diressero al sito in cui Jake e Molly avevano trovato il cadavere. Percorrendo il perimetro dell'ultimo luogo in cui si erano trovati Marcus e Jim, Jake non vide segni del loro accampamento, anche se un'ispezione mostrò i segni di un braciere che era stato spento con l'acqua. Condusse dunque Fernando all'avvallamento nel terreno dove Molly aveva trovato Pedro. Avrebbe dovuto essere facile trovare il corpo. Con tutta probabilità, la pioggia l'aveva scoperto; tuttavia, quando giunsero in quell'area, non trovarono nulla.

Jake smontò e lasciò cadere a terra le redini, quindi si mise a camminare avanti e indietro in uno schema a griglia, scalciando pietre e possibili rientranze in cerca di una testa, di una mano o di un piede.

Niente.

Ivan, che camminava lì vicino, alzò gli occhi dalla sua ricerca. «Sei sicuro che sia il posto giusto?»

Jake annuì lentamente. Il punto della sepoltura presentava in effetti un avvallamento più profondo di quanto fosse normale e l'erba era stata scompigliata, il che lo rendeva certo che fosse proprio quella la posizione. Ritornò al cavallo e afferrò una pala, quindi si mise a scavare in diversi punti.

Ancora niente.

Si fermò ed esaminò l'area.

«Dovrei preoccuparmi che stai perdendo la testa?» gli chiese Ivan.

«Forse sì. O forse quei due prospettori hanno dissotterrato il corpo e l'hanno portato con loro.»

«Perché mai avrebbero dovuto farlo?»

Jake si asciugò il sudore dal volto con il retro della manica. «Per non venire incastrati per omicidio.»

NEL PRIMO POMERIGGIO, Molly stava asciugando il viso di Nove Dita con un panno umido quando l'uomo aprì gli occhi.

«Come vi sentite?» gli chiese lei.

«Come se mi fosse esplosa della dinamite dentro al corpo.» Grugnì e cercò di muoversi. Lei lo rispinse giù.

Il suono di cavalli che si avvicinavano catturò la sua attenzione. Un'occhiata a Pearl in cucina confermò quello che entrambe pensavano. Molly si diresse alla porta d'ingresso e la aprì mentre Jake e Ivan scendevano dai cavalli.

Gli corse incontro, gli lanciò le braccia attorno alle spalle e lo baciò.

L'uomo fece un sorrisino contro le sue labbra. «Mi sei mancata anche tu, Pulce.»

Lei lo baciò di nuovo, senza curarsi di manifestare i propri sentimenti in maniera tanto sfacciata di fronte a Ivan e Pearl. Quando alla fine si staccò da lui, Jake le tenne un braccio ancorato attorno alla vita.

«Perché io non ho ricevuto un saluto come quello?» borbottò Ivan a sua moglie.

«Abbiamo un problema» gli rispose Pearl, ignorando la domanda, con le mani piazzate sui fianchi. «In casa c'è Nove Dita Bishop. Gli hanno sparato.»

«Cosa diavolo ti è successo?» le chiese il marito, quando la raggiunse. Le toccò la fronte: il pomfo si era scurito fino a diventare di colore viola scuro e si era allargato sotto la pelle, iniziando a spostarsi attorno all'occhio.

«È successo nel tunnel in cui ci avete detto di andare» disse Molly. «Nove Dita si trovava là e ha colpito Pearl; poi è crollato e abbiamo dovuto trascinarlo fino a qui.» Inclinò la testa per guardare Jake. «Ha detto di essere stato in quell'area insieme a Pedro. Avete trovato il cadavere? Era Pedro, vero?»

«Sì» le rispose lui «però non abbiamo trovato nulla. Il corpo è stato spostato. Cos'ha detto Nove Dita?»

«Si è appena svegliato.» Pearl si infilò tra le braccia di Ivan. «Sono contenta che siate tornati. Faremmo meglio a parlargli. Ha avuto la febbre e non c'è modo di sapere come potrebbe andare a finire.»

Il marito annuì. «Andiamo a sistemare i cavalli e arriviamo.»

Jake posò un altro bacio sulla bocca di Molly, la lasciò andare e condusse Fernando verso la stalla. Nonostante lei fosse ancora stordita da quel loro breve incontro, era davvero felice di vederlo. Come aveva fatto ad affezionarsi a lui in un così breve lasso di tempo?

«Pedro è davvero morto?» chiese Nove Dita con voce roca; indebolito dalla ferita, era a malapena in grado di sollevare il capo dal cuscino.

«Direi di sì» rispose Jake, in piedi in fondo al letto con le braccia incrociate sul petto. Nonostante non lo conoscesse bene, negli ultimi tempi l'uomo era stato visto in compagnia del messicano. «Gli hai sparato tu?»

«No. Hanno sparato anche a me.» Il viso cinereo dell'uomo era teso per la rabbia, la barba incolta gli copriva il collo.

«Dimmi cos'è successo.»

«Eravamo nella valle a nord di qui. Abbiamo avuto una lite con due altri prospettori riguardo al territorio, e le cose si sono messe male. Io mi sono messo a correre, però è difficile, sai, con i miei reumatismi e il fatto di aver perso un dito del piede per via della gotta. Ho supposto che Pedro fosse proprio dietro di me, ma non l'ho più visto da allora.» Fece una pausa per schiarirsi la gola, il che gli provocò una smorfia di dolore. «Ho trovato quel vecchio tunnel qui vicino e mi sono nascosto. È stato allora che Pearl e Molly mi hanno trovato.»

«Perché l'hai colpita?» urlò Ivan.

Jake soffocò un'ondata di rabbia disperata. «E hai tenuto una pistola puntata sulle donne.» Quando Molly gli aveva raccontato quello che era successo, dei tentacoli di ghiaccio gli avevano stretto lo stomaco in una morsa.

Nove Dita deglutì di riflesso e fece un gesto in direzione delle due donne che si trovavano lì vicino. «Come facevo a sapere che non erano insieme a quei due uomini?»

«Perché mai Marcus e Jim avrebbero sepolto Pedro per poi disseppellirlo?» gli chiese Ivan.

«Non lo so.»

Jake lo inchiodò con uno sguardo severo. «Cosa ci fate tu e Pedro da queste parti?» Con tutta l'attività recente, era solo questione di tempo prima che uno di quei prospettori scoprisse l'area attorno alla Chigger e le altre due concessioni che lui intendeva registrare. Non aveva molto tempo a disposizione.

Nove Dita sospirò. «Facevamo prospezioni. Che altro, se no?»

«Cerca l'Uccello Azzurro» disse Pearl.

«Non è un crimine» si difese lui, con gli occhi che sporgevano.

«Eppure *c'è stato* un crimine.» Jake sollevò il cappello e si passò una mano tra le ciocche, frustrato. «Pedro è morto.»

«Magari è stato il suo socio a ucciderlo.»

Lui corrugò la fronte. Pedro lavorava da solo. Il fatto che avesse trascorso del tempo con Nove Dita di recente era strano. «Chi è il suo socio?»

«Un tizio di nome Charlie.»

«E tu l'hai incontrato questo Charlie?» gli chiese Ivan.

«No. Però Pedro aveva intenzione di condividere una parte con me, in base a quello che avremmo trovato.»

Beh, questa cosa mi fa sentire proprio come un idiota egoista.

Jake lanciò un'occhiata a Molly, che era in piedi alla sua sinistra. Quando gli era corsa tra le braccia al loro ritorno, la sensazione che tutto fosse giusto, che fosse tornato a casa in un luogo a cui finalmente sentiva di appartenere, l'aveva lacerato. Il pensiero di avere sempre Molly Rose ad accoglierlo alla fine di una giornata, ad avvolgergli le braccia attorno al corpo e a baciarlo con quella luce speciale negli occhi che aveva posato su di lui, lo attirava in modo più profondo di quanto avesse potuto immaginare. Tuttavia, alla luce della violenza che si stava verificando, non avrebbe messo a rischio la sicurezza della donna, e inserire il suo nome su quelle concessioni l'avrebbe fatto. Doveva continuare su quella strada e proseguire con il suo piano iniziale.

Dei colpi alla porta fecero sussultare tutti.

Pearl la aprì. Sulla soglia, Robert li fissava.

CAPITOLO 17

«Sei sicuro riguardo a Pedro?» Robert osservava i cavalli nel piccolo recinto, fianco a fianco con Jake, mentre il sole scendeva verso il bordo occidentale delle montagne.

«Non potrei esserne più certo.»

«Quei prospettori in cui vi siete imbattuti si chiamavano Marcus e Jim?»

Jake annuì. «Li conosci?»

«Più o meno. Ho sentito dire che Winston aveva concesso un prestito in cambio di un profitto a un paio di uomini. Potrebbero essere loro.»

Lui considerò la possibilità. «Perché diamine lo farebbe? È legato a Lannigan quanto lo sei tu.»

«Suppongo sia per la stessa ragione per cui io non ho intestato la Chigger a mio nome. Cerca di tenere i suoi interessi separati.»

«Lannigan non accetterà mai questa cosa a testa bassa.»

Robert si voltò verso di lui. «Credi che Pedro sia stato ucciso?»

«Potrebbero averlo fatto Marcus e Jim, però magari c'era qualcun altro dietro.»

«Hai trovato la Chigger?»

«Sì. Sembra buona. Ho dei campioni da riportare in città.»

«Hai trovato qualcos'altro?»

«Ho delimitato una concessione più in alto.» Una bugia sembrava migliore se era velata da una parte di verità. Jake l'aveva imparato durante i suoi giorni da contrabbandiere.

«Vuoi che venga con te all'ufficio concessioni?» Il tono di Robert era leggero, comunque a lui non sfuggì la tensione e decise di stare al gioco.

«Se ti va.»

L'amico lo osservò. «Penso che andrò in quella valle, domani.»

«Non da solo. Nel caso non l'avessi notato, da queste parti non è molto sicuro.»

«Bene.» Robert sospirò, quindi rise. «In questi giorni sono tutti tesi.»

«Anche tu?» Jake lo guardò con la coda dell'occhio. «Come sta Bridget?»

Lui scosse la testa, con le braccia appoggiate al recinto. «Abbiamo litigato. Direi che siamo più o meno arrivati alla fine.»

«E a te sta bene?»

Robert chinò il capo. «Diamine, no.» Borbottò sottovoce. «Sono proprio cotto.»

Jake gli assestò una pacca sulla spalla. La stessa difficile situazione aveva colpito anche lui, però non c'era motivo di dirlo ad alta voce. In fin dei conti, sapeva cosa avrebbe dovuto fare per sistemare tutto, sia con la Chigger – che, verosimilmente, era la tanto ricercata vena Uccello Azzurro – che con Molly. Tuttavia, negli anni aveva visto una buona parte dei suoi piani andare in fumo. Non c'era alcuna garanzia di successo. Tutto poteva scivolargli tra le dita.

Moriva dalla voglia di trascinare Molly nella stalla e godersi tutto quello che lei gli avrebbe offerto, prima che potesse trovare un motivo per respingerlo; questo, però, avrebbe fatto di lui un farabutto egocentrico, mentre invece stava cercando disperatamente di essere il bravo ragazzo della situazione.

Per cambiare argomento e spostarlo dalle loro vite amorose, disse: «Andiamo a controllare quel tunnel dove si nascondeva Nove Dita.»

«Perché?»

«Sono solo curioso di sapere una cosa.»

Molly era seduta al tavolo della cucina, intenta a scrivere nel suo diario, con Grom che giaceva ai suoi piedi, mentre Pearl rammendava una camicia, e Nove Dita dormiva sonni agitati nel letto. Ivan, Jake e Robert erano tornati al tunnel dove le donne avevano trovato l'uomo.

La ragazza bloccò la matita sulla carta al suono di un cavallo che si avvicinava. I suoi occhi incontrarono quelli di Pearl, nei quali vide riflessa la sua stessa preoccupazione.

Si alzò e chiuse le tende di entrambe le finestre. Magari la persona a cavallo avrebbe proseguito, se avesse pensato che in casa non ci fosse nessuno. Era una speranza ridicola. Non c'erano altre baite per chilometri. Perché mai un uomo a cavallo non si sarebbe fermato?

Quando Grom si alzò sulle zampe e iniziò ad abbaiare, lei recuperò la Colt da dove l'aveva lasciata, vicino alla porta d'ingresso. Pearl afferrò il fucile e le si posizionò accanto.

Fuori, il cavallo si fermò, e si udì il suono dei passi dello sconosciuto che saliva i gradini del portico per poi bussare alla porta.

«C'è nessuno?» chiese una familiare voce femminile.

Molly posò la pistola e rimosse il listello che bloccava la porta. Quando la aprì, rimase sbalordita dagli occhi azzurri e dalle guance arrossate che la accolsero.

Bridget Lannigan.

LE OMBRE provenienti dalla lanterna che Jake reggeva in mano ondeggiavano sulle pareti del tunnel. Quando raggiunse la fine del cunicolo, lo spazio si aprì e lui sollevò la luce più in alto per ispezionare le pareti e le fessure.

Robert sbucò da dietro le sue spalle e indicò un punto con un dito. «Guarda, laggiù.»

Jake si avvicinò e si accucciò.

«Devono essere dei campioni» disse Ivan, dietro di lui.

A terra c'erano due sacche di iuta con all'interno pezzi di minerali.

«Credi che sia stato Nove Dita a nasconderli qui dentro?» chiese Robert.

«Forse. Andiamo a chiederglielo.» Jake afferrò le borse e lo seguì, per uscire dal tunnel. L'apertura più avanti rivelava gli ultimi sprazzi di luce. Non appena l'amico attraversò il confine dell'entrata, si udì uno sparo e lui cadde a terra.

Jake lasciò andare le sacche ed estrasse la pistola, fermandosi appena prima della soglia. «Robert? Sei ferito?»

«Sì.» L'uomo giaceva sul fianco, dandogli le spalle. «Mi ha colpito alla coscia.»

«Riesci a spostarti più indietro? Ti copro io.»

Ivan era in piedi di fronte a Jake, anche lui con l'arma pronta. Quando l'anziano fece un cenno con il capo, entrambi si misero a sparare all'impazzata in direzione di un cespuglio di artemisia tridentata, dov'era più probabile che si trovasse il tiratore.

Una volta che Robert fu riuscito a strisciare nella parte protetta del tunnel, Jake e Ivan si fermarono e ricaricarono le armi.

«Vado fuori» disse Jake, e uscì prima che uno dei due uomini potesse fermarlo. Mantenendosi basso, saltò giù dalla sporgenza, dato che usare la scaletta di corda l'avrebbe costretto a dare la schiena all'assalitore. Sussultò per la fitta di dolore quando i suoi piedi impattarono contro il terreno, quindi rotolò in avanti, perdendo il cappello. Si rialzò ed estrasse una seconda pistola, quindi costeggiò il lato della montagna per avvicinarsi a chiunque fosse l'individuo che stava cercando di riempirli di piombo.

Un movimento tra i cespugli catturò la sua attenzione e lui si mise a sparare diversi colpi, poi si accucciò per nascondersi contro una parete rocciosa. Spari di rimando spruzzarono terra a pochi metri da lui.

Rispose ai colpi e notò un'ombra più in là.

Forse aveva colpito il responsabile.

Per diversi, lunghi istanti, rimase in attesa, in ascolto. Poi lasciò il suo nascondiglio, fece una stima della posizione del tiratore e si mise a correre in quella direzione. Rami spezzati, cespugli schiacciati e l'impronta ben distinta di uno stivale attirarono la sua attenzione, insieme a bossoli sparsi sul terreno. Chiunque si era trovato lì, era fuggito.

Fu allora che Jake notò qualcosa. Si inginocchiò e raccolse una lattina di tabacco, abbastanza piccola da stargli nella mano. Conosceva un solo uomo che la usava: James Winston.

Molly chiuse la bocca ancora spalancata. «Cosa ci fate qui, Bridget?»

«Posso entrare?»

Pearl appoggiò il fucile contro la parete e scostò con delicatezza Molly. «Certo che potete.»

Bridget entrò, ma si fermò di colpo quando Grom rizzò il pelo e si mise a ringhiare. La ragazza si tolse i guanti da equitazione e allungò una mano verso il cane. «Beh, sei proprio un bel tipetto» gli mormorò con tono cantilenante.

Grom non ne voleva sapere e fece due passi indietro.

Lei si raddrizzò e il suo sguardo si spostò da Molly a Pearl. Non indossava un cappello o una cuffietta, e aveva i capelli sciolti e arruffati dalla cavalcata. La camicia bianca era macchiata di terra e uno strato di polvere le ricopriva la gonna scura di cotone. «Sono venuta a cercare Robert.»

«Cosa vi fa pensare che sia qui?» le chiese Molly, non disposta a confermare la sua presenza. Magari suo fratello aveva cercato di fuggire da lei.

La ragazza esitò. «L'ho seguito, però mi ha distanziato di molto. È venuto qui.»

«Sì» rispose Pearl. «Tornerà tra poco con Ivan e Jake.»

Bridget annuì, quindi i suoi occhi si spostarono di scatto verso il letto. «Quell'uomo è malato?»

«Gli hanno sparato.» La padrona di casa sventolò una mano in direzione del tavolo. «Venite, vi verso una tazza di caffè.» Ridacchiò mentre si voltava. «Non credo che abbiamo mai avuto tanti visitatori.»

Molly rimise il listello sulla porta, e Pearl posò le tazze sul tavolo e le riempì.

Quando furono tutte sedute, Bridget disse: «Non sapevo vi trovaste qui, Molly. Quando avete lasciato il ranch, Robert disse che vi aveva riportata in albergo.»

«Infatti è così.»

«È stato Robert a dirvi di venire qui?»

«No.» Molly non riusciva a pensare a una buona ragione per mentire. «Sono venuta insieme a Jake McKenna.»

«Dunque Archie *aveva ragione*» dichiarò Bridget. «Disse che eravate fuggita con McKenna, io però non gli ho creduto. Pensavo che foste più intelligente.»

Molly si rimangiò una risposta piccata.

L'altra proseguì, sembrando inconsapevole della sua maleducazione. «C'è qualche motivo per cui siete barricate qui dentro? Il mio cavallo è legato al palo. Dovrei andare a occuparmi di lui.» Fece una pausa, quindi lanciò un'occhiata al pomfo sulla fronte di Pearl. «Qualcuno per caso vi ha colpito, signora Krupin?»

«È una lunga storia» le rispose lei, quindi si alzò in piedi. «Mi occupo io del cavallo.»

«Dovrei venire con voi» disse Molly.

Pearl scosse la testa. «Starò bene.» Le diede una pacca sul braccio. «Farò in fretta.»

«Lasciate la porta aperta» disse Molly, quando la donna uscì. In quel modo, perlomeno, avrebbero sentito se avesse avuto bisogno di qualcosa o se avesse gridato in cerca di aiuto.

Molly riportò l'attenzione su Bridget. «C'è stato un omicidio.»

«Cosa?»

«Un uomo di nome Pedro Elizondo. Lo conoscevate?»

«No. Pensate che chi l'ha fatto si trovi ancora là fuori?»

«Forse.»

Bridget si fece silenziosa e Molly sorseggiò il caffè. «Perché siete qui? Vi ha mandato vostro padre?»

Gli occhi della ragazza si riempirono di lacrime. «Capisco perché lo possiate pensare, però no, non sono qui per conto di mio padre. Sono qui perché ho bisogno di parlare con Robert. Sono qui perché lo amo e lui non mi crede.» Un singhiozzo le spezzò la voce. «E ho bisogno che lui lo sappia.»

Quando Bridget si accasciò, la rabbia di Molly si raffreddò fino a diventare incertezza. Avrebbe dovuto consolarla, ma quella donna amava davvero Robert? Lui l'avrebbe sposata, un giorno? Se ciò fosse accaduto, allora Molly sarebbe stata costretta a interagire con lei per una vita intera. Forse era giunto il momento di mostrare un po' di calore e di accettazione nei suoi confronti.

«Suppongo che possiate aspettarlo per parlargli, se lui vorrà farlo.»

Bridget si asciugò il naso e le lacrime che le scendevano a rivoli sul viso. «Grazie» disse, con la voce strozzata.

Sᴏᴛᴛᴏ ɪʟ ᴍᴀɴᴛᴇʟʟᴏ ᴅᴇʟʟᴇ ᴛᴇɴᴇʙʀᴇ, Jake e Ivan trasportarono a spalla Robert e lo riportarono alla baita. Quando si avvicinarono, la porta si spalancò. Jake restò sorpreso nel vedere Molly *e* Bridget Lannigan riempire la soglia. Entrambe corsero verso di loro.

«Robert, cos'è successo?» domandò Molly.

«Buon Dio!» esclamò Bridget. «La tua gamba sanguina.»

Lo sguardo di Robert si posò su di lei. «Cosa ci fai qui?»

«Dovevo vederti.» La donna fissò la macchia di sangue sui pantaloni. «Non potevo lasciare le cose così com'erano dopo il nostro litigio.» Sollevò gli occhi su di lui. «Che tu ci creda o no, Robert, per me sei importante.»

Ivan e Jake lo issarono sul portico e, una volta all'interno della baita, lo sistemarono su una sedia.

Pearl, seduta al tavolo, smise di tagliare patate e si alzò. «Cosa diavolo è successo?»

«Non è terribile come sembra.» Robert scosse la testa e fece una smorfia. «Non saresti dovuta venire qui, Bridget.»

La donna appariva sconvolta, un'espressione che Jake non aveva mai visto sul volto di un Lannigan prima.

Pearl si asciugò le mani sul grembiule, quindi mandò via tutti con un gesto della mano. «Fareste meglio a sparire, così che mi possa occupare di lui.»

«No» si intromise Bridget. «Io resto.»

Molly spostò l'attenzione su Jake. «Non sei ferito anche tu, vero?»

«No.» Jake uscì dalla baita fin troppo affollata e Molly lo seguì sul portico, mentre lui scendeva i gradini e si dirigeva sul retro della casa.

«Come ha fatto Robert a venire colpito?»

«Abbiamo avuto un visitatore.»

«Chi?»

Entrò nella stalla, sfregò un fiammifero e accese la lampada appesa accanto all'entrata. «Se dovessi tirare a indovinare? Winston.»

«Perché mai avrebbe dovuto spararvi addosso?»

Jake tornò verso il recinto. «Che diavolo ne so. Abbiamo trovato due borse di campioni di minerali nel tunnel. Forse Nove Dita le aveva lasciate là per Winston. O magari è stato Pedro a lasciarle.» Prese Fernando e Cannella e li condusse nella stalla.

«Dunque Nove Dita ha pensato che Pearl li avrebbe trovati? È per questo che l'ha colpita?» Molly trasferì del fieno fresco in ogni box mentre lui riempiva gli abbeveratoi.

«Forse. Quando si sveglia, ho intenzione di chiederglielo.»

«Pensi che il tiratore sia ancora là fuori?»

Jake si mise a spazzolare Fernando. «Lo dubito. Penso che lo abbiamo spaventato e sia scappato. Comunque sia, resta all'erta.»

Smisero di parlare e, con la preoccupazione che le divorava lo stomaco, Molly osservava i movimenti regolari dell'uomo mentre era intento a occuparsi del cavallo. Era già stato ucciso Pedro e adesso avevano sparato a Robert.

«Forse dovremmo andarcene tutti quanti» disse.

Jake mise da parte la spazzola e si voltò per essere faccia a faccia con lei. «Non permetterò che ti accada nulla.»

«Ma cosa mi dici di te? E di Robert?»

Lui le si avvicinò e si attorcigliò una ciocca ribelle dei suoi capelli attorno al dito. «Perché pensi che Bridget sia qui?»

«È venuta a vedere Robert.»

«Non ha cercato di estorcerti delle informazioni, vero?»

Molly apparve sorpresa. «Non ci avevo pensato, comunque non le ho raccontato alcunché.»

Jake annuì. «Sai, vero, che Winston le ha messo gli occhi addosso?»

Un'espressione di preoccupazione le attraversò l'adorabile visetto. «Pensi sia per questo motivo che ha sparato a Robert?»

«È possibile.» Avrebbero fatto bene ad andarsene da quelle colline e a ritornare in città, tuttavia dubitava che Robert sarebbe stato in grado di partire quella notte stessa.

«Penso che lei lo ami davvero» disse Molly. «Era molto turbata quando è arrivata ed era fuori di sé perché voleva trovare Robert e farlo ragionare.»

Jake sentì un brivido attraversarla, quindi si tolse il cappotto e glielo posò sulle spalle. Lei infilò le braccia nelle maniche e sorrise. «Grazie.»

Lui sospirò. «Non ho la benché minima idea di dove ci accamperemo tutti quanti per la notte.» Sebbene niente lo avrebbe reso più felice dell'avere Molly al proprio fianco.

Non era la prima volta che quella situazione romantica gli tormentava la coscienza. Quali erano davvero le sue intenzioni con lei? Stava giocando dove non avrebbe dovuto?

Non aveva riflettuto molto su dove tutto questo avrebbe potuto portare. Gli piaceva la compagnia di Molly, gli piaceva l'inspiegabile attrazione che esercitava su di lui, gli piaceva come attendeva con ansia di vederla.

Dunque non meritava la verità?

Nonostante non sopportasse del tutto il sotterfugio sulle proprie intenzioni di registrare le nuove concessioni solo a nome suo, accantonò il pensiero. La ricerca dell'Uccello Azzurro aveva preso una piega oscura, ma neanche per sogno avrebbe perso Molly – o Robert – a causa di questo. Tuttavia, non significava che lui volesse veder finire la concessione nelle mani di qualcun altro – in mani avide e disoneste come quelle di Shep Lannigan o di James Winston. Per quanto lo riguardava, avrebbe preso tutto il possibile da entrambi gli uomini.

A ogni modo, la sua disonestà riguardo alle concessioni minerarie – che era stata per la protezione di Molly, ora che Pedro era finito ammazzato – non implicava che dovesse ingannarla riguardo alla loro potenziale relazione amorosa.

«Sto iniziando a pensare che ti sto arrecando un danno» le disse «e non vorrei mai farlo.»

«Non sono sicura di capire cosa intendi dire.»

Lui allora pronunciò una verità che aveva sempre fatto parte dei suoi piani. «Non sono un uomo in cerca di sistemarsi, e quella può essere l'unica direzione da prendere con una donna come te.»

Lei assottigliò lo sguardo. «E questo chi lo dice? Tu?»

«Molly—»

«Come fai a sapere cosa è meglio per me?» La sua voce bassa non riusciva a nascondere il tono tagliente. «Robert ti ha detto qualcosa?»

Jake scosse appena il capo, aggrottando la fronte davanti al fatto che la situazione gli stesse sfuggendo di mano come un pesce troppo astuto per venire catturato. D'improvviso era agitato e la cosa non gli piaceva.

«Non ho mai mostrato di avere alcun interesse nel matrimonio.» Il viso arrossato di Molly indeboliva la sua postura sulla difensiva, rivelando il suo imbarazzo, e lui si sentì all'istante dispiaciuto per aver toccato l'argomento.

«Se è quella preoccupazione a penderti sopra la testa» proseguì «allora puoi anche liberartene. Ho cose più importanti da considerare.»

Un senso di impazienza lo punzecchiava come una fastidiosa zanzara. «Ad esempio cosa?»

«Ho in programma di viaggiare per il mondo. Sono ben consapevole che non posso lasciarmi alle spalle un marito e dei figli per poter raggiungere quello scopo. A voler essere onesta, a questo punto un marito finirebbe solo con il demoralizzarmi.»

Durante i suoi viaggi, Jake aveva incontrato delle donne indipendenti, dallo spirito imprenditoriale, e che era chiaro non avessero alcuna intenzione di venire controllate da un uomo, e per giunta in luoghi in cui le leggi che governavano il comportamento delle donne erano molto più restrittive rispetto agli Stati Uniti. E sebbene le avesse ammirate, e in qualche modo fosse rimasto persino affascinato da femmine di quel genere, non si era mai dato pena del loro benessere. Erano libere di vivere le loro vite come desideravano, o perlomeno di farsi strada tra le regole della società come volevano.

Ma quella silfide che aveva di fronte gli suscitava delle emozioni che avrebbe preferito non provare, ispirandolo a bramare un futuro pieno di speranza e meraviglia. Quel crescente disagio si riversava dentro di lui come melassa bollente che lo riscaldava dalla testa fino alle dita dei piedi e lo colmava con la paura che, se lei si trovava in quel mondo e lui non le fosse accanto, allora sarebbe mancato un qualche pezzo importante del puzzle della sua vita. Il dolore provocato dalla solitudine, che non aveva più provato dai suoi giorni all'orfanotrofio, gli si diffuse nel petto, creando un foro in un punto nel suo cuore che – per quanto straordinario potesse sembrare – poteva venire riempito solamente da lei.

Scioccato dalla profondità della sua reazione alla dichiarazione della donna di non volere un marito, la sua unica reazione alle sue parole fu quella di restare a fissarla sbalordito.

Quando lei aprì con forza la porta della stalla e fuggì, lui avrebbe voluto gridarle di tornare indietro. Voleva baciarla per coprire il turbine di emozioni che lo attraversava a tutta velocità, stringerla a sé e inalare il profumo della sua pelle, godersi la sensazione del suo corpo premuto contro di sé. Voleva perdersi dentro di *lei*. Sempre di più, con ogni giorno che passava, era tutto ciò che voleva fare.

Vacillò come se qualcuno l'avesse colpito con un pugno nello stomaco e appoggiò una mano su un palo di legno per sorreggersi.

Devi continuare a spezzarti il cuore finché non si apre.

Gran bel momento perché gli insegnamenti di Rumi iniziassero finalmente ad avere un senso.

Molly girò attorno alla baita e si fermò con una scivolata alla vista di Robert e Bridget seduti sui gradini del portico, stretti in un abbraccio appassionato. Sebbene fosse felice di vedere che la ferita alla gamba del fratello sembrava essere lieve, l'indignazione e un'invidia disperata scavarono un solco dentro di lei nel vedere i due aggrovigliati in una passione tanto ardente.

Per poco non emise un infantile suono di disgusto, ma si rese conto che non aveva più dieci anni. Suo fratello era un uomo e aveva bisogni e desideri proprio come qualunque altro maschio della specie. Da lì nasceva il risentimento che provava: voleva che Jake fosse pazzo a quel modo di lei.

E, a quanto pareva, lui non lo era.

Esitò, incerta sul da farsi; la coppia con le labbra incollate le bloccava l'accesso alla baita e la notte buia non incoraggiava una passeggiata in giro per i boschi. La sua unica opzione era tornare da Jake, tuttavia il suo orgoglio la tratteneva. Mentre la sua indecisione si protraeva, lei serrò i pugni e si domandò se ci fosse qualcosa da poter picchiare nelle vicinanze.

Era l'unica spiegazione al motivo per cui, quando la mano di Jake spuntò da dietro e le si chiuse attorno al braccio, lei fece proprio quello: gli sferrò un forte colpo.

«Ahia.» L'uomo indietreggiò barcollante, con una mano a coprire un occhio e il cappello a terra.

«Jake, sono desolata.» Scosse la mano per alleviare il dolore che le attraversava le nocche. «Ma perché mai ti sei avvicinato così di soppiatto?»

«Volevo scusarmi.»

L'uomo rimosse la mano dal viso, e nei suoi occhi Molly vide un luccichio pericoloso.

«Per cosa?» Lei mantenne la propria posizione. «Non mi devi nulla.»

Con i riflessi di una pantera, lui le afferrò il polso e l'attirò di nuovo tra le ombre, lontano dalla luce che emanava dalle finestre sul davanti della baita. Di certo Robert e Bridget li avevano sentiti litigare, e Molly si aspettava che apparissero da un momento all'altro.

Jake la condusse contro il muro della baita e le sue labbra trovarono quelle di lei. Quello non era un bacio mansueto: era un approccio che rubava l'aria dai polmoni, un atto bollente e frenetico carico di brama, necessità e pulsioni del corpo.

Con la bocca completamente inclinata contro la sua, la sua lingua la esplorava, facendo accelerare la sua eccitazione in un lampo. Molly gli attorcigliò le braccia attorno al collo e lui la avviluppò contro il proprio corpo, provocandole un fremito che partì dai seni e scese fino al ventre. Jake le si premette contro, il suo desiderio era palpabile e nettamente concentrato su di lei. Nonostante un brivido di paura che affiorò in superficie, lei inarcò la schiena per cercare di aumentare il contatto.

Affondò le dita nei suoi capelli e gli divorò la bocca con avidità, godendosi il sapore della sua pelle salata e respirando la terra e il vento e il sole che avevano preso dimora dentro di lui.

Le mani dell'uomo le si infilarono sotto la giacca che indossava, le dita le sfiorarono le costole, per poi scendere più in basso a stringerle i fianchi, mentre le baciava il collo. La sua bocca arrivò a posarsi su un seno, ancora celato dai vestiti, e lo ricoprì di attenzioni.

Molly respirava a fatica.

Se con il tessuto a impedire il contatto della pelle era così, come sarebbe stato senza che ci fosse alcunché tra di loro?

Voleva farlo – voleva lui –, tuttavia la preoccupazione si mise a sussurrarle all'orecchio. Se l'avesse fatto, se *loro* lo avessero fatto, non sarebbero più potuti tornare indietro. Jake non l'avrebbe sposata. L'aveva detto chiaro e tondo, e lei era stata completamente d'accordo. Eppure c'era qualcos'altro, un'ammissione che fino a quel momento si era rifiutata di considerare. Non era la rovina della propria reputazione a causarle confusione; ciò che la bloccava era la possibilità che il suo cuore andasse in frantumi.

E se non riuscissi a lasciare andare Jake? Cosa ne sarebbe di me, a quel punto?

Un suono all'interno della baita interruppe lo stato di trance carnale che li avvolgeva.

Lui affondò il viso contro il suo collo e la avvolse tra le braccia. Molly lo strinse forte, con il cuore che martellava per l'incertezza.

Jake spostò le labbra contro la sua tempia e le disse piano: «Questo è un problema per cui non ho una risposta.»

La bocca di Molly cercò la sua.

Lui le sorresse la testa con entrambe le mani e appoggiò la fronte contro la sua. «Sei vergine, Molly?»

«Certo che sì.»

«E dovresti rimanere tale per tuo marito.»

«Te l'ho detto. Non voglio un marito.»

«Sei molto giovane. Fidati, lo vorrai.»

Lei sospirò, anche se sembrò più un ringhio. «Sei forse una donna di diciotto anni?» Quando lui non rispose, lei proseguì: «No, non lo sei. Dunque smettila di fingere di sapere cosa sia meglio per me.»

Jake appoggiò una mano contro il muro, restandole vicino, con la mandibola che si contraeva. Lei sollevò una mano e fece scorrere i polpastrelli lungo la sua guancia, gli sfiorò i peli ispidi dei baffi; le piaceva in quello stato rozzo e mascolino. Lui le piaceva tantissimo.

Gli occhi dell'uomo incontrarono i suoi. «Sarò costretto a sposarti, sai.»

Un gelo invernale le inondò il corpo, scacciando il calore e lasciandole gli arti e il cuore ghiacciati.

«Neanche per sogno.» Si spinse via dal muro della baita, obbligandolo a fare un passo indietro. «Pensi forse che ti stia stuzzicando? Che ti stia ingannando per farmi sposare usando il mio corpo come esca?»

«In ogni caso, mi hai preso all'amo, Pulce.»

Il suo sguardo fisso serviva solo a turbarla. Molly si infilò le mani nelle tasche del cappotto che lui le aveva dato, e subito la sua mano destra si mise a giocherellare con quella che sembrava una pietra liscia.

«Non sono a caccia di un marito» disse a denti stretti.

«Sto iniziando a pensare che non posso essere un capriccio passeggero per te.»

Quella sua espressione seria doveva essere un trucco. Lei si mise a rigirare la pietra tra le dita. «Cosa stai dicendo?»

«Non ti rovinerò. Devo a Robert più di questo. Se l'unico modo di averti è con il matrimonio, allora così sia.»

«Solo poco fa hai detto di non volerti sistemare. Sei forse impazzito da quando hai lasciato la stalla?»

Cosa c'era che non andava in lui?

Molly si bloccò quando la consapevolezza si fece strada dentro di lei – sia riguardo alla vera natura di Jake che a ciò che lei stringeva in mano. Si trattava di un campione minerario. L'uomo doveva averlo messo in tasca quando stavano ispezionando la Chigger. Perché non glielo aveva mostrato? A giudicare dalla superficie liscia, era molto probabile che si trattasse di oro o di argento. Ed era anche piuttosto grande.

Perché lo teneva nascosto?

C'era solo una spiegazione che aveva senso: aveva intenzione di tenerlo per sé.

Anche se lei di certo non era coinvolta in tutto ciò, Robert invece lo era. Avrebbe dovuto dirglielo? Avrebbe dovuto affrontare Jake?

Magari l'uomo aveva una spiegazione perfettamente plausibile. O magari no. Forse la diffidenza che tutti avevano nei suoi confronti era giustificata.

«Forse sono impazzito» ammise lui.

Molly lo oltrepassò con decisione e girò di nuovo attorno alla baita, con la confusione che le riempiva i pensieri. Questa volta non esitò nell'avvicinarsi a Robert e Bridget che, a quel punto, era mezza svestita. A quanto pareva, suo fratello non si faceva scrupoli nel prendersi delle libertà con la donna che gli piaceva.

Questo non è da Robert.

Quella situazione servì solo a rendere più profondo il suo disorientamento.

I due sobbalzarono quando lei arrivò pestando i piedi e passò dritta in mezzo a loro, separandoli. Entrò nella baita e sbatté la porta alle sue spalle.

Rimpianse subito quell'azione quando Nove Dita si svegliò di soprassalto sul letto in cui giaceva.

Pearl sollevò lo sguardo da una sedia accanto alla stufa, con Ivan seduto accanto a lei. Quando vide Molly, disse: «Il corso del vero amore non è mai filato liscio.»

Lei annuì e cercò di calmare i nervi. Poi si posizionò di modo che i Krupin non la vedessero estrarre la pietra dalla tasca del cappotto di Jake. Proprio come sospettava: nel suo palmo c'era una pepita color ottone. Subito la rimise nel suo nascondiglio.

«Ho del tè importato dalla Cina.» Pearl si alzò e si diresse in cucina. «Siediti e raccogli i pensieri mentre te ne preparo una tazza.»

Molly, però, non riusciva a togliersi dalla testa il pensiero che la assillava più di ogni altro. Se Jake stava tenendo nascoste le prove di una nuova concessione, era anche poco sincero riguardo ai sentimenti che provava per *lei*?

CAPITOLO 18

Jake si svegliò alle prime luci del giorno. La nottata nella stalla non era stata poi così male, il letto di paglia era stato sorprendentemente comodo. Era caduto in un sonno profondo, il che era stato una benedizione, considerando che anche Robert aveva dormito nella stalla – e Bridget non era riuscita a lasciare il suo fianco. Si era dovuto tirare la coperta sulle orecchie per tenere lontani i suoni delle loro effusioni.

Il fatto che tutto ciò che voleva era restare da solo con Molly non aiutava. Lei però nutriva ancora irritazione nei suoi confronti, per via della loro accesa discussione avvenuta la sera prima, ed era rimasta nella baita.

Non poteva biasimarla. Si passò una mano sul viso e tra i capelli. Il modo in cui si era comportato era nuovo anche per lui.

Robert si mosse e fece una smorfia.

«Ti fa male?» gli chiese piano Jake.

Lui annuì, cercando di non disturbare Bridget che gli si era rannicchiata contro.

«Penso che oggi non sarai in grado di andare a cavallo. Cosa ne dici se vado in città e porto qui un dottore per dare un'occhiata alla tua gamba?»

206

Robert appoggiò la testa sul cuscino e fissò il soffitto della stalla. «Ti direi di smetterla di trattarmi come una fragile tazza da tè, però senza dubbio questa cosa renderebbe felici Bridget e Molly.»

E avrebbe anche dato a Jake un'occasione per registrare le nuove concessioni senza avere un pubblico. A ogni modo, decise di dar voce a una preoccupazione che lo tormentava. «Puoi tenere Molly a Creede più a lungo di quanto ha pianificato di restare?»

«Perché?»

«Perché io possa convincerla.»

«A fare cosa?»

«A sposarmi.»

Robert sollevò il capo e lo fissò. «Stai scherzando.»

Jake restò in silenzio.

«Non stai scherzando» mormorò l'amico. «Quando diavolo è successo?»

«In tutta onestà? La prima volta che l'ho vista.» Era vero. D'istinto, nell'attimo stesso in cui l'aveva vista scendere dal treno aveva capito che la sua vita aveva preso una svolta importante; solo, non lo aveva voluto riconoscere.

Chiaramente scettico, Robert gli chiese: «Quando hai deciso che era giunto il momento di accasarti?»

«Ammetto che non è mai stato nei miei piani. È solo che non avevo mai incontrato la donna giusta.»

«E Molly è quella donna?»

«Perché lo dici come se fosse un'idea tanto assurda? È tua sorella. Dovresti sapere quanto sia unica.»

Robert borbottò sottovoce quella che sembrava un'oscenità. La sua reazione colse Jake di sorpresa. Pensava che sarebbe stato felice di accoglierlo nella famiglia. Mettendo da parte la questione, c'era ancora un problema. «Si sta dimostrando un tantino cocciuta.»

«Perché non vuole sposarti dopo poco più di una settimana di conoscenza? Che sorpresa.»

«Pensavo davvero che avrei ricevuto più sostegno da parte tua.» Spostò lo sguardo su Bridget. «Io perlomeno sto cercando di fare la cosa giusta.»

L'amico inarcò un sopracciglio. «E questo cosa dovrebbe significare?»

La ragazza si allontanò da lui rotolandosi su un fianco e si stiracchiò, con gli occhi socchiusi. «Ci siamo fidanzati ieri notte» disse, assonnata.

«Ammetto di essermi sbagliato, dunque» disse Jake e riportò l'attenzione sull'amico. «*Stai* facendo la cosa giusta. Hai trovato un brav'uomo, Bridget. Spero che la tua famiglia non lo faccia a pezzi.»

Robert lo inchiodò con uno sguardo torvo. «Tu non hai voce in capitolo.»

Lui espirò nel tentativo di liberarsi dalla frustrazione. «Hai ragione. Ti chiedo scusa. Non intendevo essere irrispettoso, comunque stai attento con Lannigan. Non scherzerei con lui.»

Bridget lo guardò. «Lo so.»

Per la prima volta, Jake vide qualcosa in lei che assomigliava quasi a una donna matura. Gli diede la speranza che Robert non si stesse accollando una relazione carica di avversità.

L'amico sospirò e sfregò la spalla della fidanzata con la mano. «Se Molly ti vuole, allora hai la mia benedizione. Tuttavia, voi due siete fatti della stessa pasta. Non riuscirai a convincerla a sistemarsi, ed è sicuro come la morte che neanche tu ti vuoi sistemare. Non mi importa cosa dici: Molly ha bisogno che un brav'uomo a Tucson provi compassione per lei. È quello che renderebbe felici i miei genitori.»

«Perché mai le accolleresti una vita che la renderebbe triste? Io penso di poter fare di meglio per lei.»

«Non vedo l'ora di assistere a questa cosa.»

«Sottovaluti il mio fascino.»

Robert ridacchiò. «Tu sottovaluti mia sorella.»

MOLLY SI ALZÒ dal pagliericcio sul pavimento che aveva condiviso con Pearl e Grom. Con riluttanza, Ivan aveva dormito accanto a Nove Dita. Era stata sua moglie a insistere, dato che di quei tempi lui aveva molti dolori e acciacchi, e non era appropriato che Pearl condividesse una sistemazione con un uomo che non era suo marito.

Bridget era sparita e non era più tornata, perciò Molly sospettava che fosse rimasta nella stalla con Robert e Jake.

Dal momento che tutti dormivano ancora, uscì sul portico senza far rumore, per poter pensare. Il giorno si annunciava con aria fresca che profumava di pino, e uccelli azzurri svolazzavano dal suolo ai cespugli e ai rami e di nuovo a terra. Le loro piume di un azzurro acceso fluttuavano nella quiete, la leggera foschia nell'aria ne sfocava i bordi e faceva apparire tutto come se lei stesse osservando un sogno.

Avrebbe dovuto chiedere a Jake del campione nella tasca?

La sera precedente gli aveva restituito il cappotto con la pepita d'oro, perché era certa che fosse proprio quello; sicuramente era il motivo per cui lui aveva tralasciato di parlargliene.

Forse però stava ingigantendo la cosa. Lei non capiva le complessità delle attività minerarie o di come si facesse a stabilire una concessione. Magari c'era una buona spiegazione.

Incrociò le braccia e si mise a mordicchiarsi il labbro inferiore, perché c'era una questione più grande che incombeva su di lei.

Mi sto innamorando di Jake McKenna.

Chiuse gli occhi. Si stava innamorando? No. Era già innamorata.

Ed era chiarissimo che, sebbene questo andasse contro i suoi piani di venire vincolata – almeno nel breve termine –, ciò che le pesava era sapere che Jake non l'avrebbe mai davvero amata… non nel modo in cui lei voleva.

Tutto quel parlare di matrimonio era semplicemente il suo senso del dovere nei confronti di Robert, insieme all'irrefrenabile attrazione fisica che esisteva tra loro due. Come lui stesso aveva detto, non era il tipo d'uomo che si sistemava. Se anche si fosse sposato, era probabile che ben presto se ne sarebbe stancato e Molly non era sicura di poterlo sopportare.

Il fatto che non avesse menzionato di aver trovato la pepita non aiutava, anzi, indicava solo un comportamento egocentrico che, a quanto pareva, era riuscito a tenere celato. Forse tutti in città avevano ragione su quell'uomo, e lei era stata troppo accecata dal suo fascino per vederlo.

Combattuta, si mise a riflettere su quale linea di condotta tenere.

Un rumore di graffi all'interno della baita le indicò che Grom voleva uscire, quindi gli aprì la porta e lo liberò. Il cane si allontanò saltellando e scodinzolando.

Fu allora che Jake apparve, e il cuore le fece una capriola nel petto. Lui si fermò ad accarezzare Grom che, eccitatissimo, girava in cerchio, con la coda e la lingua che si agitavano, mentre dimenava gioioso il corpo. A essere sinceri, le viscere di Molly avevano avuto più o meno la stessa reazione alla vista dell'uomo; lei, però, dominò i suoi lineamenti per nasconderlo.

Non le era d'aiuto il fatto che lui avesse un aspetto rude e mascolino: non si era rasato, probabilmente non si era lavato affatto, e i suoi indumenti avevano quell'aspetto stropicciato di chi ci aveva dormito. Sapeva che anche i suoi non erano in condizioni migliori. A ogni modo, non importava. Molly lo osservava come un coyote mezzo morto di fame, e lui era il pasto per eccellenza.

«Buongiorno, Pulce.» Le sorrise quando Grom finalmente si tranquillizzò.

Lei aggrottò le sopracciglia e mantenne il viso privo di espressioni. «Buongiorno.»

«Dormito bene?»

«Sì.» Scese i gradini. «Ti sei alzato presto.»

«Ho pensato di iniziare la giornata di buon mattino.»

Lei gli si fermò di fronte, con le mani sui fianchi. «Che piani hai?»

«Pensavo di andare in città e portare qui un dottore per Robert. Non credo sia ancora nelle condizioni di cavalcare.»

Il suo sguardo la riscaldò. «Concordo sul fatto che dovrebbe stare fermo finché la sua gamba non sia guarita meglio. Immagino che Bridget vorrà restargli accanto.»

Jake ridusse gli occhi a due fessure, e il lato della bocca si sollevò in un sorriso. «Cos'hai intenzione di fare, Molly?»

Lei spostò lo sguardo su un boschetto di alberi appena oltre la baita, dato che fissare Jake le confondeva i pensieri. «Perché sei tanto difficile?»

Malgrado ciò, non riuscì a impedire che un sorriso si facesse strada sul suo viso. Guardò verso il basso nel tentativo di nasconderlo; lui, però, la sorprese con un bacio. Nel giro di pochi secondi, l'aveva avvolta tra le braccia, la bocca a un'angolazione tanto perfetta contro la sua che lei quasi si fuse con lui. Si gustò le sue attenzioni, dando sfogo al costante bisogno di toccarlo.

Quando alla fine lui allentò la presa, Molly sospirò, bramando molto di più.

«Jake, ho trovato la pepita d'oro» disse contro la sua bocca.

Le avrebbe mentito? Le importava ancora?

L'uomo si tirò indietro e lei trattenne il fiato, preoccupata della sua reazione. Il suo volto era una maschera indecifrabile. «Hai intenzione di rubarla?»

«Certo che no. Perché non me ne hai parlato?»

L'incantesimo sensuale tra loro iniziò a dissolversi. «Stai pensando che ora non ti fidi di me, vero?»

Lei si sciolse dall'abbraccio, anche se Jake le tenne strette le mani. «Se ciò che mi stai chiedendo è se ho frugato tra le tue cose, la risposta è no. L'ho trovata per caso ieri sera, quando mi hai prestato il cappotto.»

«La verità è che non sei in grado di affrontare le conseguenze negative di tutto questo – che si tratti della Chigger o di qualunque altra concessione e preferirei che non ne facessi parte. Inoltre, sono preoccupato per Robert: lui e Bridget hanno suggellato il loro futuro, ieri notte. Si sposeranno.»

Molly si immobilizzò. «Davvero?»

«Qualunque cosa abbiano, Lannigan la prenderà. Qualunque cosa abbia tu, potrebbe farti ammazzare, proprio come è successo a Pedro.»

Lei considerò le sue parole. «Dunque hai intenzione di prendere tu tutte quelle concessioni? Posso essere giovane, Jake, tuttavia non sono stupida. Pensi di avere trovato l'Uccello Azzurro, non è vero?»

«Forse.»

L'uomo che la fissava in quel momento non era l'affascinante e romantico Jake che lui le mostrava tanto spesso. Era Lo Sciacallo: viaggiatore del mondo e trafficante di sale, spia francese e opportunista. Avrebbero potuto condividere la vita? Il desiderio la trafisse, e lei sapeva che avrebbe voluto provarci, al diavolo il futuro.

«Allora sposami e saremo pari» gli disse lei.

I suoi occhi brillarono per la sorpresa. «Non mi aspettavo che ti saresti arresa con tanta facilità.»

«Stai ritrattando la tua offerta?»

«No» disse lui, senza più alcuna traccia di frivolezza. «Lo so che sta accadendo tutto in fretta, però non sto giocando. Ho intenzione di tenerti con me, Molly Rose. Sei pronta per questo?»

Una forte raffica di vento attraversò la gola della montagna, un alito dalla bocca divina di Dio. Nonostante non le sfuggisse il fatto che si stava lanciando da un precipizio verso l'ignoto, voleva

Jake. Era semplice. L'uomo si era offerto a lei e, anche se Molly avrebbe potuto non sapere mai il motivo per cui fosse tanto disposto a legare il proprio destino al suo, non le importava. Lui era propenso a provarci e Molly voleva incontrarlo a metà strada. Voleva essere sua moglie, sua socia e sua amica. E voleva essere la sua amante, la sola e unica per lui.

«Sì.» La sua voce si allontanò trasportata dalla brezza.

Lui le si avvicinò di nuovo e portò entrambe le mani a incorniciarle il viso, quindi la baciò con infinita delicatezza.

«*Vendi la tua intelligenza e compra stupore.*» Poi premette di nuovo le labbra contro le sue, dolcemente.

«Stai citando ancora Rumi?» Molly gli avvolse i polsi con le dita, godendosi la squisita compostezza dei suoi baci.

«Nessuno mi ha stupito più di te, Pulce.»

«Spero che sarò abbastanza per te, Jake.»

Lui appoggiò la fronte contro la sua. «Lo sei già.»

CAPITOLO 19

«N e sei sicura?»

L'espressione perplessa sul viso di Robert non avrebbe dovuto sorprenderla, eppure una parte di lei si irritò per quello sguardo che le aveva lanciato: come se Molly avesse perso il lume della ragione, come se lo avesse deluso.

«Perché mi guardi come se io non avessi un briciolo di intelligenza?»

«Smettila di esagerare.» Lui incrociò le braccia e si appoggiò contro la ringhiera di un box della stalla. «Voglio che tu sia felice.»

«Non credi che Jake possa fare in modo che io lo sia?» Sebbene fosse pur vero che lei non si fidava del tutto dello Sciacallo, Molly sperava che, con il tempo, lei e Jake avrebbero iniziato a fare affidamento l'uno sull'altro e a confidarsi tutto.

Robert fece una smorfia. «Sei mia sorella. Sono responsabile del tuo benessere. Mamma e papà di certo daranno la colpa a me per averti presentata a un adulatore del genere.»

Le sfuggì una risata. «Jake non è un adulatore e non sei stato tu a presentarci.»

«Adesso stai solo sottilizzando.» Lui scosse la testa. «Va bene. Vedo che hai preso la tua decisione.»

«Come hai fatto tu. Bridget non mi ha entusiasmata al nostro primo incontro, tuttavia le darò un'occasione perché è ovvio che per te è importante.»

Suo fratello la fissò con sguardo riflessivo. «Chi avrebbe mai pensato che ci saremmo innamorati in circostanze simili? Possiamo fidarci dell'uno o dell'altra?»

Il desiderio che lei provava per Jake era travolgente. Non era semplicemente il fatto di agognare di unire il proprio corpo al suo; sentiva come se fosse già legata a lui in modo innato, mente e anima, e che era scritto nel destino, una sorta di connessione divina. Forse quello era anche il destino di Robert con Bridget.

La gola di Molly si serrò. «Possiamo permetterci di non farlo?»

JAKE ERA SEDUTO sul portico dei Krupin, intento a osservare la campagna prendere vita.

Presto sarebbe stato un uomo sposato.

Il pensiero non lo terrorizzava come aveva sempre immaginato che avrebbe fatto.

Molly era nella stalla insieme a Robert, presumibilmente a condividere le notizie. Si era offerto di restarle accanto, lei però aveva voluto farlo da sola.

Era stato un corteggiamento rapido… forse troppo rapido, ma lui agiva spesso d'impulso. Fare progetti non era mai stato un suo punto forte. *Potrei dover cambiare questa cosa.* Ci sarebbe stato bisogno di prendere delle decisioni: quando e dove sposarsi, dove vivere. Immaginava che Molly avrebbe voluto sposarsi con la sua famiglia presente alla cerimonia, il che gli andava bene, anche se sperava che lei sarebbe stata incline a viaggiare. C'erano ancora terre che desiderava vedere, luoghi come la Scozia, la Spagna e l'Italia. Se nei prossimi mesi tutto fosse andato bene a Creede – se l'Uccello Azzurro avesse dato risultati – allora avrebbero avuto denaro a sufficienza per andarsene e fare ancora di più.

A un certo punto, lui e Molly si sarebbero quindi dovuti sedere a discutere dei particolari. Nel frattempo, Jake sarebbe dovuto tornare in città per registrare quelle nuove concessioni il prima possibile, se non altro per assicurare un futuro a se stesso e a Molly.

Notò un uomo a cavallo avvicinarsi e subito riconobbe Boom. Si alzò e andò da lui mentre l'uomo smontava.

«Sono contento di averti trovato» disse Boom.

L'urgenza nella voce dell'omone lo preoccupò. «Cosa succede?»

«Ho sentito girare delle voci e tu dovresti saperlo.»

«Quali voci?»

Boom legò le redini del cavallo al palo. «Che Pedro è morto... e che sei stato tu a ucciderlo.»

Jake inspirò, anche se sembrò più simile a un sibilo. «Perché mai dicono queste cose?»

L'altro si immobilizzò. «Allora è vero? Pedro è morto?»

Nonostante non fosse del tutto sicuro di potersi fidare del robusto russo, decise di non avere molta scelta. «Ho trovato il suo corpo, che però era sparito quando il giorno dopo sono tornato a prenderlo.» Riusciva a percepire lo shock e la diffidenza dell'uomo. «Boom, non l'ho ucciso io. Se dovessi tirare a indovinare, direi che dietro c'è James Winston, anche se non fosse stato lui a premere il grilletto. In casa c'è Nove Dita.» Fece un cenno con il capo verso la baita alle sue spalle. «Era con Pedro e si è fatto sparare. Può garantire per me.» Almeno, così sperava. Quel mattino, il prospettore ferito non si era ancora svegliato.

Boom si sistemò il cappello e annuì. «Ti credo. È solo che le cose tra queste montagne si stanno facendo maledettamente difficili. Girano un sacco di voci. Per qualche motivo, il vicesceriffo aveva intenzione di venire qui a indagare, però Lannigan l'ha fermato.»

Sebbene Jake ne fosse grato, sapeva che Lannigan non avrebbe cercato di proteggere Lo Sciacallo. «Perché?»

L'uomo scrollò le spalle. «Forse non vuole tanti uomini di legge curiosi che vengano qui a ficcare il naso.»

Con molta probabilità, Boom aveva colpito nel segno. Se Jake fosse stato un giocatore d'azzardo – e, nonostante la sua propensione a vivere una vita spensierata, non lo era proprio – avrebbe scommesso dei soldi sul fatto che Lannigan fosse in qualche modo coinvolto in tutto questo.

«E poi c'è qualcos'altro» aggiunse Boom. «Quel misterioso prospettore – Charlie – sembra che abbia fatto sapere in giro di avere intenzione di ucciderti.»

Jake inarcò un sopracciglio. «Vendetta per Pedro?»

«Così pare. Quel messicano scorbutico riceveva più affetto di quanto pensassimo.»

«Dove si trova questo Charlie?»

«Forse nella valle successiva. È sfuggente come il diavolo e non sono riuscito a ottenere un buon vantaggio su di lui.»

Molly girò attorno alla cabina, con Robert che le zoppicava accanto.

Quando Boom lo vide, lo sollevò in un abbraccio esuberante. «Ero preoccupato per te, Robbie. È bello vederti.»

Lui rise quando il grande russo lo lasciò andare. «È lo stesso per me, Boom.»

«Perché zoppichi?»

«Non è niente. Davvero.»

Boom notò Molly e si toccò la tesa del cappello. «È sempre un piacere, signorina Simms.»

Un ampio sorriso le avvolse il viso. «È bello vedere anche voi, Boris.»

Jake notò il leggero rossore che comparve sul volto dell'uomo. In coscienza, non poteva lasciarlo soffrire.

«Boom» si intromise «devo farti sapere che io e la signorina Simms siamo fidanzati.»

Sul suo viso si registrò dapprima stupore, poi vi si aprì un sorrisetto. «È un grosso sollievo.» Guardò Molly. «Mi sono del tutto dimenticato che volevo farvi la corte, ma di recente mi sono trovato una brava ragazza. Fa la lavandaia all'*Orleans Club*. Sono lieto che non mi abbiate aspettato. Jake è un tipo abbastanza bello. Spero che sarete molto felici insieme.»

Era difficile non notare la sorpresa sul volto di Molly quando la lunga risposta di Boom gli uscì di getto dalle labbra; tuttavia, la donna si riprese in fretta. «Forse non era destino, Boris. Spero che anche voi e la vostra signora siate molto felici insieme.»

Robert si voltò verso Jake. «Vuoi dire che potrei aver avuto Boom come cognato invece di te?»

«Attento al tono che usi, Simms» disse Jake. «Per come stanno le cose adesso, mi sto per imparentare con una Lannigan a causa tua.»

Boom aggrottò la fronte mentre spostava lo sguardo dall'uno all'altro. «Non capisco.»

«Anche Robert e Bridget si sono fidanzati» gli spiegò Molly.

«Beh, suppongo che non sia una sorpresa» sbuffò l'uomo. «Di certo non hanno tenuto segreti i loro sentimenti, anche se non penso che James Winston ne sarà molto felice.»

«Perché dite questo?» chiese Bridget, uscendo sul portico, con Pearl e Ivan che la seguivano.

Boom si rivolse a lei. «La mia donna ha detto che Winston ha dato a vostro padre un ultimatum. Sarete sua moglie, o lui mollerà.»

«Mollerà?» chiese la donna, chiaramente confusa.

«Smetterà di lavorare per tuo padre» disse Robert.

Bridget aggrottò la fronte. «E perché dovrebbe essere importante?»

«Perché Winston ha qualcosa che Lannigan vuole» mormorò Jake.

Robert lo inchiodò con uno sguardo severo. «Pensi che abbia trovato l'Uccello Azzurro?»

«È possibile» gli rispose lui, contenendosi. Jake l'aveva già trovato. Forse. Dunque Winston stava per forza bluffando.

Molly lo guardò, anche se non disse nulla riguardo alle concessioni che lui di recente aveva delimitato.

«Vado alla vena Chigger» disse Robert.

Bridget gli scoccò uno sguardo torvo. «Non puoi andare da nessuna parte con quella ferita alla gamba.»

«Sto bene.»

Ivan si spostò dal portico. «Cos'è questa Chigger di cui parlate?»

Jake scambiò un'occhiata con l'amico. Ormai avevano vuotato il sacco. Non c'era più modo di tornare indietro.

Robert sospirò. «L'ho trovata qualche settimana fa. Penso che potrebbe essere l'Uccello Azzurro.»

Boom fece un fischio, mentre Ivan ridacchiò.

All'improvviso, sulla soglia apparve Nove Dita, e si appoggiò pesantemente contro lo stipite della porta. Era ovvio che avesse udito la conversazione. «Voglio entrarci anch'io.»

Merda. Sebbene Robert avesse appena rivelato quella che aveva il potenziale per essere la più ricca concessione mineraria che Creede avesse mai conosciuto, c'era spazio per altre dita nel barattolo del miele?

«Era ora che ti svegliassi» gli disse Jake. «Perché c'erano due borse di campioni di minerali in quel tunnel in cui ti nascondevi?»

Nove Dita spostò il peso da un piede all'altro, la fronte aggrottata per il disagio. «Non lo sapevo.»

«Smettila di mentire.»

«Va bene. Pedro li lasciò lì per Charlie. Andai in quel tunnel per nascondermi dopo che quegli uomini iniziarono a sparare a Pedro e… e pensavo di riportare i campioni in città.»

«Pedro dove li ha presi?»

Un'espressione sincera gli attraversò il volto. «Onestamente non lo so.»

«Allora perché mai avevi intenzione di farli analizzare?» gli chiese Ivan. «Se c'era qualcosa di valore, non avresti comunque saputo dove si trovava la concessione.»

«Sì, però avrei potuto usare quelle informazioni per convincere Charlie.»

«Hai idea di dove si trovi questo Charlie?» gli chiese Jake.

Le spalle dell'uomo si afflosciarono. «Non so dirtelo.»

Jake non era proprio sicuro che fosse così, tuttavia decise di lasciar perdere. Guardò Molly. «Tu e Bridget dovete tornare in città.»

«Perché?» domandò lei.

«Perché qui fuori non è sicuro.»

«Jake ha ragione» disse Robert. «Torneremo tra qualche giorno.»

Prima che Molly potesse obiettare, Jake la prese da parte e le sussurrò nell'orecchio: «Mi serve che tu vada dal cancelliere del distretto minerario e registri due concessioni per me.» Estrasse un pezzo di carta che aveva tenuto nascosto nella camicia e glielo passò. «Questo contiene una mappa delle concessioni, insieme a una descrizione geografica di ognuna. È abbastanza per le registrazioni.»

Sebbene sapesse che era inevitabile che i cercatori d'oro avrebbero invaso la valle della Chigger una volta che si fosse sparsa la voce, non si era aspettato che succedesse già quel giorno. Ciò nonostante, ce ne sarebbe stato abbastanza per tutti e lui poteva anche condividerlo con gli uomini che lo meritavano – a eccezione di Nove Dita, perché aveva attaccato Pearl, e Jake sospettava potesse anche avere ucciso Pedro. A ogni modo, gli avrebbe fatto pensare di essere incluso, per il momento. L'aspetto malconcio del prospettore mostrava che era ancora debole a causa della ferita, e lui preferiva il nemico che poteva vedere a quello che non vedeva.

Jake doveva solo sperare di aver delimitato la vena dell'Uccello Azzurro nei punti giusti. Non sarebbe stato ironico se Nove Dita avesse finito per avere l'apice di quel dannato filone? Se l'uomo era in combutta con Winston, la faccenda sarebbe stata ancora più nauseante. Doveva assicurarsi che non accadesse.

Molly sollevò il mento per guardarlo negli occhi. «Dunque ti fidi a darmi le tue concessioni?»

«Pensavi che non l'avrei fatto?»

«Non ti mentirò. Mi è passato per la mente.»

Lui cambiò posizione per nasconderla alla vista degli altri. «Non posso dirti a che nome registrare la concessione. Lascerò a te la decisione.» Anche se sperava che lei capisse cosa c'era in gioco.

L'entusiasmo le fece brillare gli occhi.

Un ampio sorriso si allargò sul volto di Jake. «Ti direi che ti amo, però mi sembra prematuro e dubito che ci cascheresti.»

«L'amore non è un requisito per il matrimonio.»

«Non lo è. A ogni modo, otterrò il tuo prima che questa vita giunga al termine.»

«Sei molto sicuro di questa cosa.»

Lui scosse appena il capo. «Ti sbagli. Non si tratta di essere sicuri. È che riconosco la magia quando la vedo.»

A Molly sfuggì una risata. Fu allora che lui capì che era quella giusta. L'aveva già sospettato in precedenza, forse lo aveva sperato un tantino di più di quanto fosse ragionevole. In quel momento, però, lo sapeva per certo.

Desiderava baciarla con tutto se stesso, ma avevano un pubblico troppo ampio. Perciò si accontentò di avvicinarsi a lei. «Chiamerò la prima concessione Molly Rose.»

Lei restò salda nella sua posizione. «E la seconda?»

«Penso che tu lo sappia.»

La sua espressione si fece seria. «Faresti meglio a fare attenzione, là fuori.»

«O altrimenti?»

«Altrimenti sarò una donna molto ricca.»

CAPITOLO 20

L a città era avvolta dalla penombra del tardo pomeriggio quando Molly entrò a Upper Creede su Cannella, con Bridget che stava al passo sulla propria cavalcatura. Pearl, invece, aveva scelto di restare nella baita.

«Tornerai a casa?» le chiese Molly.

Bridget si fermò prima di rispondere. «Non lo so.» Sotto alla tesa del cappello, rughe di preoccupazione le solcavano la fronte.

Senza preavviso, una fila di oltre cinquanta asini le superò, tutti carichi di pesanti sacchi di minerali, e le due donne fecero appena in tempo a spostare i cavalli dalla traiettoria quando la massa di animali si diresse verso il deposito ferroviario, con diversi uomini a cavallo che tenevano il passo e gridavano.

Molly rifletté su quanto lavoro ci fosse dietro all'estrazione dell'argento dalle vene nelle montagne circostanti. Doveva registrare due concessioni per Jake. Con il giorno che volgeva al termine, aveva poco tempo prima che l'ufficio concessioni chiudesse e, per giunta, non sapeva nemmeno dove si trovasse questo ufficio.

Con un profondo respiro, prese una decisione. «Bridget, mi serve il tuo aiuto.»

CAVALCANDO A RITMO SOSTENUTO, Jake e gli altri giunsero al luogo preciso dove si era accampato con Molly giorni prima, alla base del ripido ingresso della valle che proteggeva la vena della Chigger. Notò subito che per Robert e Nove Dita il peso del viaggio si stava facendo sentire, entrambi ancora in convalescenza dalle ferite.

«Ci accamperemo qui» disse.

«Siamo vicini?» gli chiese Boom.

Jake annuì senza dire altro e, per fortuna, Robert tenne per sé la posizione del filone. Non c'era motivo di fare in modo che uno di loro sgattaiolasse via prima che anche gli altri potessero arrivarvi.

Con l'oscurità che presto sarebbe calata su di loro, si accamparono lì, sebbene Jake provasse un formicolio di consapevolezza in tutto il corpo. Qualcuno li stava osservando. Estrasse il fucile dal fodero e si allontanò dal fuoco per ispezionare meglio la linea degli alberi più in là. Ivan e Boom si unirono a lui, con le armi in mano.

Jake fece un cenno con il capo a entrambi gli uomini, quindi si allontanò in silenzio, confondendosi con il terreno. L'accampamento e gli animali erano un segnale per chiunque si trovasse lì fuori. Non c'era motivo di essere un bersaglio facile.

Si fermò e rimase in ascolto, come aveva imparato a fare in Marocco. Calmare la mente, e anche il corpo, gli aveva permesso di affinare l'abilità di avere accesso a un altro senso, oltre ai cinque che usava ogni giorno.

Quando una figura gli si avvicinò, lui sollevò il fucile con una tale rapidità da far balzare indietro l'uomo.

«Non sparare, Jake.» La voce di Boom alle sue spalle riempì l'oscurità. «Non ci faranno del male.»

Di fronte a loro c'erano due indiani Ute.

Jake abbassò lentamente il fucile quando Boom si

materializzò dall'oscurità. Entrambi gli indiani sembravano giovani, con lunghe trecce che ricadevano sulle spalle.

«Li conosco.» Il russo fece un cenno del capo all'indiano che era di fronte a Jake. «Quello è Salmone Argentato e questo si chiama Antilope.»

Ivan li raggiunse. «Anch'io ho già visto questi ragazzi.»

«Siete un po' lontani da casa, o sbaglio?» chiese Jake. La riserva meridionale degli Ute era a più di duecento miglia di distanza.

«Abbiamo il permesso» disse Antilope ed estrasse un foglio da un borsello di pelle. Salmone Argentato fece lo stesso.

Al buio, Jake dovette avvicinare i permessi per leggerli. Erano stati compilati dall'agente che gestiva la riserva.

Antilope disse: «Questo indiano è a posto.»

Salmone argentato commentò: «Questo è un grande figlio di puttana. State attenti a lui.»

Jake osservò l'indiano, che gli fece un ampio sorrisetto, quindi restituì a entrambi i documenti.

«Siamo a caccia di cervi» disse Antilope.

«Come sta andando?» chiese Jake.

«Abbastanza bene. Siamo quasi pronti a tornare a casa. Abbiamo affumicato la carne dall'altro lato di quel pendio.»

«Voi ragazzi fareste meglio a venire con noi» disse Ivan. «Ci sono stati traffici loschi da queste parti e vorremmo chiedervi delle informazioni.»

I due Ute lo fissarono perplessi.

«Ho del whisky» si intromise Boom. «Venite con noi al nostro accampamento a sedervi attorno al fuoco.»

Sui loro volti apparve un'espressione di chiarezza e i due accettarono con un sorriso. Recuperarono i cavalli e seguirono Jake e gli altri.

Quando Nove Dita li vide avvicinarsi, dalla sua postazione vicino al fuoco, borbottò: «Che diamine succede?»

Robert sollevò lo sguardo dalla sua posizione reclinata che serviva a riposare la gamba.

«Perché sono qui?» domandò Nove Dita.

Antilope e Salmone Argentato si fermarono in modo brusco, con espressioni di disgusto sui loro volti.

«Cos'hai fatto, Nove Dita?» gli chiese Ivan.

«Non vado d'accordo con questi due.» Il prospettore ferito irrigidì la mandibola. «Si sono messi a perseguitarmi.»

Jake si voltò per lanciare un'occhiata ai due Ute, entrambi che mostravano volti dall'aspetto giovanile. «Già, di certo hanno un aspetto spaventoso.»

«Quello» Antilope guardò Nove Dita con gli occhi ridotti a due fessure «è un uomo disonorevole.»

Jake non lo dubitava.

«Ci ha rubato la carne» continuò l'indiano «e l'ha venduta agli altri cercatori d'oro.»

Boom si ergeva sopra Nove Dita. «Che problema hai?»

«Nessuno lo può provare» rispose l'uomo in sua difesa.

«Dunque è vero?» chiese Jake.

«Non ho intenzione di condividere il fuoco con loro» mugugnò il vecchio prospettore.

«Allora faresti meglio a spostarti nel buio» gli rispose Jake. «Per adesso restano.»

L'uomo distolse lo sguardo, mettendo il broncio, e si avvolse con le braccia come se quel gesto lo rimpicciolisse.

«Metto i vostri pony con gli altri» si offrì Jake, poi prese le redini dai due Ute, che sembravano essere ancora infastiditi dalla presenza di Nove Dita, e condusse gli animali a uno spiazzo erboso dove gli altri cavalli erano legati. Mentre fissava i paletti per gli animali, notò dei segni su una delle selle, incisi proprio sotto il pomello. Strizzò gli occhi nell'oscurità per vedere meglio e si avvicinò per leggere la parola sulla pelle usata e logora: *Uccello Azzurro*.

Quando ritornò dal gruppo che stava condividendo la bottiglia di whisky di Boom, chiese: «Perché su una delle selle c'è scritto "Uccello Azzurro"?»

Ivan e Boom si zittirono mentre Nove Dita si bloccò a metà sorso, con la bottiglia di liquore in mano. Tutti quanti, incluso Robert, lo fissavano.

Salmone Argentato e Antilope, seduti uno accanto all'altro, lanciarono un'occhiata al gruppo radunato attorno al fuoco. Le fiamme scoppiettavano, illuminando la lucentezza scura dei loro capelli e i lineamenti lisci dei loro visi.

«C'è una leggenda tra la nostra gente» rispose Salmone Argentato, con aria sommessa.

Sebbene Jake avesse sentito frammenti di conversazioni qua e là da altri, non aveva mai sentito la leggenda da un Ute. «Ce la volete raccontare?»

Si sedette di fronte ai due indiani, tra Robert e Nove Dita e prese la bottiglia di whisky dal prospettore, ripulì l'anello della bottiglia sulla camicia, quindi ne prese un sorso. Accidenti, era forte. Guardò Boom, mentre soffocava il desiderio di tossire. Da quando il robusto russo otteneva la roba buona e per giunta la condivideva?

Salmone argentato annuì. «Ai tempi in cui vagavamo liberi per le montagne, un gruppo si accampò in una valle circondata da alti muri di granito. Cercavano protezione da un gruppo di Apache. Con loro sorpresa, trovarono un piccolo accampamento già presente, ma non credevano che fossero i loro nemici, gli Apache. C'erano provviste, un cavallo e un mulo, però non c'erano segni dell'uomo o degli uomini a cui appartenevano.

«Per tre giorni, i guerrieri del gruppo rimasero all'erta in attesa di questi altri, che invece non arrivarono mai. Poi un uomo rotolò giù da un'alta sporgenza sopra di loro, ed era lui il proprietario del cavallo e del mulo. Era spaventato dagli uomini Ute e temeva che lo avrebbero ucciso, perciò era rimasto nascosto. Poi però cadde giù e loro lo scoprirono. L'uomo offrì tutte le sue provviste in cambio della vita. I guerrieri Ute erano pronti a ucciderlo e invece decisero di non farlo.

«Gli permisero di tenere il mulo, però si presero tutto il resto e lo mandarono via. Quella sella era la sua. Perciò lo chiamarono Uccello Azzurro. Disse che era il nome del suo cavallo.»

«Sapete dove si trova questo luogo?» chiese Robert.

«C'è un uomo che vive ancora nella riserva e se lo ricorda. È lui che mi ha dato la sella. Non ci sono molte valli con alti muri su ogni lato, quindi non dovrebbe essere difficile da trovare.»

Si dava il caso che fossero accampati proprio accanto a una di queste. Il battito di Jake accelerò. Quel racconto era un'ulteriore conferma del fatto che avesse trovato la mitica vena dell'Uccello Azzurro. Tuttavia, c'era una cosa che lo tormentava. «C'erano donne e bambini in quel gruppo di Ute?»

«Sì, penso di sì» rispose Salmone Argentato.

«Se la valle era tanto inaccessibile, come hanno fatto a entrare?»

«C'era un sentiero nascosto, o almeno questo è quello che mi ha detto l'anziano.»

Interessante. Una via del genere si sarebbe potuta rivelare utile per estrarre i minerali. Jake passò il whisky a Robert e, dalla curiosità negli occhi dell'amico, capì che anche lui stava pensando la stessa cosa.

«Avete incontrato qualcuno che trasportava un cadavere?» chiese ancora.

Antilope annuì. «Ieri. Hanno detto che era morto all'improvviso e lo stavano riportando in città.»

«Conoscevate il morto?»

Salmone Argentato scosse la testa. «Era coperto. Non abbiamo potuto vederlo.»

«Potete descrivere gli uomini che lo trasportavano?»

«Sì, ne conoscevamo uno. Si chiama Winston.»

MOLLY SI ERA APPENA SEDUTA a un tavolo nel *Cora's Restaurant* quando Bridget entrò, cogliendola di sorpresa. Una volta gestito l'affare all'ufficio concessioni, la ragazza se n'era andata per parlare con il padre e controllare suo fratello. Molly non si aspettava di rivederla così presto, in particolar modo quella sera, nonostante avesse accennato di avere intenzione di andare da Cora dopo essersi data una rinfrescata allo *Zang's Hotel*.

«Tuo padre ti ha lasciato uscire senza problemi?» le chiese, mentre Bridget sistemava lo scialle sullo schienale di una sedia per poi accomodarvisi.

«Non c'era. Archie ha detto che è andato su nelle colline per sistemare un problema.»

Molly faticò a nascondere la paura. «Cosa dovrebbe significare?»

«Non lo so» le rispose l'altra, i lineamenti tirati per la preoccupazione. «Temo che non possa essere nulla di buono.»

Cora apparve al loro tavolo con un ampio sorriso sul volto senile. «Signorina Lannigan, è un piacere. E signorina Simms, è meraviglioso rivedervi. Speravo che sareste tornata.»

«Vi ringrazio.» Molly le fece un sorriso cordiale. «Sono contenta di essere qui.»

«Avete poi trovato vostro fratello?»

«Sì.»

Molly ordinò una bistecca con un purè di patate e Bridget chiese di avere carne di cervo con mele al forno. «E del caffè, per favore» aggiunse Molly.

«Subito» rispose Cora allegramente prima di allontanarsi.

Mabel – la donna che al *Bertha's Saloon* le aveva detto che Robert era morto – fece il suo ingresso nel ristorante, ispezionò la sala, quindi si diresse dritta verso di loro.

Lo sguardo della donna si spostò da una ragazza all'altra, per poi rimanere fisso su Molly. «Devo parlarvi, signorina.» Con i capelli tirati indietro dal viso e raccolti in uno chignon lucido e ben fatto, aveva un aspetto piuttosto rispettabile, a eccezione di una cosa: la profonda scollatura del suo semplice abito di cotone, che lei cercò di non fissare.

«Ma certo.» Le indicò una sedia vuota. «Vi prego, unitevi a noi.»

Il viso di Bridget arrossì e negli occhi le passò un lampo di rabbia. Era chiaro che non volesse Mabel al loro tavolo, tuttavia ormai era troppo tardi. Molly l'aveva già invitata.

«Non sono sicura che ci sia qualcosa di cui dobbiamo discutere.» La voce di Bridget aveva un accenno di disprezzo.

«Forse dovremmo lasciarla parlare prima di deciderlo» la rimproverò gentilmente Molly.

L'ombra di un sorriso incurvò gli angoli della bocca di Mabel, che si sedette al tavolo con la schiena rigida. «Vi prometto che non ci vorrà molto, signorina Lannigan. La vostra reputazione non dovrebbe venire infangata per questo.»

La risposta della ragazza fu un silenzio stoico.

«Cosa possiamo fare per voi, Mabel?» le domandò Molly.

Cora le interruppe quando arrivò a versare il caffè alle due ragazze, quindi fece un passo indietro e fissò la nuova arrivata, con le sopracciglia inarcate per il malcontento. «Questa donna vi sta infastidendo?»

«No» la rassicurò Molly. «Vi prego, versate una tazza di caffè anche per lei.»

Cora si bloccò, ma poi portò a termine il compito e se ne andò prima che Mabel potesse ordinare un pasto. Molly lasciò perdere, dal momento che dubitava che la donna di facili costumi sarebbe rimasta a lungo, specialmente se il clima al tavolo si fosse fatto ancora più gelido. Bridget doveva essere a conoscenza del fatto che qualche volta Robert aveva frequentato il locale di Bertha, e sperava che la fidanzata di suo fratello non si sarebbe lanciata sul tavolo come un gatto selvatico per attaccarla.

«Nel mio ambito di lavoro sento delle cose» disse Mabel. «Quel giorno in cui vi vidi, eravate insieme a Jake McKenna.»

Molly annuì. Jake aveva forse una donna come Mabel nascosta da qualche parte? L'idea la infastidiva. Per quanto ci provasse, tuttavia, non riusciva a disprezzare la donna. Mabel sembrava molto più a suo agio con se stessa rispetto alla rigidità che spesso Bridget mostrava, sebbene la ragazza avesse di certo lasciato che Robert si prendesse delle libertà, l'altra notte, quando si trovavano a casa di Ivan e Pearl.

Era così che una donna si teneva un uomo quando questo avrebbe potuto facilmente trovare la compagnia di qualcuna come Mabel?

Lei aveva tentato di usare quelle tattiche su Jake, e lui in pratica aveva detto di no.

Ora che erano fidanzati, forse avrebbe dovuto provarci con più determinazione. Non aveva alcuna intenzione di dividerlo con un'altra.

«Ho sentito dire che voi due siete… innamorati?» Mabel sorrise. «Non preoccupatevi. Non è mai stato al locale di Bertha, se non quel giorno con voi, nonostante sia pur vero che qualunque donna sarebbe felice di catturarlo, anche se solo per una notte.» Lanciò un'occhiata a Bridget. «Se non sbaglio voi gli avete dato la caccia per un po', non è così?»

Sbalordita, Molly spostò lo sguardo sulla ragazza, il cui viso si colorì di una sfumatura di cremisi scuro.

«Non è come pensi, Molly» disse lei, piano.

Nel suo stomaco iniziò a formarsi un senso di nausea. «Allora com'è?»

«Preferirei spiegarlo in privato.»

«È ovvio» si intromise Mabel. «Arrivo al dunque, così voi due potrete discutere delle questioni di cuore. Lo sa il Signore, donne come me non ne hanno.»

Molly spostò l'attenzione dalla futura cognata. «Sono certa che non sia così, Mabel.»

La donna guardò Bridget. «Siete fortunata ad avere Robert. È un brav'uomo.»

Nonostante nella sua voce ci fosse il tono di un sentimento profondo, Molly era sicura di aver anche percepito un briciolo di rancore.

Mabel tornò a rivolgersi a Molly, con un falso lampo di gioia che le si diffondeva sul volto. «Tutte le donne da *Bertha's* sono rimaste colpite dal fatto che siate entrata con fare risoluto per parlare con me. Non mi ha sorpreso scoprire che siete la sorella di Robert.»

«Tuttavia, quello che mi diceste riguardo a mio fratello era sbagliato» le disse lei, con un residuo di quel dolore lancinante ancora presente nel cuore.

«Mi dispiace, però sono contenta che non fosse vero.» La donna si guardò attorno, quindi abbassò la voce. «Anche se ciò che sto per dire potrebbe mettermi nei guai, lo dirò lo stesso. James Winston è un cliente abituale; diverse sere fa, tuttavia, io non ero disponibile. Ha malmenato la ragazza che ha preso il mio posto e, per quanto mi riguarda, questo non è affatto giusto. Perciò l'ho riempito di whisky e l'ho fatto parlare. Mi ha detto di avere intenzione di rubare un grosso contratto a Shep Lannigan. Ed è anche determinato a sposarvi.» Lanciò un'occhiata torva a Bridget.

La ragazza le puntò addosso uno sguardo calmo. «Sì, lo so.»

«Anche se sospetto che questo vi manderà dritta tra le braccia di Robert, vi dirò di non farlo. Winston è crudele e non lo auguro a nessuno.» Mabel serrò le labbra. «Nemmeno a voi. Mi ha detto che c'è un cercatore d'oro di nome Charlie Cohen che ha ricevuto un finanziamento oltremodo generoso da Shep in cambio di un profitto, e che è sotto stretta osservazione mentre cerca la sfuggente vena dell'Uccello Azzurro.»

L'accenno alla vena catturò l'attenzione di Molly. «Cosa c'è di così speciale in quest'uomo?»

Mabel fece una pausa e si guardò attorno per assicurarsi che la conversazione fosse ancora privata. «Charlie Cohen non è un uomo. Il suo nome è Charlotte. È arrivata in città diversi mesi fa e si è fatta coinvolgere da Shep.»

«Tutti gli uomini frequentano le prostitute?» chiese Bridget in tono secco.

«Niente affatto» rispose l'altra con fare tranquillo. «Inoltre, il loro attaccamento non è del tipo romantico. Charlotte conosce dettagli dell'Uccello Azzurro che Shep pensa lo aiuteranno a trovarla.»

Molly incontrò lo sguardo di Bridget. La sua futura cognata sapeva che con tutta probabilità il giacimento dell'Uccello Azzurro era già stato rivendicato, perché lei le aveva raccontato delle concessioni di Jake. Era stato un enorme errore da parte sua? E aveva forse complicato la cosa quando aveva registrato le concessioni?

«James Winston intende arrivarci prima di Shep» aggiunse Mabel. «Stava seguendo un uomo di nome Pedro. Pensava che lui conoscesse la posizione esatta, invece quello passava campioni di minerali scadenti a Charlotte, così che lei potesse darli a Shep.»

«Pedro è morto» disse Molly.

«Lo so» replicò la donna. «Charlotte e Pedro erano innamorati, e adesso lei ha intenzione di trovare l'uomo che l'ha ucciso.»

«Winston?» le chiese lei.

Mabel scosse la testa. «Non so se è stato lui a farlo oppure no. A ogni modo, in questo momento non importa, perché Charlotte *pensa* sia stato Jake.»

«Non è stato Jake.» La voce di Molly era bassa ma decisa.

La donna si sporse in avanti. «Beh, la questione non è chi è stato davvero a farlo. Questa Charlotte potrebbe prendere in mano la situazione. Dove si trovano adesso Jake e Robert?»

Molly era seduta in silenzio e stringeva con forza il tovagliolo che aveva in grembo. La verità, come la conosceva lei, continuava a cambiare. Le cose stavano accadendo troppo in fretta. Il fatto che Mabel si stesse dimostrando tanto collaborativa la tormentava. E se lei stesse lavorando con Winston anziché contro di lui?

«Sono sulle colline» rispose Bridget.

«Sapete dove, con precisione?» insistette la donna.

Molly corrugò la fronte e catturò lo sguardo di Bridget. «No. Potrebbero essere ovunque.»

Cora apparve con due piatti di cibo.

Mabel prese un sorso di caffè e attese che l'ostessa se ne fosse andata, prima di parlare. «Sono con qualcun altro?»

«Ivan Krupin, Boris Orlov e Nove Dita Bishop» rispose Bridget.

La donna fece un lieve cenno di assenso con il capo. «Pensate che siano tutti affidabili?»

«Qualcuno ha sparato a Robert» replicò la ragazza, la voce carica di rabbia «e non sono stati loro. È stato Winston a farlo?»

L'altra scrollò le spalle. «O magari Charlotte.» Si schiarì la gola e si alzò in piedi. «Beh, dovrei lasciarvi al vostro pasto. Se dovessi sentire qualcos'altro, mi assicurerò di farvelo sapere.»

«Grazie» disse Molly.

Mabel aggirò i tavoli, con la gonna giallo limone che ondeggiava avanti e indietro, e lasciò il ristorante.

Bridget si mise a tagliare la carne con fare energico, gli occhi abbassati sul piatto.

«So che lei non ti piace» le disse Molly «e inizio a pensare che tu abbia ragione.»

L'altra alzò lo sguardo e si bloccò.

«Prima, però, penso che tu mi debba una spiegazione riguardo a Jake.»

«Non è successo niente.»

«Ma lui ti corteggiava?» Anche mentre lo diceva, la cosa non aveva senso. Jake era stato sempre indifferente nei suoi confronti in ogni interazione che avevano avuto.

La ragazza posò la forchetta e il coltello e si tamponò i lati della bocca con il tovagliolo. «No. Ero più che altro io a rincorrerlo.»

«È per questo che mi mettevi sempre in guardia da lui?»

L'espressione di Bridget si rilassò e sembrò riempirsi di rimorso. «Ti ho messo in guardia perché in tutta onestà non pensavo fosse sincero e leale come tu avresti voluto che fosse.» Riprese in mano la forchetta e si mise a spostare il cibo nel piatto. «Per quel che vale, non ha mai dimostrato interesse nei miei confronti… nessun interesse. Non ti mentirò: a quel tempo la cosa mi infastidì parecchio.»

«Però ora stai con mio fratello. Provi ancora qualcosa per Jake?»

Lei scosse la testa. «No. E questa è la pura verità.»

Molly guardò fuori dalla finestra, osservando uomini, carri e muli carichi di sacchi di minerali passare davanti al locale. Per tutta la sua infanzia, la fiducia non era mai stata un problema, anche dopo che era caduta in quel pozzo. Ora, invece, chiunque avesse conosciuto in quella città era una sfida alla sua fiducia nei confronti delle persone. «Robert lo sa?»

«Sì. È il motivo per cui abbiamo litigato qualche giorno fa. Senti, non ne vado fiera, però è stato mio padre a incoraggiarmi ad attirare uomini nel gruppo.»

«Uomini come Jake e Robert?»

Bridget annuì. «Sono perdutamente innamorata di Robert, anche se questa cosa mi ha colta di sorpresa. Sto cercando di fare la cosa giusta. Puoi fidarti di me, Molly.»

Il dubbio le gravava pesante sul cuore, e non solo per suo fratello e la donna che poteva o meno amarlo. Bridget aveva ragione riguardo a Jake? La lealtà di quell'uomo era una battaglia da vincere con fatica, una che era probabile non venisse mai conquistata?

«Lo spero.» Giunta a quel punto, comunque, non aveva altra scelta. «Dobbiamo ritornare tra le montagne e trovare Jake e

Robert» disse Molly, quando terminarono il pasto. «Sono preoccupata che Winston – o tuo padre – possa trovarli prima di noi.»

«Io posso recuperare dei cavalli» disse Bridget, con un'espressione sincera.

«E io mi occuperò delle provviste.»

CAPITOLO 21

Arrampicarsi al buio si rivelò più difficile di quanto Jake avesse immaginato. Un cielo senza luna rendeva impenetrabili le ombre, e lui trasportava più attrezzatura di quanta ne aveva avuta in precedenza, perché voleva essere sicuro di portare tutto ciò che gli sarebbe servito. Nonostante l'aria fresca della notte, il sudore gli colava lungo la schiena mentre si sforzava di essere il più silenzioso possibile per non disturbare gli altri uomini nell'accampamento.

Andare da solo era stata la sua unica opzione. Condurre Nove Dita all'Uccello Azzurro era del tutto fuori discussione. Presto i suoi compagni lo avrebbero seguito, ma perlomeno lui avrebbe avuto qualche ora da solo con il filone.

Legò una corda alla base di un albero e diede un forte strattone per assicurarsi che reggesse. Era la sua rete di sicurezza nel caso in cui fosse caduto da un punto più in alto. Si liberò dal cappotto e lo posò su un ramo basso, quindi si mise lo zaino in equilibrio su una spalla, il piccone e la pala erano in una posizione scomoda, e aveva solo una Colt nella fondina in vita.

Con movimenti metodici, saliva appoggiando una mano e un piede agli appigli, uno alla volta. Si meravigliò di aver fatto quel percorso con Molly solo pochi giorni prima. Quella volta, non aveva provato trepidazione, eppure una fitta di senso di colpa lo colpì quando si ricordò il volto pallido come un cencio della donna quando aveva raggiunto la cima di quella ripida salita. D'ora in poi avrebbe dovuto essere più consapevole dei suoi sentimenti.

Con i cieli illuminati da un luccichio soffuso, raggiunse finalmente la vetta del crinale e si arrampicò sopra un ghiaione, facendo schizzare frammenti di roccia verso il basso.

Maledizione.

Era probabile che gli altri l'avessero sentito.

Fece una pausa per riprendere fiato e bere dalla borraccia, poi si spostò con rapidità nella valle, verso il luogo in cui aveva delimitato le concessioni e la vena Chigger di Robert. Non udì lo scoppio del fucile finché non fu troppo tardi.

«Stai fermo lì, McKenna.»

Alla fine Shep lo aveva raggiunto.

Molly cavalcava più veloce che poteva nell'oscurità e Bridget la era subito dietro. Non si fermò finché non ebbero raggiunto la baita dei Krupin e la luce dorata che splendeva al di là della finestra.

Smontò da cavallo e condusse l'animale al recinto, dove sapeva ci sarebbero state acqua e avena ad attenderlo. Sperava che i cavalli che Bridget aveva procurato potessero mangiare e bere in fretta.

L'altra ragazza fece lo stesso, però non tolsero le selle, dal momento che Molly aveva intenzione di proseguire la cavalcata nella notte.

«Non muovetevi.»

Molly sobbalzò al suono di una strana voce femminile. Nelle ombre c'era una donna con una pistola puntata su di loro.

«Chi siete?» domandò Bridget d'impeto.

Molly fece un passo indietro, la donna però scosse appena la testa.

«No, no. Venite con me.» Sventolò la punta della pistola. «Adesso entriamo tutte in casa.»

Molly sollevò le mani, seguita da Bridget, e girò con cautela attorno all'edificio e sul portico, quindi entrò nella baita, con la donna che impugnava la pistola alle loro spalle. Pearl era seduta al tavolo, legata a una sedia e imbavagliata.

«Pearl?» Spaventata, Molly andò verso l'amica. «State bene?»

La sconosciuta chiuse la porta e spinse Bridget verso di loro.

«Cosa succede?» pretese di sapere Molly. «Chi siete?»

Una chioma castano chiaro con qualche ciocca grigia ricadeva in una treccia allentata e incorniciava un viso dall'aspetto sorprendentemente giovane e carino. Eppure la donna doveva avere circa quarant'anni.

«Qui parlo io.»

Fu allora che Molly realizzò. «Siete Charlotte Cohen?»

«Come fate a saperlo?»

«Ho sentito parlare di voi. Perché tenete Pearl in ostaggio?»

Charlotte sollevò la pistola. «Ditemi ciò che voglio sapere e vi lascerò tutte in pace.»

«E di cosa si tratta?» chiese Bridget.

«Dove si trova l'uomo chiamato "Lo Sciacallo"?»

Bridget si appoggiò contro il tavolo. «Non lo sappiamo. Perché lo cercate?»

«Ha fatto del male a qualcuno a cui volevo bene.»

«Ne siete sicura?» le chiese Molly.

Il viso di Charlotte impallidì. «Sicurissima.»

La voce della donna aveva un lievissimo accenno di dubbio, e lei ne approfittò. «Posso dirvi con totale certezza che non è stato Lo Sciacallo a uccidere Pedro Elizondo.»

Gli occhi di Charlotte scattarono verso il viso di Molly. «E voi come lo sapete?»

«Perché ero con lui quando Pedro è stato ucciso. So che la gente dice che è stato Jake McKenna, tuttavia è più probabile che sia stato un uomo di nome James Winston a farlo.»

«Winston?» Sul volto di Charlotte si dipinse un'espressione di confusione.

Lei avanzò di un passetto. «Lo conoscete, non è così?»

L'altra assottigliò lo sguardo.

«Per favore, abbassate la pistola e sedetevi.» Molly si avvicinò ancora un po'. «Possiamo parlarne.»

Charlotte esitò, però poi, con sua sorpresa e sollievo, lasciò cadere l'arma lungo il fianco. Molly le si avvicinò con cautela e le prese la pistola dalla mano, per poi posarla sul pavimento in un angolo dietro a dove Pearl era seduta. Quindi prese un coltello dalla cucina e segò la corda che le teneva legate le mani, mentre Bridget le rimosse la bandana dalla bocca. Una volta libera, l'anziana donna si strofinò i polsi e prese un profondo respiro.

Molly andò da Charlotte e la guidò verso una sedia, poi prese posto anche lei, seguita da Bridget, e Pearl nel frattempo si liberava le gambe dalla corda attorno alle caviglie.

«Io sono Molly Rose Simms e lei è Bridget Lannigan. Vorremmo aiutarvi, se ce lo permetterete.»

Gli occhi di Charlotte si spostarono di scatto su Bridget. «Lannigan, dite? Siete imparentata con Shep Lannigan?»

«Sì» rispose lei. «È mio padre. Posso chiedervi se lavorate per lui?»

Molly si domandò se avesse davvero udito una nota di dolore nella voce della ragazza o se l'avesse solo immaginata, nella speranza che la figlia di Lannigan fosse davvero cambiata in meglio.

Charlotte strinse le labbra e strizzò gli occhi come se stesse stimando il valore delle donne. «Non ha mai fatto il mio nome?»

Bridget scosse la testa.

«Suppongo che comunque la mia storia non sia un segreto.

Quando sono arrivata in città non avevo denaro. Ora però mi rendo conto che Shep ne ha approfittato.»

«In che modo?» la incitò Molly; la donna, tuttavia, non rispose.

Bridget si sporse in avanti. «Crede che voi siate a conoscenza della posizione dell'Uccello Azzurro, non è così?»

Davanti all'accenno della mitica concessione, Charlotte si bloccò. Bridget aveva forse appena indotto la donna a restare in silenzio?

Addolcì dunque il suo atteggiamento. «Che tipo di ripartizione è stata fatta?»

Charlotte incrociò le braccia sul petto con decisione ed espirò, chiaramente frustrata. «A quel tempo pensavo fosse un buon affare, tuttavia ben presto mi resi conto di aver ceduto troppo. Mi ha messo alle calcagna delle guardie del corpo giorno e notte, per assicurarsi che non facessi qualcosa di inopportuno.»

«Uomini come James Winston?» chiese Molly.

«Già.»

«Avete firmato un contratto?» Bridget scandì le parole nell'atmosfera tesa all'interno della baita. Molly provò un nuovo senso di apprezzamento per la fidanzata del fratello, mentre questa cercava di estorcere informazioni alla donna.

Charlotte sospirò, e lasciò cadere le spalle. «Sì.»

«Suppongo che lo abbiate con voi. Posso vederlo?»

Gli occhi della donna si offuscarono per la diffidenza. «Non so perché dovrei mostrarvelo.»

«Ho la sensazione che ci sia qualcosa che non va. Potrei essere in grado di aiutarvi, signorina Cohen.»

La donna considerò la richiesta, quindi infilò la mano in uno zaino che aveva a tracolla e rovistò all'interno finché non trovò il documento, che le porse dall'altro lato del tavolo.

Bridget esaminò la carta.

«Ammetto di essermi pentita della ripartizione novantadieci» disse Charlotte. «All'inizio non avevo molto potere di negoziazione. Quando incontrai Pedro e lui mi disse quale avrebbe potuto essere il reale valore dell'Uccello Azzurro, mi resi conto dell'errore che avevo commesso.»

«È questo il motivo per cui Pedro cercava di nascondere qualsiasi cosa di valore che trovavate?» chiese Molly. «Aveva intenzione di registrare lui stesso la concessione una volta che l'aveste localizzata?»

Charlotte si leccò le labbra con fare nervoso. «Qualcosa del genere.»

Bridget sollevò lo sguardo e prese un profondo respiro. «I termini di questo contratto sono terribili – i peggiori che io abbia mai visto. A ogni modo, sarete contenta di sapere che non è valido.»

«Non lo è?» chiese l'altra, sorpresa.

«Ho redatto accordi del genere per mio padre e sono stata presente alla firma. Transazioni di questo tipo di solito si svolgono alla First National Bank e hanno come testimone Charles Henderson, il presidente. Lui e mio padre sono buoni amici. Tuttavia, non ci sono testimoni su questo contratto. Se lo mostraste a un giudice, potreste avanzare un'argomentazione molto forte contro la sua validità e credo che potreste vincere.»

Un'espressione sciocca paralizzò il viso di Charlotte. «Pensate che potrei?»

Bridget annuì con un brusco cenno del capo. «È solo che non riesco a capire perché mai mio padre l'abbia fatto. Dovrebbe sapere che questo contratto non avrebbe retto se una qualsiasi concessione successiva fosse mai stata contestata.»

«Allora si sarebbe dovuto assicurare che la concessione fosse a nome suo» disse Pearl.

Molly guardò Charlotte. «Deve aver pianificato di far trovare a voi l'Uccello Azzurro, per poi essere lui a registrare la concessione. Con un contratto imperfetto, voi non avreste avuto modo di fare ricorso.»

«Molly ha ragione» disse Bridget. «Lui non ha mai avuto intenzione di darvi una parte.»

Negli occhi della donna passò un lampo d'ira, che ricordò a Molly la possibilità che questa potesse ancora portare avanti la sua vendetta contro Jake. Sarebbe stato utile riuscire a guadagnarsi la sua fiducia.

«Perché Shep Lannigan pensa che abbiate trovato l'Uccello Azzurro?» le chiese.

Charlotte meditò per un lungo istante. «È una bella storia» annuì e poi scoppiò in una risata fragorosa che squarciò il silenzio «e ora mi dite che Shep non può prendermi la concessione. D'accordo, ve la racconterò.

«Da piccola non sono mai stata legata a mio padre. Sono cresciuta in Ohio con una zia, perché mia madre morì giovane e mio padre andò a ovest per fare fortuna. Un giorno, quando ero già grande, lui riapparve e trascorremmo alcuni anni insieme prima che lui morisse all'improvviso. Mi raccontava le storie più bizzarre sulle sue esperienze tra le montagne alla ricerca di argento e oro. Ma ce n'era una in particolare che diceva così: un giorno, rimase intrappolato su una sporgenza a causa dell'arrivo degli indiani, che si erano accampati là sotto. L'unica cosa che lui poteva fare era aspettare e sperare che non lo trovassero, sebbene la sua attrezzatura e i suoi animali fossero rimasti giù nella valle. Quindi, mentre era bloccato lassù, fece una scoperta incredibile: una grossa vena di quello che era certo fosse oro.»

Un sorriso scaltro le incurvò la bocca. «Chi, da queste parti, non parla sottovoce dell'Uccello Azzurro? Chi, da queste parti, non sogna di trovarlo?»

«Voi conoscete la posizione esatta?» domandò Bridget.

«Ho le informazioni che mi diede mio padre, però lui non fu mai in grado di farvi ritorno e ora è chiaro che la sua memoria poteva aver avuto delle lacune. A ogni modo, Pedro mi stava aiutando. Sono certa di esserci vicina.»

«Potremmo venire con voi tra le montagne» propose Molly, tenendo per sé l'informazione riguardo alle concessioni di Jake. In ogni caso, non c'era alcuna garanzia che una di quelle fosse l'Uccello Azzurro e, se lo fosse stata, non era sicura di come Charlotte avrebbe reagito alla notizia. Probabilmente era meglio tenerla d'occhio.

«Perché?» chiese la donna.

«Ho un'idea su dove possa essere questa sporgenza di cui vi parlò vostro padre.»

Charlotte la guardò con sospetto. «Cosa state dicendo?»

Molly si rese conto troppo tardi di ciò che le aveva quasi rivelato e cercò di cambiare rotta. «Il tempo è di cruciale importanza, Charlie. Se volete riuscire a mettere le mani in pasta, dobbiamo andarci ora.»

«Il mio obiettivo è prendere *tutto* l'impasto.» Charlotte pronunciò ogni singola parola con rabbia.

«Direi che ormai è passato il tempo per farlo» disse Pearl «comunque muoviamoci, così riusciremo a farvi ottenere più del dieci percento.»

Molly sperò che quello che aveva fatto all'ufficio concessioni fosse stata la cosa giusta.

CAPITOLO 22

Shep puntò il fucile su Jake. «Getta a terra la fondina.»
Non pensava che l'uomo gli avrebbe davvero sparato…
d'altra parte, però, magari l'avrebbe fatto. L'attrattiva delle
ricchezze faceva strane cose alla mente umana. Jake si slacciò il
cinturone e lo lasciò cadere al suolo.

«Pensavi veramente che non avrei scoperto questa cosa?»
chiese Shep.

«Non è stato certo per mancanza di tentativi» disse Jake. Non
aveva senso tentare di indorare la pillola. «Sono accadute molte
cose alle tue spalle.»

«Non lo dubito.» L'uomo fece un cenno del capo verso di lui.
«Vai indietro.»

Jake fece cinque passi lenti, allontanandosi dalla sua pistola.
«Come mi hai trovato?»

«Me l'ha detto Archie.»

Come diavolo aveva fatto Archie a saperlo? Era stata Molly? E se era
stata lei, aveva parlato in modo consapevole o sotto costrizione?

Jake era riuscito a nascondere la sorpresa, anche se lasciò
permeare l'avvertimento nella voce. «Faresti meglio a lasciare
fuori le ragazze.»

«Quali ragazze?»

Lui aggrottò la fronte. Lannigan era volutamente ottuso o stava solo facendo il finto tonto?

«Beh, tua figlia, per prima cosa» gli rispose.

«Bridget è leale. Pensavi di poterla influenzare con il tuo fascino?»

«Sembra ci sia stato un tempo in cui pensavi che lei avrebbe potuto farlo con *me*. Ma quel che è fatto è fatto. Ha messo gli occhi su Robert e, per qualche dannata ragione, lui è disposto a sopportarla.»

«Qualunque uomo sarebbe fortunato ad avere Bridget; a ogni modo, non sono in procinto di cederla. Dai retta a me, ogni interesse che potresti aver avuto nei suoi confronti non avrebbe mai portato a qualcosa di permanente.»

«Suppongo che Robert non ne sia stato informato.»

«Robert serviva a uno scopo, però non si sta comportando come dovrebbe.»

«Attento, Shep» gli disse Jake. «Cominci a sembrare il mostro che tutti pensano tu sia.»

«Sono solo un bravo uomo d'affari, tutto qui.»

Jake non riuscì a trattenere una risata di scherno. «Sono tutte stronzate. Sei un bugiardo e un imbroglione. Ti prendi quello che non ti appartiene.»

«Anche se sei ancora arrabbiato per la Shanghai, questo non ti dà il diritto di avere l'Uccello Azzurro.»

«Di certo non lo dà neanche a *te*, diamine.» Jake si fece serio. «Allora, dimmi, come fai? Chi falsifica i documenti nell'ufficio concessioni?»

«È un'accusa audace da fare, figliolo, anche per uno chiamato "Lo Sciacallo". Faresti meglio a stare attento, per evitare che le prove conducano a te.»

Merda. Una scheggia di terrore gli attraversò lo stomaco. La minaccia di Lannigan era reale.

«Ti conviene mostrarmi quello che hai trovato» aggiunse Shep.

Jake afferrò con riluttanza il suo zaino e si allontanò dalla sua arma, diretto verso la valle.

———

MOLLY APRIVA la strada sul suo cavallo, con Charlie seduta dietro di lei, dal momento che non aveva una cavalcatura sua. Pearl le seguiva sul suo mulo e Bridget chiudeva la fila. Cavalcavano nell'oscurità, e Molly faticava a proseguire nella giusta direzione.

Fermò il cavallo e attese che le altre due la raggiungessero. «Non sono sicura che questa sia la strada giusta. È così buio che fatico a riconoscere il percorso.»

«Sei diretta a Glen Valley?» le chiese Pearl.

«Non conosco il nome del luogo dove Robert ha rivendicato la Chigger.»

«Basandomi su quello che hai detto, credo sia la stessa. Io e Ivan abbiamo curiosato in giro. Non abbiamo mai trovato niente di valore, però—»

«Allora perché siamo dirette là?» domandò Charlie.

«Non significa che non ci sia nulla da scoprire» proseguì Pearl. «Avete idea di quanto sia difficile localizzare filoni decenti tra queste colline?» Scosse la testa, palesemente stanca di quella donna. «Da quanto state cercando l'Uccello Azzurro? Un mese, forse due? Ci sono uomini, da queste parti, che la cercano da anni e hanno una qualche idea di ciò che fanno.» Fece una pausa, quindi sbuffò, irritata. «Conosco una via più facile per arrivare a quella valle.»

Molly si mise quasi a piangere per il sollievo. «C'è un percorso diverso?» Non voleva arrampicarsi ancora su per quella ripida e pericolosa parete di granito. «Sapete trovarlo al buio?»

«Penso di sì» le rispose la donna. «Lascia che sia io a fare strada.»

Molly fu ben grata di lasciare che il suo cavallo si mettesse in fila dietro il mulo di Pearl.

L'INGRESSO alternativo nella valle si rivelò complicato da localizzare. Dopo tre false piste, Pearl finalmente lo trovò. Passarono a testa china sotto una bassa sporgenza di roccia per riuscire a condurre a piedi i cavalli. Quando uscirono nella valle attraverso uno stretto viottolo, Molly capì che le concessioni di Jake avrebbero potuto essere lavorate con maggiore facilità grazie a quel passaggio.

Allo schiocco di un ramoscello che si spezzava, i cavalli iniziarono ad agitarsi e a strattonare le redini. Mentre Molly cercava di tranquillizzare il suo animale, Charlie sollevò la pistola dal punto in cui si trovava, alla sua destra.

«Sparerò!» urlò.

«Pearl, sei tu?» La voce di un uomo giunse dalle tenebre.

La donna oltrepassò Charlie. «Ivan?»

L'uomo uscì allo scoperto, con l'arma pronta, insieme a Robert che gli zoppicava accanto.

«Fermi là» ordinò Charlie.

«È mio marito. Abbassate la pistola!»

«Cosa ci fai qui?» le chiese Ivan.

«Cerchiamo l'Uccello Azzurro, che altro se no?» Pearl lo avvolse tra le braccia.

Quando Charlie notò Robert, sollevò di nuovo la pistola. «Voi eravate in quel tunnel.»

Lui si irrigidì, ma non si mosse. «Siete stata voi a spararmi?»

«C'erano dei campioni là dentro, ed erano miei.»

Bridget arrivò di corsa da dietro Molly, Robert però si precipitò verso la sua fidanzata e la tirò a terra con sé quando Charlie sparò.

Pearl lanciò un urlo.

In preda a una collera furiosa, Molly sferrò un pugno a Charlie, colpendola dritta nella mandibola, e strillò quando una fitta di dolore le attraversò la mano e scese lungo il braccio. Nel cadere, la donna brandì la pistola e la canna colpì Molly sulla guancia, facendola barcollare all'indietro per il colpo.

Mentre lei cercava di ritrovare l'equilibrio, Robert strisciò sul terreno e strappò l'arma dalla mano di Charlie. Ivan e Pearl afferrarono la donna e la bloccarono.

Lui fece un passo indietro e guardò sia Molly che Bridget. «Chi diavolo è quella?»

«Si chiama Charlotte Cohen» rispose Bridget. «Mio padre l'ha assunta per trovare l'Uccello Azzurro.»

«C'è qualcuno che tuo padre non abbia assunto?» le chiese lui, con la rabbia che lo avvolgeva come un mantello. Si spostò sulla gamba ferita e fece una smorfia.

«Non mi dispiace di avervi sparato» sbraitò Charlotte, ancora intenta a lottare contro Pearl e Ivan. «Dovete stare alla larga da ciò che è mio.»

Robert aiutò Molly a rimettersi in piedi e la fissò con uno sguardo che diceva: "Questa donna è squilibrata". Forse aveva ragione. Charlotte aveva già tentato di ferire suo fratello due volte. Non c'era modo di sapere cosa sarebbe potuto accadere quando avessero trovato Jake.

«Non ci avete lasciato altra scelta, Charlotte» le disse lei, cercando di calmare i nervi. «Dobbiamo legarvi» disse, prima di andare a prendere una fune dal suo cavallo.

Dovettero mettersi tutti insieme per tenere ferma la donna che imprecava e si contorceva come una gatta selvaggia, mentre Robert le legava mani e piedi.

Molly fece un passo indietro per riprendere fiato. «Dov'è Jake?»

«Ha lasciato l'accampamento da solo durante la notte» le

rispose suo fratello. «Ivan si è ricordato di questo sentiero e siamo arrivati poco prima di voi.»

All'improvviso il dolore alla mano era sparito, eclissato dalla paura raggelante che le scorreva nelle vene. «Hai visto James Winston?»

«No. Perché?»

«Ho la sensazione che vi stia cercando. Dovremmo andare alla Chigger.»

Ivan guardò Charlotte che si dimenava a terra. «Cosa ne facciamo di lei?»

«Suppongo che dovremmo portarla con noi» rispose Robert, anche se la sua voce trasmetteva la sua riluttanza. «Ivan, aiutami a metterla sul mulo.»

I due uomini la issarono sull'animale, a faccia in giù, con la pancia sulla sella.

«Schifosi bastardi buoni a nulla» urlò lei. «L'Uccello Azzurro sarà *mio*, dannazione. Voi non ne avete alcun diritto.»

Robert si allontanò dall'instabile donna. «Che diavolo c'è che non va in lei?»

«Sembra che suo padre fosse il mitico prospettore che trovò la vena anni fa, dopo essere rimasto intrappolato su una sporgenza a causa degli indiani» disse Molly. «Prima non sembrava così folle. Pensavo che fossimo riuscite a comunicare con lei.»

«Ha un contratto con Lannigan?» le chiese lui.

«Sì, però non ha alcun valore» gli rispose Bridget. «Mio padre se n'è assicurato.»

«Vi sento!» sbraitò Charlie.

«Allora perché non vi calmate?» le ordinò Molly. «Avevo intenzione di permettervi di avere una concessione adiacente, ora però vi state comportando come una pazza.»

Afferrò una bandana dalla bisaccia e gliela avvolse in modo grossolano attorno alla bocca, per attutire il grosso del frastuono che produceva. «Mi dispiace per questo, davvero, però avreste potuto uccidere mio fratello o Bridget, per l'amor del cielo.»

Charlie urlò e cercò di lanciarsi giù dal mulo. Robert prese dell'altra corda e assicurò la donna all'animale.

Bridget tenne per sé l'arma di Charlie, e Molly prese la Colt Lightning dalla sua attrezzatura.

«Andiamo» disse Robert.

In fila indiana, entrarono nella valle nascosta mentre l'alba iniziava a far diventare grigio il cielo.

JAKE SI FERMÒ A RIPRENDERE FIATO mentre un raggio di sole oltrepassava il crinale, accecandolo.

«Non ti fermare.» Lannigan gli diede una spinta da dietro.

Erano in piedi sul ripido versante a picco esposto a est, dove Robert aveva delimitato la Chigger. E, se in città era andato tutto bene per Molly, allora Jake doveva essere l'orgoglioso proprietario di due concessioni nello stesso luogo. La grande domanda era fino a dove fosse disposto a spingersi Lannigan per prendere ciò che pensava gli appartenesse.

Jake prese mentalmente nota di trovare un bravissimo avvocato una volta tornato in città – preferibilmente uno che non fosse di Creede, così da evitare l'influenza di Lannigan – e di rinforzare le sue concessioni il prima possibile, per evitare quello che era accaduto con la Shanghai.

«Mostrami la vena, maledizione» ordinò Shep.

Jake si rimangiò una risposta e alzò lo sguardo. Notò il lampo di un rapido movimento sul pendio più in alto. Non volendo allertare Lannigan, avanzò a passo lento. Si trattava di un amico o di un nemico?

Un'esplosione improvvisa fece saltare in aria la roccia sopra di loro. D'istinto, Jake si abbassò, poi si mise a correre. Una seconda esplosione di schegge gli fece mancare la terra sotto i piedi e rotolò e scivolò per più di tre metri prima di recuperare l'equilibrio.

Poi, una pioggia di rocce e massi gli crollò addosso. Non c'era traccia di Shep, ma lui non restò lì ad aspettare di trovarlo.

Un terzo rombo fragoroso fece diventare tutto nero.

TRE ESPLOSIONI di dinamite scossero la montagna. Attoniti, Molly e gli altri osservarono la valanga di pietre e detriti che ne conseguì procedere a tutta velocità giù per la montagna.

Jake!

Molly scattò, lasciando indietro gli altri, e corse freneticamente verso l'alto. Portare con sé la pistola si dimostrò scomodo, però non la voleva lasciare. Si sollevò la gonna e si arrampicò, i muscoli delle gambe sotto sforzo, il sudore che le colava lungo la schiena.

Si fermava a intervalli regolari per ritrovare l'orientamento e riprendere fiato, e vide che Robert e Bridget non erano lontani dietro di lei; nonostante la gamba ferita, suo fratello riusciva in qualche modo a fare buoni progressi. Più indietro ancora c'erano Pearl e Ivan e, a sorpresa, Charlie. Dovevano averla slegata.

Molly proseguì, non volendo che uno di loro la oltrepassasse.

Si sarebbero dovuti occupare di Charlotte Cohen più tardi.

Quando giunse al punto in cui c'era la maggior parte dei detriti, scivolò più volte sulla superficie instabile. Le ginocchia ferite le facevano male e sussultava ogni volta che si storceva le caviglie.

«Jake!» urlò, cercando segni della presenza di qualcuno. «Jake!»

Continuò ad arrancare sul ghiaione, con il sole che ora batteva su di lei.

Forse non è qui.

Sperava che fosse vero, ma doveva continuare a cercare. E se fosse stato sepolto? Si mise a ispezionare le macerie alla ricerca dei segni di un corpo o di vestiti. Era piuttosto certa di essere vicina al luogo in cui lei e Jake avevano trovato la Chigger, dove era probabile che lui avesse trovato la pepita d'oro.

Seguì un percorso orizzontale, pensando che un corpo sarebbe stato spinto verso il basso; si muoveva con rapidità e nel frattempo esaminava in modo frenetico i resti rocciosi.

La gobba di un uomo accasciato si materializzò nello stesso istante in cui uno sparo rimbalzò nelle vicinanze. Con un urlo, la ragazza si accovacciò e strisciò verso il corpo. Quando incontrò un avvallamento nel terreno, il pistolero smise di sparare, dal momento che doveva aver perso la visuale. Arrancò disperata verso l'uomo immobile e gli strattonò le spalle per voltarlo a faccia in su.

Shep Lannigan.

Il sangue gli copriva il viso e la camicia, ma il suo petto si muoveva. Era vivo.

Molly sbirciò verso l'alto, chiedendosi dove fosse il tiratore. Sebbene l'impulso di continuare a muoversi per trovare Jake fosse quasi travolgente, non voleva venire colpita. Si guardò alle spalle, senza però riuscire a vedere Robert o Bridget.

Scosse l'uomo che giaceva privo di sensi accanto a lei. «Signor Lannigan, svegliatevi.» Esitò per un istante, poi gli schiaffeggiò una guancia. «Svegliatevi, signore. Non posso lasciarvi qui, e di certo non vi posso trasportare.»

Dopo un altro scossone, l'uomo emise un gemito.

«Siete ferito, signor Lannigan?»

Gli occhi dell'uomo si aprirono. «Cosa diavolo…» Il suo sguardo si focalizzò su di lei. «Cosa ci fate qui?»

Molly ignorò la domanda. «Riuscite a mettervi seduto?» Gli afferrò un braccio e lo mise a sedere.

L'uomo si portò una mano alla testa. Molly si allontanò da lui, alla ricerca del tiratore.

«Datemi la vostra pistola» le ordinò Lannigan. Il suo disorientamento era svanito e ora la osservava con uno sguardo acuto, la mano estesa verso di lei in attesa dell'arma.

«No.» Lei indietreggiò ancora di più e gli puntò contro la Colt.

«Non dovete avere paura di me.»

Molly non gli credeva. «Dov'è Jake?»

Notò un lievissimo barlume di esitazione negli occhi di Lannigan.

«Non lo so» le rispose.

Lei invece sospettava che lo sapesse. «Cosa avete fatto? Quella dinamite è opera vostra?»

«No, è opera mia.»

James Winston si ergeva sopra di loro.

QUANDO JAKE RIPRESE i sensi venne accolto da un cielo blu fiordaliso. Disteso sulla schiena, pensò di essere in Marocco, con un altro giorno nello spietato Sahara che gli si presentava davanti, braccato da furtivi sciacalli, con la paura che questi gli si potessero rivoltare contro da un momento all'altro. Quando mosse braccia e gambe, un gemito gli sfuggì dalle labbra e la consapevolezza lo travolse.

Creede. Shep Lannigan. L'Uccello Azzurro.

E la cosa più importante: *Molly Rose Simms.*

Si rotolò su un lato e si passò una mano sulla bocca, notando delle macchie di sangue. Qualcuno aveva fatto saltare in aria pezzi della montagna. Si mise in piedi a fatica e, nonostante il dolore, stabilì che non aveva niente di rotto.

Esaminò l'area cosparsa di detriti rocciosi e si spazzolò via la polvere dalla camicia, anch'essa macchiata di sangue. Dopo aver individuato il suo cappello a diversi metri di distanza, iniziò a inerpicarsi su per la montagna, mantenendosi basso e con gli occhi ben aperti nel caso apparisse l'individuo che aveva piazzato la dinamite. Si chiese se Nove Dita avesse in qualche modo trovato la strada per arrivare nella valle.

Si issò su una sporgenza e si accovacciò sulle ginocchia, poi vide quello che l'esplosione aveva svelato e si bloccò di colpo.

Larga e spessa, la vena brillava come una donna vestita in modo seducente, meravigliosa oltre ogni misura. Jake restò a fissarla, del tutto sbalordito.

«Dio Onnipotente» disse Nove Dita.

Jake non l'aveva notato avvicinarsi. Il prospettore cadde in ginocchio e si prostrò davanti all'altare delle ricchezze, mentre lui guardava a bocca aperta la vena più straordinaria che avesse mai visto, incapace di parlare.

Non era come se l'era aspettato. E non aveva dubbi che fosse così anche per gli altri, persino per quel cercatore d'oro che gli Ute avevano tenuto intrappolato tanto tempo prima. L'uomo doveva aver capito di aver trovato una vena vitale; tuttavia, se avesse sospettato quello che si trovava lì, avrebbe con tutta probabilità ucciso da solo tutti quegli indiani anziché andarsene via.

Era una scoperta del tutto inimmaginabile.

Incomprensibile... incredibile... inspiegabile...

Robert e Bridget arrivarono alle sue spalle, seguiti da Ivan e Pearl.

Ciò che videro li fece immobilizzare tutti e le donne sussultarono.

«Che diamine?» Robert non riuscì a nascondere il tono di venerazione nella voce.

«Esiste davvero» disse Ivan a bassa voce. Poi, con maggiore entusiasmo: «Sia lode, Dio esiste!»

Nove Dita squarciò la solennità del momento con un pianto rumoroso.

Boom li raggiunse, senza fiato. «Avete tutti lo sguardo fisso come se ci fosse Gesù Cristo in persona.» Si bloccò quando i suoi occhi notarono il filone. «Beh, che io sia dannato. È oro. E un gran bel po'.»

«È mio, figli di puttana!»

Jake distolse lo sguardo da quella visione spettacolare per ritrovarsi faccia a faccia con una donna stralunata, che lui non riconobbe, diretta verso di loro. Lo spinse via e si lanciò davanti alla vena.

«È stato mio padre a trovarla» urlò. «La concessione è mia di diritto.»

«No che non lo è» disse Shep Lannigan da diversi metri di distanza, in risposta alla domanda se fosse sopravvissuto alle esplosioni – era dunque sopravvissuto.

Molly camminava dietro di lui, e tutti i sensi di Jake si misero in allerta. Si alzò, rendendosi conto solo in quel momento quanto era rimasto incantato dal potere dell'oro – quanto tutti loro lo erano stati. Ora, però, doveva essere astuto. Sbigottito dalla rapidità con cui si era formata una folla in un luogo così remoto, la precarietà della situazione divenne evidente quando James Winston comparve a chiudere la fila, con una pistola puntata alla schiena di Molly.

«Il nostro contratto non ha valore» disse Charlie a Lannigan, poi indicò Bridget con un dito. «Me lo ha detto *lei*.»

Shep lanciò un'occhiata indifferente alla figlia. Quando raggiunse la folla e vide la vena aurifera, la sua espressione stoica si trasformò in shock.

Molly si infilò tra Shep e Robert, quindi mormorò: «Oh mio Dio.»

«C'è troppa gente qui, dannazione» disse Winston, agitando la pistola. «State tutti indietro.»

Jake dovette riconoscergli il merito: era l'unico che non stava sbavando come un idiota davanti a quella scoperta. L'uomo aggirò la folla e si mise davanti alla vena.

«Non è tua, Winston» sbraitò Charlie, con lo sguardo alzato verso di lui dalla sua posizione sdraiata sopra il filone.

«Mi permetto di dissentire» le rispose lui.

«Non è di nessuno dei due» disse Jake. «Ho già rivendicato questa concessione. Per essere precisi, proprio nel punto in cui ti trovi, ed è già stata registrata all'ufficio concessioni.» Sapeva che le sue coordinate erano nelle vicinanze. Sarebbe stato abbastanza vicino.

«Stronzate» rispose Winston.

«Ho altre due concessioni appena sotto il pendio.» Jake indicò la direzione con un cenno del capo.

«A dire il vero, Jake, ne hai solo una» disse Molly.

Confuso, spostò lo sguardo su di lei, con una brutta sensazione che gli si radicava nello stomaco.

«Tu e io possediamo la Chigger che, come hai detto, si trova sotto il pendio. Quella accanto – la Molly Rose – e questa – l'Uccello Azzurro – sono di proprietà di due persone.»

Si era sempre vantato di essere intelligente quando si trattava di donne, ed era stato così sicuro che lei non lo avrebbe tradito. Invece, era ovvio che la sua fortuna si era appena esaurita, e lui si sarebbe messo a ridere se la cosa non lo avesse ferito come un coltello.

«E chi sarebbero?» le chiese.

«Io e Bridget.»

IL PANICO strinse Molly in una morsa. Non si era aspettata l'espressione di dolore che aveva attraversato il viso di Jake quando gli aveva detto chi possedeva le altre due concessioni. Le *sue* concessioni.

Aveva cercato di aiutare e ora poteva aver mandato all'aria in modo irreversibile tutto quello per cui Jake – e Robert – avevano lavorato. Doveva fornire una spiegazione.

In piedi alla sua sinistra, Bridget la fissava. «Cosa?»

«Perfetto» disse Winston, gli occhi fissi sulla ragazza. «Possiamo sposarci tra qualche giorno.»

Robert fece un passo in avanti. «Non accadrà per niente al mondo, sporco cane spregevole.»

Molly afferrò il braccio del fratello, non volendo che l'uomo gli sparasse.

«Smettila con le stronzate, James» disse Shep. «La signorina Simms ha fatto la cosa giusta.»

«Io intendo sposare Robert» disse Bridget.

«E io intendo sposare Jake.» Molly cercò lo sguardo dell'uomo, il suo viso coperto di ferite e rigato di sangue, nella speranza di vedere una traccia di… qualcosa. Tuttavia, l'unica cosa che vide riflessa fu un'espressione vuota, priva di qualunque accenno di affetto. L'uomo che amava era sparito; tutto quello che rimaneva era Lo Sciacallo.

«Mi dispiace» lo implorò. «L'ho fatto per proteggerti, per proteggere la concessione.»

Lui distolse lo sguardo, e quel rifiuto la colpì come un violento schiaffo sulla guancia.

Winston puntò la pistola su Lannigan. «Tu la falsificherai.»

«Non so di cosa parli» rispose Shep.

«Tu *falsificherai* la concessione.»

«È vero, papà?» domandò Bridget. «Hai cambiato delle concessioni?»

«Sono solo dicerie» disse Shep. «Fare una cosa del genere è illegale.»

Jake scosse la testa, chiaramente disgustato.

«È per questo che l'ho fatto» si intromise Molly, l'attenzione ancora fissa su McKenna. Lo Sciacallo – il custode del suo cuore – spostò lo sguardo su di lei, guardingo e gelido. «Sapevo che se l'avessi messa a nome tuo, Lannigan te l'avrebbe rubata» continuò, in tutta fretta. «Avrai la mia metà.»

«E hai appena dato l'altra metà a *lui*.» Jake indicò Shep con la mano.

«No! L'ho data a Bridget perché, se davvero ama Robert, non permetterà che suo padre gliela porti via.» Molly guardò la ragazza.

Shock e indecisione passarono sulle guance pallide di Bridget e nei suoi occhi spalancati.

Un'ondata di lacrime incombeva su Molly. Forse si era sbagliata. Si era giocata tutto e ora era chiaro che aveva fatto davvero male i calcoli.

«Puoi avere la mia metà, Jake» sussurrò, anche se sapeva dall'espressione vuota nei suoi occhi che lui credeva fosse tutto perso. Si aggrappò quindi a un'altra verità. «Questa concessione potrebbe non essere l'intera vena. Potrebbe non essere nemmeno l'apice.»

Tutti gli occhi si spostarono su di lei. Riusciva a sentire l'attenzione sulla sua pelle come se le mani di tutti i presenti l'avessero appena afferrata.

Charlie scattò in piedi, con un lampo di selvaggia consapevolezza negli occhi.

«Gesù, Giuseppe e Maria» esclamò Nove Dita, prima di lanciarsi a terra a sud dell'Uccello Azzurro come a delimitare una concessione con il proprio corpo.

Charlie gli finì sopra, e i due iniziarono a litigare per la proprietà.

«Sei solo un'idiota di donna» gridò lui, tirandole i capelli.

«Tu sei un pallone gonfiato e ti ucciderò per quello che hai fatto a Pedro!» Lei gli schiaffeggiò con forza la guancia.

Molly balzò indietro per evitare di venire spinta giù dalla rupe, mentre i due erano intenti a lottare come due animali selvatici che litigano per una preda fresca.

Jake schizzò verso il lato nord dell'Uccello Azzurro e si mise a impilare in fretta e furia dei tumuli di pietre. In pochi secondi, tutti tranne Molly e Bridget si erano sparpagliati. Persino Winston aveva rinunciato a tenere il gruppo sotto tiro, nel tentativo di ottenere un accesso più in alto, più a nord rispetto alla nuova improvvisata concessione di Jake.

Molly osservò con orrore Robert arrampicarsi senza niente che potesse frenare la sua caduta nel caso in cui avesse perso l'appiglio, e spostarsi in orizzontale, per cercare di indovinare dove potesse essere la vena più alta.

Pearl, Ivan e Boom andarono più in basso e si misero a delimitare degli appezzamenti rettangolari con delle pietre. Shep si arrampicò oltre Jake e Winston, con un occhio sull'avanzare di Robert che si dirigeva dritto verso lo stesso punto dov'era diretto lui. Robert scivolò ed evitò a stento di cadere dalla montagna.

«Robert!» Bridget si portò una mano sulla bocca.

Molly smise di respirare.

«Questa è follia» disse Bridget, la voce orlata di panico.

Una volta che Robert fu temporaneamente al sicuro, Molly riversò il proprio panico sull'altra donna. «Ami mio fratello? Perché di certo a me non sembra.»

«Sai che lo amo.» Le sue labbra si contrassero in un gesto difensivo.

«Allora affronta tuo padre!»

Bridget esitò, sbattendo rapidamente le palpebre, con le guance arrossate. Poi prese un respiro per calmarsi. «Lo farò.»

Grazie a Dio.

Per un momento, Molly sentì un peso abbandonarla.

Se l'Uccello Azzurro avesse avuto successo, lei e Bridget avrebbero posseduto una delle vene minerarie più remunerative nell'area di Creede. Sperava solo che Jake e Robert non si ammazzassero cadendo dalla montagna prima che loro due potessero sposare quei buffoni ossessionati dall'oro.

Nove Dita era riuscito ad avere la meglio su Charlie, ed era a cavalcioni su di lei, le mani strette attorno alla gola per strangolarla. «Non ho ucciso io Pedro. Sono stati altri due prospettori a farlo.» L'uomo faticava a tenerla ferma. «Ascolta, non voglio ucciderti, quindi sistemiamo la questione. Divideremo la concessione, maledizione.»

Molly si avvicinò. «Accettate l'accordo, Charlie.»

Alla fine, la donna smise di lottare contro la stretta di Nove Dita. «Va bene» disse a denti stretti.

Quando l'uomo la lasciò andare, lei gli sputò in faccia.

«Senza dubbio il peggiore accordo che abbia mai fatto» borbottò l'uomo, mentre si rimetteva in piedi. «Ora alza il culo, donna, e aiutami a delimitare questa concessione.»

CAPITOLO 23

A metà pomeriggio, Molly era in piedi accanto a Robert sul portico di Henry ed Esme Patterson. Si lisciò la gonna di lana appena lavata, quindi si batté una mano sui capelli per assicurarsi che fossero tutti raccolti nello chignon al quale aveva lavorato per più di un'ora. In quei giorni, un senso di frustrazione impaziente le teneva compagnia.

Robert le aveva detto che Henry sarebbe stato la risorsa migliore per affrontare le questioni che avevano a che fare con l'Uccello Azzurro, e aveva fatto in modo di portarla con sé per una riunione. Bridget non li aveva accompagnati, e lei sospettava che l'avesse fatto per rispetto al problema che Molly aveva con Jake: ossia, che l'uomo non la voleva vedere e non reagiva alle ripetute visite che lei gli aveva fatto né ai messaggi che gli aveva inviato. Erano passati due giorni dalla follia che era scoppiata in quella che ora si chiamava la Valle dell'Uccello Azzurro, e pregò che Henry potesse aiutarla ad appianare il disastro in cui si trovava.

Robert bussò e, poco dopo, Esme Patterson aprì la porta d'ingresso.

«Molly, mia cara.» La donna l'attirò in un abbraccio, e Molly vi sprofondò con gratitudine. «Andrà tutto bene, vedrai. Il mio Henry ti aiuterà.»

Lei si tirò indietro e si costrinse a sorridere e a soffocare un impulso di pianto.

Esme si voltò verso Robert e lui si abbassò affinché la donna lo potesse baciare sulla guancia. «È bello vederti, Robert.»

«È lo stesso per me, Esme.»

«Entrate. In salotto ci sono cibo e bevande. Lasciate solo che vada a trascinare Henry fuori dal suo studio.»

Robert condusse Molly nella sala. Un pianoforte occupava una parete accanto a una sedia a dondolo imbottita. Lei si sedette sul divano in velluto azzurro, sul tavolino che aveva di fronte era posizionato un vassoio con un set da caffè in argento, tazze di ceramica decorate con rose, e un piatto con biscotti e torte. Un ritratto dei Patterson era appeso alla parete: una giovane Esme a cavallo con accanto un bellissimo Henry. Non poté fare a meno di sorridere davanti all'evidente amore e all'avventura mostrati nel dipinto.

Allo stesso tempo, la brusca perdita di Jake – del suo amore e dell'avventura – la trafisse.

E se non ci fosse stato modo di sistemare quella faccenda?

Henry entrò nella sala, con i capelli arruffati e la camicia stropicciata, le maniche arrotolate fino ai gomiti. «È bello vedervi.»

«Mi scuso per il suo aspetto» disse Esme, entrando alle sue spalle. «Sta lavorando molto da quando è scoppiata la notizia dell'Uccello Azzurro.»

«Grazie per avermi ricevuta» disse Molly.

I coniugi si sedettero sulle sedie di fronte a loro. «Avete fatto una scoperta niente male, signorina» disse Henry, con ammirazione nella voce.

Lei annuì, sentendosi a disagio perché non sapeva quanto avrebbe dovuto rivelare riguardo ai dettagli della concessione.

Invece, saltò subito al problema. «Voglio dare la mia parte a Jake. Mi aiuterete?»

Henry la fissò con un accorto sguardo indagatore mentre Esme versava il caffè e passava una tazza a ognuno. Lui sventolò la mano per rifiutare la propria.

Molly iniziò ad agitarsi, come se in qualche modo si fosse comportata in modo sbagliato.

L'uomo lanciò un'occhiata a Robert, quindi si concentrò su di lei. «Sono a conoscenza di qualcosa di quello che è accaduto là fuori, e capisco perché vorreste sistemare le cose dando a Jake metà della proprietà della concessione Uccello Azzurro; tuttavia, vi sconsiglio di farlo.»

Lei aggrottò la fronte. «Perché?» Posizionò il piattino e la tazza in equilibrio sulle ginocchia. In quella città Jake non piaceva a nessuno?

Henry si appoggiò allo schienale della sedia e incrociò le braccia. «In questo momento voi e Bridget Lannigan vi trovate in una situazione unica. Non dubito che abbiate molti interessi opposti che vi tormentano, e di certo le cose peggioreranno con il passare dei giorni. Se però l'Uccello Azzurro avrà il successo che molti pensano, allora sarà della massima importanza mantenere il sangue freddo.

«Shep Lannigan e Jake McKenna non vanno d'accordo. Se quei due avranno il permesso di prendere delle decisioni critiche sullo sviluppo di quella vena, l'unico risultato che riesco a vedere è l'incapacità di estrarre minerali.»

«Perché dite questo?»

L'uomo sospirò. «L'ho già visto accadere in passato, e con delle concessioni molto meno remunerative della vostra. Vengono coinvolti gli avvocati e il processo si trascina per mesi, a volte anni. E, durante quel lasso di tempo, è proibito qualunque progresso e tutti ne soffrono. È semplicemente una proposta persa in partenza.»

Henry si sporse in avanti e appoggiò i gomiti sulle ginocchia.

«Siete una ragazza intelligente, Molly. L'ha detto Robert.» Indicò suo fratello con un cenno del capo. «Tenete la concessione. Se Bridget è disponibile, voi due potete aprire quell'area a beneficio di tutti quelli coinvolti.»

Molly considerò la gravità della situazione. Non aveva mai immaginato di potersi trovare in una simile posizione, e le parole di Henry le toccavano la coscienza, il senso di responsabilità per il quadro generale. L'Uccello Azzurro era il più grande giacimento che fosse mai stato scoperto a Creede, ed era di proprietà di due donne. La città era in subbuglio da quando si era sparsa la notizia.

Avrebbe mentito se avesse affermato di non trovare tutto ciò un tantino eccitante.

Ciò nonostante, sapeva che negare a Jake la concessione avrebbe solo contribuito a rovinare ancor di più la sua relazione con lui. Valeva la pena di rischiare?

Però, se Jake fosse stato coinvolto e avesse rovinato tutto, non sarebbe stato ancora peggio? Non era quello il motivo per cui lei aveva intestato la concessione a se stessa e a Bridget? Aveva voluto proteggere gli interessi dell'uomo. Poteva ancora farlo, anche se lui era troppo cocciuto per perdonarla.

Prese un sorso di caffè, quindi annuì. «Lo farò.»

Henry sorrise. «Brava ragazza. Per prima cosa, so che avete registrato la concessione a Hinsdale County, però dovete registrarla anche a Rio Grande e a Saguache. Questo servirà a rinforzare legalmente la vostra posizione. Vi posso aiutare io a farlo. Seconda cosa, dobbiamo mandare là il perito per un rapporto ufficiale e devono venire scavati i pozzi di scoperta. Ci serve che i campioni vengano esaminati al più presto. Ho due investitori a est che sono molto interessati, e vi posso aiutare a negoziare con loro. E, terza cosa, voi e Bridget dovete creare una società.»

Sembrava tutto travolgente. Molly appoggiò la tazza sul tavolino e intrecciò le dita.

Robert allungò la mano e le strinse un braccio. «Puoi farcela, Molly.» Le sorrise. «Sono molto orgoglioso di te.»

«Davvero? Ma il mio comportamento sembra quello di una donna che ha sedotto Lo Sciacallo della città per rubare da lui.»

«Non è quello che sei.»

«A dire il vero, Molly» disse Esme «la maggior parte delle voci che girano è ricca di ammirazione. In questa città sono gli uomini a dominare le miniere. Il fatto che due giovani donne abbiano strappato l'ambita vena Uccello Azzurro a quasi tutti i cercatori d'oro, vagabondi e furfanti nel raggio di cinquanta miglia da qui è un'impresa che vale davvero la pena di celebrare.»

«Però è stato Jake a trovarla, sulla base della precedente scoperta della Chigger da parte di Robert. Non c'è nulla di ammirevole nel fatto che io l'abbia sottratta a uno di loro due.»

«Allora, d'ora in avanti ponetevi rimedio» disse Henry. «Ho fiducia in voi.»

Esme le sorrise. «Tutti ne abbiamo.»

MOLLY SI TROVAVA nell'ufficio del saggiatore, in attesa. La porta si aprì e, quando guardò indietro al di sopra della propria spalla, il suo cuore si mise a galoppare nel petto nell'attimo in cui i suoi occhi incontrarono quelli di Jake. L'uomo si bloccò, chiaramente sorpreso di vederla, anche se poi si tolse il cappello ed entrò comunque.

Erano passate due settimane dall'incontro con Henry, e Jake non aveva fatto altro che evitarla. Era ovvio che non desiderasse più sposarla, nonostante non gliel'avesse detto in faccia e, per qualche folle ragione, questo le dava ancora un briciolo di speranza.

Dal momento che di quei tempi non sapeva mai quando si sarebbe potuta imbattere in lui, si assicurava sempre di apparire al meglio, e quel giorno non faceva eccezione. Indossava un abito blu marine che faceva risaltare la sua figura, con un cappello obliquo sulla chioma raccolta in riccioli.

Lui lanciò lo Stetson su un tavolo, si sedette su uno sgabello e incrociò le braccia, poi si mise a osservarla. Si era lasciato andare; i capelli erano più lunghi, e i peli ispidi sul viso, incolti da giorni, si erano trasformati in barba e baffi. Sotto i suoi occhi melassa aleggiavano delle ombre. Non dormiva, ne era certa.

Facendosi coraggio – cosa che aveva fatto parecchio negli ultimi giorni, come proprietaria della famosa concessione Uccello Azzurro – sollevò il mento. «Hai intenzione di smettere di tenere il broncio come un bambino e parlarmi?»

«Pensi che io sia un bambino?»

Lei deglutì, nonostante la gola secca. «Niente affatto.»

Di recente, nelle sporadiche occasioni in cui si erano ritrovati l'uno nelle vicinanze dell'altra, era stata testimone di quanto lui fosse un furfante nel profondo. La sua freddezza e il suo comportamento pensieroso facevano ben capire che era Lo Sciacallo: trafficante, spia, vagabondo. Nient'altro che una canaglia.

Che cosa le era venuto in mente?

Eppure, il fatto che lui diventasse terribilmente più bello ogni volta che lo vedeva la mandava su tutte le furie.

Anche se lei continuava a deridere la propria capacità di andare in estasi a causa sua, questo non metteva fine al disperato desiderio che provava. Solo l'orgoglio la tratteneva dal supplicarlo. Se dovevano stare insieme, avrebbe trovato una maniera per mantenere il rispetto di se stessa. Dopo tutto ciò che era accaduto, era l'unico modo.

E se non fossero stati insieme, l'avrebbe dimenticato. Lei avrebbe viaggiato e visto il mondo da sola, e poi avrebbe fatto ritorno a Tucson e si sarebbe sposata.

Dunque perché era ancora a Creede?

Per l'Uccello Azzurro, ovvio. Aveva contattato i suoi genitori e aveva detto loro che aveva pensato di prolungare la visita, tenendo per sé i dettagli della concessione, almeno per il momento. Una volta che tutto fosse stato in ordine, avrebbe condiviso la notizia.

«Stai controllando i tuoi campioni?» le chiese Jake.

Lei annuì in modo brusco. Erano stati scavati pozzi esplorativi su tutte le concessioni che ora punteggiavano l'intero lato della montagna nella Valle dell'Uccello Azzurro – il precedente e meno conosciuto nome di Glen Valley era ben presto stato dimenticato. Il valore dei campioni di minerali estratti iniziava pian piano a trapelare. Se c'era da credere alle voci, in città tutti attendevano con ansia i risultati dalla concessione di Molly e Bridget, e non solo dall'Uccello Azzurro, bensì anche dalla Molly Rose. Se la perizia fosse risultata elevata, avrebbe rafforzato il valore di tutte le concessioni vicine.

Gli investitori gironzolavano nei dintorni con il fiato sospeso. Molly ne aveva già dovuti respingere più di quanti ne potesse contare. Qualcuno aveva perseguitato lei e Bridget affinché vendessero subito, ad assurdi prezzi bassissimi, e facevano pressione sul fatto che le due non sapessero nulla poiché erano donne. Grazie al cielo c'era Henry Patterson ad aiutarle a gestire tutto.

C'erano molti avvocati coinvolti nella Valle dell'Uccello Azzurro, dato che tutti si erano premurati di proteggere le proprie concessioni da qualunque tipo di manovre losche da parte di Shep Lannigan o da chiunque altro, a dire il vero. Per fortuna era intervenuto lo Sceriffo, e diversi impiegati che lavoravano all'ufficio concessioni che Shep frequentava erano stati rimpiazzati. Alla fine, tuttavia, non c'erano prove sufficienti a incolpare Lannigan. Molly aveva il sospetto che questo fatto fosse una fonte di profonda irritazione per Jake. Solo una delle tante, a quanto pareva; anche se, a giudicare dal comportamento dell'uomo, lei presumeva di avere l'onore di essere la sua fonte primaria di irritazione in quei giorni.

La porta si aprì di nuovo ed entrarono Robert e Bridget. Tutti si scambiarono un saluto silenzioso.

«L'analisi è terminata?» chiese Bridget nel silenzio imbarazzante.

«Il signor Mathers ha detto che sarebbe arrivato a breve» le rispose Molly.

La porta dell'ufficio si aprì di nuovo, e un gruppetto formato da Ivan e Pearl, seguiti da Boom e la sua innamorata – una donna bassa, dai fianchi larghi, le guance rosee e i capelli chiari –, fece il suo ingresso. Molly si spostò verso il muro per lasciar spazio, delusa dal fatto che quell'azione l'avesse allontanata ancora di più da Jake.

Sebbene non credesse che nell'atrio dell'ufficio del saggiatore potesse entrarci anche solo un altro corpo, la ragazza fu smentita dall'arrivo di Shep Lannigan, James Winston, Nove Dita Bishop e Charlotte Cohen, che insistevano nel voler avere accesso.

Molly lanciò un'occhiata a Jake, che continuava a tenerla d'occhio, anche se in tutta onestà lei non riusciva a dire se quello che vedeva negli occhi dell'uomo fosse desiderio oppure irritazione.

Pearl si fece strada per raggiungerla. «Ha cambiato opinione?» le chiese sottovoce.

Molly scosse appena la testa.

La donna fece un sorriso d'intesa. «Hai provato a sedurlo?»

Lei si avvicinò, preoccupata che qualcuno potesse sentire. «Certo che no. Siete stata voi a mettermi in guardia contro le insidie di una cosa simile.»

«Quello era allora» sussurrò Pearl. «Se lo vuoi, lo devi inseguire, e il modo più sicuro è tramite relazioni fisiche. Lo terrai nel palmo della tua mano.»

Molly aggrottò la fronte, indecisa. Per quanto apprezzasse la verità che senza dubbio Pearl aveva espresso, l'incertezza superava il consiglio. Era tutt'altro che sicura delle proprie capacità di mantenere viva l'attenzione di Jake con le sue doti femminili, e non c'era dubbio che l'uomo sarebbe stato scettico riguardo alle sue avances ora che era la proprietaria della concessione.

Un'ondata di calore le fece avvampare la pelle e si passò una mano sulla nuca per asciugare il sudore. Trovarsi in quella stanza affollata iniziava a farle tornare alla mente il panico che aveva provato nel pozzo, così come nel tunnel di Pedro e nella miniera abbandonata di Pearl.

Il desiderio di fuggire cresceva dentro di lei, mentre il cuore le martellava nella testa, il petto le doleva, il respiro si faceva affannoso.

«Cosa succede?» le chiese Pearl. «Non hai un bell'aspetto.»

«Ho una leggera nausea.» Si mise a farsi strada verso la porta. «Mi serve un po' d'aria.»

«Molly?» la chiamò Bridget, ma lei la ignorò.

Con la testa bassa, Molly evitò il contatto visivo con Lannigan o Winston, in piedi all'ingresso, mentre apriva la porta quel tanto da poter scivolare fuori. Una volta libera, prese diversi respiri profondi, con una mano sul petto per calmarsi. Le montagne gettavano un'ombra nel sole del tardo pomeriggio, rendendo l'aria molto più fresca di qualche ora prima. Subito iniziò a sentirsi meglio.

«Stai male?»

Non si voltò alla domanda di Jake. «No» gli rispose lei al di sopra della spalla. «Avevo solo bisogno di una tregua da quella stanza affollata.»

«A quanto sembra, siamo un gregge che si muove insieme.»

«Come facevano tutti quanti a sapere che i campioni sarebbero stati pronti quest'oggi? Io e Bridget siamo state attente a chi dirlo.»

Jake si spostò per essere faccia a faccia con lei. «Tu e Bridget siete le stelle della città. Vi hanno menzionato nei giornali quasi ogni giorno.»

Molly ne aveva sentito parlare, anche se non si era scomodata a controllare. «È per questo che sei tanto arrabbiato con me?»

«Perché tu sei famosa e io no?»

Lei annuì.

Lui fece una risata priva di umorismo. «No, certo che no.»

«Dunque perché, Jake? Ti prego, dimmelo.» E tanti saluti al suo orgoglio. Stava lentamente morendo senza di lui. Quando lo guardò negli occhi, oscurati dal dolore e dalla confusione che rispecchiava quella nei propri, capì di non poter vivere senza di lui. Nel giro di pochi minuti avrebbe iniziato a implorare.

Lui non rispose subito, Molly però attese, con lo stomaco annodato, provando il bisogno di sapere e allo stesso tempo il timore che lui le avrebbe detto che non la amava – che non l'aveva mai amata – e, ora che se n'era reso conto, voleva andarsene per la propria strada.

«Non ti mentirò, ero sbalordito dal fatto che mi avessi rubato la concessione da sotto il naso.»

«Non è vero» disse lei in un impeto.

«Però è così.» I suoi occhi si ridussero a due fessure, pensierosi. «Sono sempre stato un opportunista. Non mi è mai capitato che si ribaltasse la situazione, perlomeno non per mano di qualcuno di cui mi importava.»

«Jake—»

«Per la prima volta in vita mia, mi sono reso conto dell'unica cosa che mi mancava… l'unica cosa che per me era importante. Ed è la lealtà.»

«Ti ho detto il perché l'ho fatto. Avevi detto di volermi sposare. Quando…» indugiò «*se* ci sposeremo, sarà tua. Bridget non ha passato la sua quota a suo padre. Lei e Robert la terranno. Hanno ancora intenzione di sposarsi.»

«Beh, comunque sia, non sono convinto che tutto finirà legato con un bel fiocchetto.»

Lui le stava sfuggendo dalle mani. «Non ti sei mai fidato di nessuno?»

«Volevo fidarmi di *te*. E suppongo sia stato un mio errore, non tuo. In tutta onestà, sono colpito che tu ce l'abbia fatta.»

Parole di obiezione alla sua insinuazione che lei avesse pianificato tutto fin dall'inizio le serrarono la gola. Non c'era nulla di più lontano dalla verità.

Bridget uscì dall'ufficio del saggiatore con un enorme sorriso sul volto e le porse un certificato.

Dal momento che aveva partecipato a diverse riunioni con i Patterson, oltre ad aver chiesto consulto a Robert, Molly aveva imparato molto sulla storia mineraria di Creede e, cosa più importante, su cosa avrebbe reso speciale l'Uccello Azzurro. Mentre esaminava i risultati dell'analisi, sapeva che l'esito era al di là delle aspettative.

Un senso di eccitazione le vibrò dentro e non riuscì a trattenere il sorriso che le si allargò sul viso e che era uguale a quello di Bridget. Non voleva nasconderli a Jake, quindi lesse ad alta voce le scoperte.

«I campioni contenevano quarzo di ametista a grana fine con all'interno una considerevole quantità di oro, quasi l'ottanta percento di piombo e anche zinco.» Prese un profondo respiro. «Alcuni dei campioni sono stati valutati a tremila once di argento a tonnellata.»

«Porca puttana» borbottò Jake sottovoce, il tono scioccato carico di incredulità.

Molly sollevò lo sguardo, intenzionata a condividere con lui la propria gioia, ma l'uomo le voltò le spalle e la ignorò, rientrando nell'ufficio del saggiatore, e l'ultima notizia che lei avrebbe voluto condividere con Jake le morì sulle labbra.

«Non l'ho mai visto così prima d'ora» le disse Robert. «L'hai informato su quello che ha detto il perito?»

«No.» E così, la sua temporanea felicità svanì.

CAPITOLO 24

Jake buttò giù un altro bicchiere di whisky mentre giocava a carte all'*Orleans Club*. Nelle ultime due settimane si era ritrovato spesso in quel locale. Restarsene seduto nella sua minuscola casa – non lontana dallo *Zang's Hotel*, dove sapeva che Molly riposava il suo bel corpicino – lo rodeva come un animale rabbioso; perciò, ogni notte aveva cercato distrazione nel liquore e nel gioco d'azzardo.

Robert si materializzò dalla folla e gli si sedette accanto, poi gli offrì un sigaro. Jake lo prese.

«Non ti facevo un idiota orgoglioso» gli disse.

Jake attirò l'attenzione della cameriera con la mano. «E io non ti facevo una donnetta.» La donna formosa e dai capelli neri gli fece l'occhiolino e si chinò per prendere l'ordinazione. «Un altro whisky per me, e una salsapariglia per questo cane bastonato.»

«Subito, dolcezza.» Prima di andarsene la cameriera si assicurò che lui desse un'occhiata approfondita al suo décolleté.

Lo sguardo di Robert si riempì di disprezzo. «Sono stato troppo gentile. Sei solo un gran pezzo di merda.» Sfregò un fiammifero sul bordo del tavolo e si accese il sigaro. Poi estrasse un secondo fiammifero e glielo porse.

Nell'aria aleggiavano nuvole di fumo, sospese, quasi come la tensione tra di loro.

«Quindi hai intenzione di affondare la faccia in una donna come quella?» chiese Robert, sventolando la mano in direzione della donna di facili costumi che si era allontanata.

Jake si buttò indietro il cappello. «So che è difficile da credere, però io non me ne vado in giro a fare baldoria. Non come facevi tu con Mabel.»

«Quella è acqua passata, e ora sono fidanzato.»

«Già, con la figlia del Diavolo.»

«Di preciso, per cosa sei così arrabbiato?»

Jake fece una pausa mentre la provocante cameriera del saloon depositava il suo drink e la bottiglia di soda sul bordo del tavolo a cui si stava giocando la partita di faraone, per poi allontanarsi ancheggiando. C'era solo una donna che tormentava i suoi pensieri, e quel pomeriggio gli era sembrata attraente in modo quasi insopportabile, con quel vestito scuro che seguiva ogni sua curva. Beh, non era del tutto vero; a ogni modo, la sua mente faceva un ottimo lavoro nel riempire gli spazi vuoti.

Prese un sorso del liquore, quindi disse: «Quello che sta succedendo nella Valle dell'Uccello Azzurro è una farsa, e tu lo sai.»

«Come, esattamente?»

«Lannigan ci metterà sopra le mani, e gli basta avere il cinquanta percento. Bridget cederà da un giorno all'altro.»

«No che non lo farà.»

«Non sono un idiota, Robert. So dell'ispezione. So che la concessione Uccello Azzurro è l'apice. Vi abbiamo tutti delimitato concessioni attorno – Lannigan, Winston, tu, io, i Krupin, quella pazza della Cohen – e comunque non importerà. L'Uccello Azzurro possiederà quella montagna. Potrebbero volerci mesi – diamine, persino anni – a risolvere la questione in tribunale, però alla fine quella concessione prevarrà su tutte.»

«Dunque cos'hai intenzione di fare?» domandò Robert. «Andartene?»

«Ci sto pensando.» Jake si accasciò sulla sedia.

«Perché non onori la promessa che hai fatto a mia sorella e la sposi? Noi due possiamo aiutare Molly e Bridget a gestire questa cosa. Cosa diavolo c'è che non va in te?»

Già; cosa diavolo c'era che non andava in lui?

Aveva parlato a Molly di lealtà, e non poteva negare che le azioni della ragazza l'avessero straziato; l'intensità del dolore lo aveva scioccato. Tuttavia, notti intere passate a bere e a negare avevano consumato quel pretesto e al di sotto c'era una verità che l'aveva squarciato fino al midollo.

Voleva l'amore di Molly.

Dopo la morte dei suoi genitori, dopo l'isolamento nell'orfanotrofio e il puro terrore di vivere da solo fin dalla tenera età, non aveva mai riconosciuto che l'amore fosse importante.

Aveva desiderato Molly dall'attimo in cui l'aveva vista la prima volta e, ai suoi occhi, quella brama era stata una giustificazione sufficiente per il matrimonio. Il suo cuore però voleva qualcosa di diverso, qualcosa di cui lui non era stato del tutto consapevole fino a quel momento sulla montagna, quando lei lo aveva tradito. Voleva la sua anima – nuda, scoperta e solo per lui. La voleva a tal punto da togliergli il fiato, quasi fino a farlo cadere in ginocchio.

Ed era terrorizzato che Molly non provasse lo stesso per lui. Che avrebbe potuto non provare mai lo stesso sentimento.

«È solo più semplice in questo modo» borbottò nel bicchiere; l'alcol era ormai l'unico tonico in grado di cancellare l'infelicità nelle sue viscere.

«Sei un codardo» disse Robert a denti stretti. Si alzò e si tuffò nella folla di uomini e cameriere, per poi scomparire in fretta.

Jake riprese il gioco di carte, deciso a non pensare più alla famiglia Simms.

Ma sapeva che sarebbe stato impossibile.

«Figliolo, devi venire con me.»

Jake alzò lo sguardo dal tavolo da gioco.

Henry Patterson lo osservava con la preoccupazione negli occhi senili. «In questi giorni sei talmente ubriaco da non riuscire a pensare con lucidità. Avanti» gli disse con voce severa e gli fece cenno con la mano di alzarsi. «Andiamo.»

Lui obbedì e seguì l'anziano in una sala laterale meno affollata. Cercò di rimanere concentrato, nonostante il liquore gli stesse attutendo i sensi, il che era stato poi il suo scopo fin dall'inizio. Eppure, al diavolo tutto, per quanto si sforzasse, nemmeno quell'oro liquido riusciva a cancellare Molly Rose dai suoi pensieri.

«Siediti.» Henry lo condusse a una poltrona imbottita. Di solito, gli avventori si radunavano lì per bere e fumare; tuttavia, il comportamento severo dell'uomo suggeriva che quello non era un incontro sociale.

Jake sprofondò sulla seduta. «Per te è davvero troppo tardi per essere in giro, Henry. Esme ti taglierà la testa.»

L'altro assottigliò lo sguardo. «È stata Esme a mandarmi qui. Non c'è molto in città di cui quella donna sia all'oscuro. Ti vuole bene, lo sai. Come a un figlio.»

Jake si addolcì, sentendosi rimproverato. «Lo so.»

Boom apparve sulla soglia e richiuse la porta dietro di sé. Lui salutò il robusto russo con un cenno del capo. Dal momento che gli piaceva una ragazza all'*Orleans Club*, in quei giorni l'uomo frequentava il locale più del solito.

«Mi fa piacere che tu ce l'abbia fatta a venire, Boris» disse Henry.

Il russo si sedette accanto all'anziano su un divano che aveva visto giorni migliori, il tessuto color avorio era scolorito per via del fumo e delle bevande che vi avevano riversato sopra, e guardò Jake, con la delusione che gli marcava i lineamenti. «Non ti ho mai visto così. Lo Sciacallo non perde mai la strada.»

All'improvviso si sentì messo all'angolo dai due uomini e, seccato, soffocò l'impulso di dire a entrambi di andare a lanciarsi da una rupe.

«Lei ti ama» disse Henry.

Jake rise. «E di chi stiamo parlando?»

«Ha registrato quella concessione per proteggerti.»

«Te l'ha detto lei? Avrebbe potuto trasferire la proprietà a me in qualsiasi momento, in queste ultime settimane.»

Henry sospirò. «Lei voleva farlo, però io gliel'ho sconsigliato.»

Jake si immobilizzò.

Quella era una novità.

«Conosco il tuo passato con Shep» proseguì l'uomo. «Molly Rose ha dimostrato una notevole perspicacia nel registrare l'Uccello Azzurro nel modo in cui l'ha fatto. A ogni modo, ti farà piacere sapere che non è stata così diabolica a riguardo – cercava solo di fare ciò che pensava fosse giusto in quel momento.» Henry prese un profondo respiro. «È importante gestire l'Uccello Azzurro con accortezza, poiché questa concessione potrebbe essere una delle scoperte più importanti che siano mai state fatte nel distretto di Creede. A essere onesti, Jake, tu non sei la persona giusta per prendere queste decisioni.»

«Stronzate» borbottò lui, ma si trattenne da ulteriori reazioni. Nonostante tutto, Henry era l'ultima persona con cui voleva scontrarsi.

L'uomo contorse la bocca, poi rise. «È una ragazza sveglia e possiede una certa influenza su Bridget Lannigan. Dubito che tu gestiresti la situazione con altrettanta finezza.»

Jake digrignò i denti. «Perché mi trovo qui, Henry? Per

sentirmi dire che dovrei essere felice di essere stato raggirato e privato di una fortuna?»

«No. Tu fai parte di tutto questo, che ti piaccia o meno» gli rispose, la disapprovazione chiara nel suo tono. «E non posso dirti a chi donare il tuo cuore, però, se potessi farlo, ti ordinerei di non mandare tutto all'aria lasciandoti scappare quella ragazza. A ogni modo, abbiamo un altro problema.» Lanciò un'occhiata a Boom. «Shep sta per circoscrivere quella valle e non possiamo permettere che accada.»

CAPITOLO 25

Jake smontò da cavallo davanti alla casa dei Patterson. Un ragazzino prese le redini e portò via l'animale. Quella sera i padroni di casa davano una festa in onore della miniera dell'Uccello Azzurro, o quantomeno del futuro della miniera, ed erano stati assunti diversi ragazzi per aiutare gli ospiti al loro arrivo. Negli ultimi dieci giorni, Henry non era stato molto disponibile in merito ai dettagli che riguardavano gli investimenti, le acquisizioni e la formazione di società, e, dal momento che Jake non era in buoni rapporti con Molly e Robert, chiederli a loro era fuori questione. Forse era solo un codardo come lo aveva accusato l'amico.

A ogni modo, aveva eseguito gli ordini di Henry e aveva risolto un potenziale contrattempo per la Valle dell'Uccello Azzurro. Il fatto che questo conficcasse una spina nel fianco di Shep Lannigan di certo non guastava. Il pensiero gli fece comparire un sorriso sulle labbra.

Con rinforzata determinazione, Jake aveva deciso che avrebbe dovuto parlare con Molly, e non solo dell'Uccello Azzurro. Aveva messo fine alle sbronze serali, e quello che gli restava era un desiderio di lei grande quanto il Grand Canyon.

Se lei lo avesse voluto ancora, Jake avrebbe accettato qualunque cosa potesse ottenere dalla ragazza, anche se, alla fine, si fosse trattato solo di affetto e non di amore.

Poteva conviverci.

L'alternativa era una vita senza di lei, e strazianti visioni di quell'esito l'avevano svegliato sempre più spesso nelle ultime notti, grondante di sudore e disperazione.

Si sistemò con qualche strattone la sua giacca migliore, e una leggera brezza gli arruffò la chioma non protetta da un cappello. Si era rasato quell'ammasso di peluria sul viso che non aveva avuto alcun interesse a mantenere, deciso a far contare quella serata. Con lei.

Quando entrò tra una folla di altri cittadini e si spostò sul portico, si ritrovò faccia a faccia con James Winston.

«Carino da parte tua allontanarti dall'*Orleans Club*, McKenna.»

Jake lo esaminò in modo freddo. «Non ho avuto l'occasione di dirlo prima, quindi vorrei essere chiaro su una cosa. Se punterai *di nuovo* una pistola sulla signorina Simms, farò ben più che limitarmi a malmenarti.» Gli si avvicinò e, a voce bassa, aggiunse: «E nessuno troverà mai il tuo corpo.»

Per una frazione di secondo, qualcosa di simile alla paura lampeggiò negli occhi di Winston. Jake era ancora certo che l'uomo avesse qualcosa a che fare con la morte di Pedro Elizondo e la successiva scomparsa del cadavere; tuttavia, come accadeva nella maggior parte delle situazioni legate a Winston e a Lannigan, non era stato possibile portare alla luce delle prove. I resti di Pedro non erano mai riemersi, sebbene delle voci in città sussurrassero che il messicano se n'era andato via. Non aveva alcun dubbio che quei pettegolezzi fossero stati messi in giro proprio da Winston in persona, eppure erano stati accettati prontamente da molti, inclusa Charlotte Cohen, che si presumeva fosse stata innamorata di Pedro.

Jake si allontanò da Winston ed entrò in casa, dove trovò

Esme ad accoglierlo nel salone. Si chinò quando lei lo abbracciò e gli stampò un bacio sulla guancia.

Aveva un sorriso raggiante. «È bello vederti, Jake.»

«Grazie per l'invito, Esme.»

«Sei sempre il benvenuto a casa nostra. Non dubitarne mai.» Lo oltrepassò con lo sguardo, con un luccichio negli occhi, e fece un cenno con il capo. «Questa sera Molly Rose ha un aspetto particolarmente affascinante.»

Lui si voltò e rimase a fissarla. La donna del suo cuore era in piedi accanto a Robert e Bridget nel salone, con un abito verde scuro con poche decorazioni che le donava molto. Sorrideva mentre chiacchierava con il fratello e, per un istante, Jake rimase incantato.

«Penso che ti sorprenderà.» Esme gli si mise accanto e chiuse la mano attorno al suo braccio, più o meno come aveva fatto quella sera alla festa di Lannigan.

«L'ha già fatto» le rispose lui.

La donna fece una risatina e lo condusse nella calca di ospiti che affollavano la sala. Shep Lannigan era in un angolo e osservava gli eventi con un'impassibile espressione torva sul volto.

Jake si fermò di colpo quando Charlotte Cohen uscì dalla folla e bloccò il loro passaggio. Aveva un aspetto molto decoroso, con i capelli pettinati e tirati indietro dal viso con delle forcine e un semplice abito giallo; ciò nonostante, lui la guardò con occhio diffidente.

«Non ho mai avuto l'occasione di ringraziarvi» gli disse Charlotte. «Mi pare di capire che siate stato voi a trovare l'Uccello Azzurro.»

Jake annuì in modo brusco. Non conosceva alcun prospettore che fosse grato a un altro per aver rivendicato la concessione che stava cercando. Lui aveva perso la Shanghai a causa di Shep, e poi l'Uccello Azzurro a causa di Molly. Entrambe le volte, la gratitudine era stata l'ultimo dei sentimenti a passargli per la mente. All'improvviso, il fatto di aver accomunato Molly a quelli come Lannigan lo irritava, perché, nel profondo, sapeva che era una cosa ingiusta.

«Non ero mai riuscita a trovarlo» continuò la donna. «Se non fosse stato per voi e per Robert Simms, nessuno di noi si troverebbe qui.»

Lui esitò. «Vi sbagliate. Siamo qui grazie a Molly Rose.»

«Già. Alla fine metterà tutto a posto.»

Charlotte si allontanò, avvicinandosi in modo furtivo a un uomo che Jake non riconobbe; tuttavia, dopo un esame più attento, restò senza parole. Era Nove Dita Bishop, tutto tirato a lucido e con l'aspetto di un gentiluomo.

Esme si congedò, e lui proseguì, sempre diretto verso Molly. Finalmente lei guardò nella sua direzione e lo vide, anche se il sorriso accogliente che Jake aveva sperato di scorgere non apparve. Lo sguardo inquieto della donna assomigliava più a delle nubi tempestose che si addensavano. Non poteva di certo biasimarla, eppure aveva sperato che i suoi sentimenti per lui si fossero addolciti durante la loro separazione. Era un sentimento illogico, ma stava imparando che l'amore non seguiva regole sensate.

Ivan e Pearl lo bloccarono.

«Mi fa piacere che tu sia qui» disse l'uomo, fissandolo con attenzione con l'occhio buono.

Jake mandò giù la frustrazione per l'ennesima interruzione e spostò l'attenzione sulla coppia. «Come state?» chiese.

«Siamo preoccupati per te» disse Pearl.

«Non serve. Io sto bene.» Non proprio; a ogni modo, non c'era bisogno di lagnarsene.

«Fare successo fa strane cose alle persone.» L'anziana donna lanciò uno sguardo verso Molly.

«Sono sicuro che siete qui per dirmi che sono stato un idiota con lei» disse Jake «e avreste ragione.»

Ivan ridacchiò. «Io sto dalla tua parte. Pearl, invece, è

stranamente orgogliosa della tua ragazza, anche se ha rubato la fetta più grande della torta per sé.»

«Te l'ho già detto» gli disse la moglie, con voce severa «Molly non l'ha rubata. Ho la sensazione che sia accaduto così per una ragione, e sospetto che questa sera stiamo per scoprirla.»

«Gradirei l'attenzione di tutti i presenti, per cortesia.» La voce di Henry si alzò al di sopra del chiacchiericcio, e l'intera sala si zittì, spostando l'attenzione sul padrone di casa. Jake si azzardò a lanciare un'occhiata in direzione di Molly, che però si era già spostata accanto a Esme, ed entrambe le donne erano intente a osservare Henry parlare.

«Esme e io siamo lieti di avervi qui» proseguì l'uomo. «Pensavamo fosse giusto festeggiare quest'ultimo boom accaduto a Creede, e cioè la scoperta della tanto ricercata e famigerata vena dell'Uccello Azzurro. So che molti di voi conoscono già i dettagli, dunque non vi annoierò con un riassunto di ciò che ci ha portato a questo punto. Invece, abbiamo notizie entusiasmanti da condividere. E, per queste, invito la signorina Molly Rose Simms a dire qualche parola.»

Lei fece un sorriso cordiale e gli strinse la mano quando si scambiarono di posto, quindi si voltò per rivolgersi alla sala. «Grazie, Henry.»

Un leggero rossore le si diffuse sulle guance, e Jake si accorse che era nervosa. Non desiderava altro che andare da lei, per offrirle sostegno in qualche modo; ciò nonostante, rimase dove si trovava e attese con tutti gli altri.

Quando Molly iniziò a parlare, Bridget si mise a muoversi tra la folla e a distribuire dei fogli a ognuno dei presenti.

«Qualcuno di voi potrebbe non saperlo, ma il perito ha confermato che la concessione Uccello Azzurro, che appartiene a me e a Bridget Lannigan, è proprio l'apice della vena dell'Uccello Azzurro. Nel tentativo di accelerare le attività estrattive nell'area, io e la signorina Lannigan abbiamo formato la *Società Mineraria*

Uccello Azzurro. È nostra speranza che tutti coloro che possiedono concessioni in quell'area consolidino le loro proprietà e diventino soci della compagnia. In questo modo, tutti i detentori di concessioni beneficeranno di un'infrastruttura comune che allevierà ogni potenziale preoccupazione sulle sovrapposizioni tra concessioni e sulla rimozione generale dei minerali dall'area. Bridget sta distribuendo un prospetto a chiunque abbia al momento una concessione nella zona. Vi invitiamo a prenderlo in considerazione e, speriamo, a unirvi alla SMUA.»

Jake prese il foglio che Bridget gli porgeva ed esaminò il contenuto.

Cosa diavolo…?

«Queste percentuali sono assurde» urlò Shep dal lato più lontano della sala.

Jake le rilesse di nuovo: Robert Simms 20%, Charlotte Cohen 20%, Jake McKenna 20%. Gli investitori avrebbero ricevuto il 10% e il restante 30% sarebbe stato distribuito in parti uguali tra tutti i restanti detentori di concessioni nel lato orientale della Montagna dell'Uccello Azzurro.

«Bridget dovrebbe avere almeno il cinquanta percento» ordinò Shep.

Dopo aver distribuito le bozze della società, lei andò a posizionarsi accanto a Molly. «No, papà. Io e Molly abbiamo concordato che nessuna di noi due avrebbe avuto una quota della società. Non siamo state noi a trovare la concessione, è stato Jake McKenna.» La ragazza posò lo sguardo su di lui. «E lui l'ha localizzata grazie al lavoro iniziale che ha fatto Robert quando ha delimitato la Chigger.»

«Mentre lavorava per me, aggiungerei» gridò praticamente Shep.

«Beh, comunque sia, tu non hai fatto alcun lavoro per trovarla.»

«Allora perché Charlotte prenderà una percentuale tanto elevata?» domandò lui.

«È stato suo padre a trovare per primo la vena, tanti anni fa» disse Molly. «Se fosse ancora vivo, ne avrebbe avuto diritto ma, dal momento che non lo è, sua figlia riceverà la sua percentuale in sua vece.»

Tra la folla si diffuse un chiacchiericcio, dal momento che tutti cercavano di dare un senso a quell'annuncio. Jake avrebbe voluto chiedere perché Molly non facesse parte della società – perché mai vi aveva rinunciato? –, però Shep alzò la voce al di sopra del frastuono e catturò l'attenzione di tutti i presenti.

«Anche io ho un annuncio personale da fare» disse. «Sappiamo tutti che, a meno di arrampicarsi su per un passaggio ripido sul lato occidentale, l'unica via di entrata o di uscita nella Valle dell'Uccello Azzurro è un sentiero nascosto a sud-est. Ed è quella la chiave per portare fuori i minerali in tempi ragionevoli ed economici. Ora io possiedo i quaranta acri all'imboccatura di quell'ingresso. Esigo una percentuale migliore, altrimenti la vostra società dovrà costruire costosi e pericolosi sistemi tranviari per arrivare a quella vena.»

La sala esplose in una cacofonia di chiacchiere nervose e battibecchi.

«Ti sbagli» disse Jake, anche se le sue parole si persero nella confusione.

«Cos'hai detto?» chiese Molly, guardandolo fisso.

Lui alzò di più la voce. «Shep si sbaglia.»

La sala si azzittì di nuovo e Jake spostò lo sguardo su Lannigan. «Non possiedi tutta la terra all'ingresso.»

«Al diavolo, certo che sì» rispose Shep.

«Te n'è sfuggita una striscia proprio a est.»

Lannigan gli fece un sorrisetto. «Non importa. Non accederete mai alla valle senza il mio appezzamento.»

Jake riportò l'attenzione su Molly. «Funzionerà. Ho acquistato il pezzo adiacente la scorsa settimana. Io e Boom siamo andati a ispezionarlo. Possiamo usare della dinamite nell'area e ci sarà abbastanza spazio per posare i binari. Lannigan non ha niente.»

Gli occhi di Molly si riempirono di gratitudine. Se non fosse stato per la sala piena di gente, Jake l'avrebbe sollevata tra le braccia per poi baciarla.

Nell'aria aumentarono i battibecchi e gli ospiti iniziarono a discutere su cosa avrebbe significato tutto ciò. Senza toglierle gli occhi di dosso, lui si fece strada a forza tra la folla finché non le fu di fronte.

«Perché non mi hai detto che questo era il tuo piano?» le chiese lui.

«Perché sei un maschio testardo come un mulo e non mi hai degnato della tua attenzione.» Nei suoi occhi passò un lampo di sfida – e di dolore. Jake se lo meritava.

«Mi dispiace. Avevo comunque intenzione di scusarmi con te, anche prima del tuo grande annuncio.»

Lei lo osservava con gli occhi annebbiati di diffidenza.

«Perché ti sei tagliata fuori dalla società?» le chiese. «Ti avrebbe dato l'indipendenza. Con il denaro, saresti stata in grado di viaggiare ovunque avessi voluto, proprio come avevi immaginato.»

«Sì, ma non si è mai trattato del denaro. Non è mai stata mia intenzione rubarti la concessione, Jake. Hai il pieno diritto alle quote.»

«E adesso cosa farai? Andrai via?»

«Esiste forse qualche ragione per cui io debba restare?»

Lui sperò di non aver frainteso la speranza che si rifletteva nei suoi occhi. Sperava che Molly potesse provare anche solo un decimo di ciò che lui provava per la donna.

Di una cosa era certo: non aveva intenzione di lasciarla andare via senza lottare.

«Sì» disse e le prese la mano.

Poiché l'attenzione di tutti era dirottata sui dettagli della Società Mineraria Uccello Azzurro, lui si spostò tra la folla tirandosi dietro Molly. Uscirono dalla casa e Jake diede ordine a uno dei ragazzi di andare a prendergli il cavallo, quindi gli lanciò una moneta quando il giovane riportò l'animale dalla stalla.

Lui si tolse la giacca e la mise sulle spalle di Molly per tenerla al caldo, poi l'aiutò a montare su Fernando. Prese posto dietro di lei e le avvolse la braccia attorno al corpo quando afferrò le redini.

«Dove andiamo?» gli chiese lei, al di sopra della propria spalla.

«Allo *Zang's Hotel*.»

Molly scosse la testa. «Portami a casa tua, invece.»

Non dovette ripeterglielo due volte.

CAPITOLO 26

Jake spronò Fernando al galoppo, per poi rallentare al trotto quando si avvicinarono alla sua casetta su Main Street. Condusse il cavallo sul retro, smontò e allungò le braccia verso Molly, catturandola quando lei scivolò giù dalla sella con un urletto di sorpresa.

Una volta che la ebbe tra le braccia, la baciò. Lei non si tirò indietro, anzi, gli andò incontro con intensità. Assaporarla servì solo a infiammare il suo desiderio. Non aveva mai aspettato tanto con ansia qualcosa come aveva aspettato quella.

Sapeva come sarebbe andata a finire e questa volta non si sarebbe trattenuto. L'indomani l'avrebbe trascinata in tribunale e lo avrebbe reso legale.

Lei lo teneva vicino a sé, e fece scorrere le mani dai suoi capelli al collo, fino alle spalle, mentre Jake le mostrava cosa significasse per lui, marchiandola con la bocca, assaporando le sue labbra, le guance e la pelle morbida del suo collo.

«Ti prego, questa volta non ti fermare» gli sussurrò lei.

Lui avvicinò il viso al suo. «Neanche per idea.»

Dopo aver fatto una promessa silenziosa a Fernando di occuparsi di lui più tardi, le afferrò la mano e la condusse in casa.

«Mi scuso per il disordine.» Di recente non si era preoccupato delle faccende domestiche. Se avesse avuto il presentimento che Molly sarebbe stata lì con lui quella sera, avrebbe dato una pulita.

«Non mi importa.» Lei si tolse la giacca, lo afferrò per la nuca e lo baciò con decisione.

Jake diede libero sfogo alla sua fame di lei e venne ricompensato dai suoi sospiri e dai suoi gemiti, mentre era intenta ad armeggiare con la cravatta che lui aveva al collo. Jake la aiutò a rimuoverla, si sfilò la camicia da sopra la testa e la lanciò a terra, quindi cercò di abbassarle l'abito dalle spalle, ma questo non si mosse. Le sfiorò il collo con il naso, per poi spostare le mani sul retro del vestito sforzandosi di sbottonarlo.

Lottò con il primo bottone, quindi con il successivo, ma quei dannati affari respingevano i suoi sforzi.

Lei rise, il respiro affannato contro il suo petto. «Potresti semplicemente sollevarmi le sottane e prendermi così.»

«No» ringhiò lui. «Tu meriti di meglio. Inoltre, se non vedrò tutto il tuo corpo sono abbastanza sicuro che impazzirò.»

Molly fece un passo indietro e gli mise le mani sugli avambracci. Gli occhi di Jake si spostarono su quelli di lei, e tentò di far tacere la sua frustrazione. Nonostante l'oscurità che li avvolgeva, il viso della donna era visibile in tutti i suoi adorabili contorni. Non c'era uno sguardo sensuale e provocante ad attrarlo, né vi erano paura o trepidazione. Invece, la sua espressione risplendeva di… gioia. Non aveva altre parole. Onorato per la sua reazione, sapeva di essere maledettamente fortunato ad averla tutta per sé.

Un sorriso le incurvava le labbra e le illuminava gli occhi. Si voltò su se stessa per dargli pieno accesso a quei fastidiosi bottoni e lui si mise all'opera, ma i minuti si allungavano mentre cercava di aprire l'abito.

«Pensavo che avessi più esperienza con cose del genere» gli disse lei sottovoce, al di sopra della spalla.

Jake rise e fece una pausa per baciarle la nuca. «Niente che abbia mai avuto importanza. Prometto di migliorare in queste cose.»

L'abito cedette e lui glielo fece scivolare con delicatezza lungo le braccia, oltre i fianchi, fino a formare un mucchio di tessuto verde scuro ai suoi piedi. Mentre gli dava ancora le spalle, Molly si dimenò per togliersi la sottogonna e tutto ciò che le rimase addosso fu la sottoveste.

In piedi di fronte a lui, la donna si mordicchiava il labbro inferiore; poi però lo sorprese quando sollevò l'indumento sopra la testa. Jake fissò rapito i suoi seni nudi, perfetti in tutto. Le posò le mani sui fianchi, con il petto che sfregava contro il suo, e seguì le curve dei glutei, delle cosce, delle ginocchia e dei polpacci mentre le rimuoveva l'indumento intimo.

Affascinato dalla visione del suo corpo completamente nudo, lui si crogiolò nel suo profumo e le premette le labbra sull'addome. Molly prese un brusco respiro e gli infilò le mani tra i capelli. La bocca di Jake risalì lungo il suo corpo, senza mai staccarsi dalla sua pelle e, quando coprì un seno, le dita della donna si strinsero ancora di più tra le ciocche, tirandogli i capelli in modo doloroso; lui, però, non vi fece caso e continuò a succhiare finché lei inarcò la schiena e il suo respiro si fece affannoso, quindi si spostò sull'altro seno e ripeté la stessa dolce tortura.

Jake si alzò piano e la baciò a lungo e profondamente, assalendole la bocca, tenendola premuta contro di sé con una mano, mentre con l'altra le sorreggeva un seno. Le mordicchiò il collo con delicatezza e, quando sentì le gambe di lei cedere, la condusse fino al letto, lasciandola andare solo quando raggiunsero il bordo.

Con il petto che si sollevava in rapidi respiri, Molly portò una mano ai pantaloni. Lui la assecondò e si tolse gli stivali, quindi i calzoni, fissando spesso le sue deliziose curve.

Quando lei abbassò lo sguardo, a Jake tornò in mente che

non era mai stata con un uomo e avrebbe quindi potuto essere intimorita dalla sua erezione. Si chinò allora in avanti e le posò le mani sulle guance, per poi baciarla piano.

«Puoi dirmi di fermarmi in qualsiasi momento» le mormorò lui contro le labbra.

«C'è una cosa.»

Jake si fermò.

«Ho ancora indosso le scarpe.»

Lui abbassò lo sguardo: oltre alle scarpe, aveva anche i mutandoni avvinghiati attorno alle caviglie. La fece sedere sul bordo del materasso, poi si mise in ginocchio e rimosse quegli oltraggiosi indumenti. Mentre era ancora inginocchiato, sollevò la testa e la bocca della donna trovò la sua.

Jake voleva procedere con calma, ma l'impazienza era quasi travolgente. La premette contro il materasso e le si mise sopra, attento a non schiacciarla, e dovette reprimere l'impulso di unirsi a lei con un'unica, rapida spinta.

Si mise a esplorarla con le labbra, le mordicchiò la bocca, poi il collo e il solco sopra la clavicola. La sua erezione la sfiorava e si chiese quanto ancora sarebbe riuscito a resistere. Si spostò più in basso e ricoprì di attenzioni i suoi seni, quindi portò con cautela una mano tra le sue gambe.

Lei trasalì, sorpresa, e Jake aumentò la pressione. Portò il viso vicino al suo e la baciò, sentendo il crescendo dentro di lei. Molly gli afferrò le spalle, tremante, e lui non poté più trattenersi.

Le spostò la gamba sinistra ed entrò appena in lei, cercando di darle un momento per adattarsi. Il respiro della donna si fece rapido e affannoso, la bocca divorava la sua mentre sollevava i fianchi.

Jake entrò completamente, in un saldo amplesso.

E disse addio al controllo.

Allungò una mano dietro di sé e le guidò la gamba a cingergli la coscia, quindi si tirò indietro e spinse una volta, poi due. Fu abbastanza. Oltrepassò il limite tenendola stretta a sé, e Molly capitolò insieme a lui.

Quella donna era la sua anima. Era tutto per lui. Se avesse potuto restare con lei, così, per l'eternità, allora non avrebbe desiderato altro. La divorò con un bacio.

L'odore muschiato del sesso e il dolce profumo della sua pelle, dei suoi capelli e del suo respiro lo circondavano, l'aver dato sfogo alla passione l'aveva lasciato appagato.

Non era mai stato così con una donna. Mai.

Si puntellò su un braccio per sollevarsi sopra di lei e la guardò in viso.

Lei aprì gli occhi e gli sorrise, serena e soddisfatta.

«Ti amo, Molly Rose. Non ho intenzione di perderti mai più.»

«Non mi hai mai persa.» Lei gli toccò la guancia con la punta delle dita. «E non siamo stati attenti. Non abbiamo evitato di concepire un bambino, come Pearl aveva detto di fare.»

«Non mi importa.» La baciò. «Sposiamoci domani.»

Lei rise. «Sei pazzo.»

«Forse. È probabile. Non posso vivere senza di te.»

«La gente penserà che ti ho sposato per mettere le mani sulla tua concessione.» Spostò le dita per giocherellare con la peluria sul suo petto, e Jake si spinse in avanti per restare dentro di lei.

«Qualunque cosa possiedo è tua, Molly. Mi dispiace di aver dubitato di te.»

Lei strinse le gambe attorno al suo corpo. «Mi fa piacere che ora non è più così. E sì, ti sposerò, anche se non ho idea di come lo spiegherò ai miei genitori.»

«Ti aiuterò io.» Le rubò un altro bacio.

«Anch'io ti amo, Jake.»

Lui si bloccò e tornò a guardarla. «Non devi dirlo se non lo pensi.»

Molly emise un sospiro frustrato e lo spinse via. «Sei un uomo davvero impossibile.»

Jake la tenne ferma. «Non ho intenzione di lasciarti uscire da questo letto.»

La donna sollevò il viso verso il suo e si mise a ricoprirgli di baci le guance, il naso e il mento. «Dimmi di nuovo che mi ami.»

«Farò di meglio.» Il suo corpo reagì. «Te lo mostrerò.»

Per un po' non parlarono più.

MOLLY GIACEVA tra le braccia di Jake, il corpo nudo abbandonato sul suo. Lui aveva lasciato il letto una volta sola, per togliere la sella a Fernando e sistemare il cavallo per la notte.

Per tre volte l'aveva amata, e Molly si domandò se prima dell'alba l'avrebbe fatto di nuovo. Gli si accoccolò più vicina, ancora assonnata e felice, con le dita di Jake aperte sulla sua testa e intrecciate nei capelli che le ricadevano sciolti lungo la schiena nuda.

Lui tirò la coperta per coprirla di più.

Malgrado non sapesse cosa avesse in serbo il futuro, quella notte si era liberata di un enorme peso. Fintanto che avesse avuto Jake, nient'altro importava. Avrebbero superato qualunque ostacolo si fosse presentato sul loro cammino.

«Come sapevi di Shep e della terra?» gli chiese.

«Henry e Boom mi hanno messo al corrente. Esme aveva sentito quello che Shep cercava di fare, quindi ho rintracciato il proprietario del lotto vicino e gli ho fatto un'offerta.»

«Perché mai avrebbe voluto vendere? Doveva sapere dell'Uccello Azzurro e del potenziale valore di quella valle.»

«Gli ho offerto ventimila dollari e li ha presi.»

Molly sollevò la testa. «Dove hai trovato tutti quei soldi?»

«Ne avevo un po' da parte.»

«Te ne sono rimasti?»

Jake le fece scorrere il pollice lungo il labbro inferiore. «No.»

«Perché l'hai fatto, se eri tanto arrabbiato con me?»

«Perché il mio compito è proteggerti. Preso dalla collera, l'avevo perso di vista. Prometto di non farlo mai più.»

Molly si mise a cavalcioni su di lui, mettendo in mostra i seni. Jake spostò lo sguardo verso il basso e, a giudicare dal suo sguardo concentrato, lei aveva la sua completa attenzione. Quel suo palese appagamento per il suo corpo la incoraggiò a esplorare come *lei* avrebbe potuto eccitarlo.

E così iniziò il quarto round.

CAPITOLO 27

Il mattino seguente, Jake entrò nel *Cora's Restaurant*, esaminò la sala, quindi si diresse al tavolo dov'era seduto Robert. Quando si avvicinò, salutò il suo vecchio amico con un cenno del capo e occupò la sedia di fronte a lui.

«Grazie per avermi incontrato» disse Jake.

Cora fece la sua apparizione al tavolo e versò caffè nero bollente in due tazze. «È davvero bello vedervi mangiare insieme.» Fece un ampio sorriso. «Il solito?»

Jake annuì. «Grazie, Cora.»

Lei gli fece l'occhiolino e si allontanò.

Robert si appoggiò allo schienale della sedia. «Ieri sera mia sorella è scomparsa dai festeggiamenti a casa dei Patterson. Suppongo che tu abbia qualcosa a che fare con questo.»

Jake sorseggiò la bevanda amara. «Mi sbagliavo su di lei e mi dispiace.»

«Ti ha perdonato?»

La notte trascorsa a tenerla tra le braccia, ad amarla con ogni singolo grammo di forza che aveva in corpo gli ronzava ancora nelle vene. Alle prime ore del mattino, l'aveva riaccompagnata allo *Zang's Hotel*. Da allora non aveva fatto altro che sentire la sua mancanza. «Sono grato che l'abbia fatto» disse, con la voce densa di emozione.

Cora arrivò al tavolo e vi depositò due piatti colmi di uova fritte, patate, bistecca e biscotti. «*Bon appétit.*»

Jake vi si avventò. Era il primo pasto decente che consumava da settimane e, ora che le cose tra lui e Molly erano finalmente sistemate, il suo appetito era tornato a farsi sentire con forza e non solo per il cibo. Non appena avesse finito con Robert, sarebbe andato da lei.

«Dobbiamo finalizzare la documentazione per la Società Mineraria Uccello Azzurro questa settimana.» Robert si chinò sopra il piatto e mandò giù una forchettata di uova gocciolante di tuorlo.

«Come pensi andrà questa collaborazione con Charlotte Cohen?»

L'amico inarcò un sopracciglio. «Penso che dovremo lasciare che se ne occupi Molly. Charlie sembra essere in debito con lei, anche se non so bene perché. Invece è più sospettosa nei confronti di Bridget, forse a causa di Shep e di tutto quello che le ha fatto passare. Aveva un contratto con lui, però l'ho fatto vedere a un avvocato. Può essere invalidato con facilità.»

Jake tagliò la bistecca. «E cosa mi dici di Shep? Si comporterà bene?»

«Bridget ci sta lavorando.»

«E tu ti fidi di lei?»

Robert lo inchiodò con uno sguardo torvo. «Sì, mi fido. *Tutti* abbiamo fatto dei passi falsi, però insieme possiamo farcela.»

Lui fece una pausa e sulle labbra gli si formò un sorriso. «Allora mettiamoci a gestire una società mineraria noi due insieme. A ogni modo, avremo bisogno di capitale.»

«Henry ha due fonti fuori da New York City con cui sta negoziando.»

Dopo aver terminato il cibo che aveva nel piatto, Jake si pulì la bocca con un tovagliolo. «Riesci a crederci? Siamo seduti qui, proprietari di maggioranza della miniera Uccello Azzurro, e avremo davvero una possibilità di farcela.»

Robert sorrise, con la malizia negli occhi, e quell'espressione gli ricordò quei primi tempi in cui facevano prospezioni insieme, quando passavano al setaccio le montagne con determinazione e intraprendenza, e la fortuna era in cima alla loro lista dei desideri.

«Sarà un'avventura pazzesca» disse Robert.

«Devo chiederti un favore.»

L'uomo lanciò il tovagliolo sul tavolo. «Di cosa si tratta?»

«Sta' al mio fianco quando domani il giudice arriverà in città.»

Robert fece una risata nasale. «Accidenti, non hai proprio pazienza.»

«Quando si tratta di tua sorella? No.»

«E cosa mi dici dei miei genitori?»

«Non appena avremo fatto funzionare le cose con la miniera, la porterò a Tucson e sistemerò la faccenda con tuo padre.»

L'amico rise. «A loro non piacerà, però conoscono Molly, quindi dubito che ne saranno sorpresi. Anche se sono certo che mi prenderò una lavata di capo da mia madre per averti lasciato avvicinare a mia sorella.»

«Sai che la amo, vero?»

«E quella è *l'unica* ragione per cui lascerò che domani la sposi.»

SEDUTA SUL LETTO, Molly fissava la fede d'oro sulla mano sinistra che rifletteva la luce tremolante con il tenue bagliore della lampada a olio sul comodino. Jake era sdraiato dall'altro lato del letto, la testa sollevata dai cuscini appoggiati contro la testiera del letto in ferro battuto, e la osservava. Le piaceva in quella versione: nudo come il giorno in cui era nato, sebbene il lenzuolo lo coprisse dalla vita in giù, e il suo petto muscoloso era ancora lucido di sudore dopo aver fatto l'amore.

Avevano scelto di trascorrere la loro prima notte di nozze nella sua camera allo *Zang's Hotel*, dato che il letto era più grande.

Jake le avvolse il polpaccio con la mano e iniziò ad accarezzarle la pelle, il che le causò una reazione immediata nel ventre e in altri punti sensibili. A dire il vero, bastava che suo marito la guardasse e lei riusciva quasi a sentire come se la stesse davvero toccando.

Molly non poté trattenere il sospiro di appagamento che la attraversò.

«Felice?» le chiese lui.

«Sì» disse, poi spostò il tessuto trasparente dello scialle che Pearl le aveva regalato per il matrimonio. Era molto provocante, a giudicare dallo sguardo pensieroso che lui le posò sul corpo. La donna le aveva dato istruzioni di indossarlo soltanto senza niente sotto. «E tu?»

«Più di quanto tu possa immaginare.»

Molly dovette resistere a gettarsi su di lui. Tuttavia, se avesse continuato a parlarle come se lei fosse un gioiello raro, gli avrebbe dato tutto l'amore che lui poteva accogliere.

«Stavo pensando…» le disse lui.

Lei fece scivolare lo scialle dalle spalle. «A cosa?»

Jake emise un sibilo tra i denti quando lei si denudò. «Lasciami esprimere il mio pensiero prima di distrarmi.»

Molly lanciò il tessuto sul pavimento. «Ti do dieci secondi.»

«Quando le cose qui si saranno sistemate, voglio portarti da qualche parte.» La sua mano iniziò a scivolarle dal polpaccio verso il ginocchio.

«Dove?»

«In qualche luogo lontano.»

Le sue dita giunsero alla meta e lei sussultò. Jake si sedette, le mise l'altra mano dietro la testa e la baciò, la bocca bramosa ed esigente.

Poi interruppe il bacio. «Tu vuoi vedere il mondo, e io voglio essere colui che te lo mostrerà.»

Sulle labbra le si allargò un ampio sorriso e le sfuggì una risatina eccitata. «D'accordo, Sciacallo, mostramelo.»

CAPITOLO 28

Costantinopoli
Un anno dopo

Molly si faceva strada nell'affollato bazar turco, circondata da uomini con turbanti e pantaloni larghi e da donne in indumenti di seta. Anche lei aveva un abbigliamento simile, e si era anche coperta il viso con un velo. Durante i suoi viaggi con Jake, aveva acquisito un sano rispetto per le usanze locali e faceva del proprio meglio per integrarsi quando era possibile.

Costantinopoli – Istanbul, o Stamboul come a volte la chiamavano gli stranieri – era piuttosto progressista nel modo in cui le donne venivano trattate. Data la forte presenza di britannici, in quella città le occidentali erano tollerate meglio rispetto ad altri luoghi nel Medio Oriente.

Molly schivò un asino carico di tappeti ed entrò nella *Demir's Bakery*.

«*Merhaba, Bayan* McKenna» la salutò Demir con un sorriso da dietro al bancone. «Cosa posso fare per voi oggi?» L'uomo era orgoglioso della sua conoscenza dell'inglese.

«*Merhaba*» gli rispose lei. «Mi serve il vostro migliore Baklava, Demir.»

«Con piacere» le disse l'uomo, e radunò in una scatola diverse porzioni del dolce friabile.

Molly pagò e prese il suo tesoro, ringraziando l'amico turco. Era la sua sorpresa speciale per Jake per quella sera, dato che quel giorno – il 2 giugno – era il loro primo anniversario di matrimonio.

Uscì dal bazar e camminò lungo uno stretto vicolo che conduceva al loro minuscolo appartamento in un affollato quartiere di case turche con le grate.

Avevano lasciato Creede sei mesi prima e avevano trascorso diverse settimane a Tucson con i suoi genitori ed Evie, poi si erano fermati in Texas per far visita a sua zia Molly e a suo zio Matt, ai suoi cugini e agli altri zii e zie. Dopodiché, avevano visitato New York City e poi Londra. Jake l'aveva portata a Parigi, dove lei si era esercitata con il francese, e infine avevano preso l'Orient Express diretti a Costantinopoli, visitando nel tragitto Monaco di Baviera, Vienna e Budapest.

Una volta giunti in Turchia, Jake aveva voluto fermarsi per un tempo più lungo e Molly non aveva fatto obiezioni. La città cosmopolita di Istanbul era esotica e straniera in un modo che la incantava. Era affascinata dal fatto che attraversasse due continenti – l'Asia e l'Europa – con lo Stretto del Bosforo a separarli. Era rimasta conquistata dalla cultura musulmana e ammaliata dalla cupola piatta di Santa Sofia, una costruzione miracolosa degli albori della città, quando era conosciuta come Bisanzio.

Amava restare a osservare il sole tramontare sul Mar di Marmara e gustare cibi turchi strani e deliziosi nei ristoranti locali; il suo preferito erano i dolmades ripieni, foglie di vite che racchiudevano un ripieno vegetale. Inoltre, appagava ulteriormente la sua mente curiosa con spettacoli di opera lirica – la sua preferita fino a quel momento era *Il ratto dal serraglio* di

Mozart, che raccontava di amanti separati dopo il rapimento da parte di un pirata – e con la lettura delle esplorazioni di David Livingstone in Africa. Jake le aveva promesso che la loro prossima avventura sarebbe stata un viaggio proprio in quel continente.

Tuttavia, Molly era consapevole che la notizia che doveva condividere con lui avrebbe con tutta probabilità potuto cambiare i loro piani, e non del tutto in un modo negativo.

Sperava che suo marito fosse felice quanto lo era lei.

Entrò nel loro appartamento e attese il suo ritorno da un incontro d'affari. Il rumore di colpi attutiti precedette l'arrivo di Jake, che trascinava un grande tappeto arrotolato attraverso la porta. Le sorrise quando lei mise da parte il libro e si alzò dal divano per aiutarlo.

«Mi sembra di capire che l'incontro sia andato bene?» gli chiese.

«Diventeremo commercianti di tappeti, Pulce.»

Molly chiuse la porta e lui lasciò cadere la merce sul pavimento. «Mi hai portato un campione?» gli chiese lei.

«È il nostro anniversario e so che ne hai sempre desiderato uno.» Jake spostò il tavolo della cucina e le sedie, quindi srotolò il tappeto.

Mentre lui rivelava a poco a poco lo squisito e intricato disegno nei toni del rosso, Molly non riusciva a contenere il proprio entusiasmo. «Oh, Jake, lo adoro.» Lo aiutò a sistemare il manufatto rettangolare, poi indietreggiò per ammirare il regalo.

Alle sue spalle, lui la cinse con un braccio e le baciò il collo. *«Ecco come morirei nell'amore che ho per te: come pezzi di nuvola si dissolvono alla luce del sole.»*

Molly sospirò. Capitolava con facilità quando Jake citava Rumi, e lui lo sapeva.

«Il rosso è simbolo del mistero» le sussurrò, e il suo fiato le solleticò l'orecchio. «Il rosso è presente in una rosa, in un rubino, nel sangue che ci scorre nelle vene. È il fuoco in una stufa e il fulgore di un tramonto. È alla base di tutto quello che esiste. L'amore è dipinto in tutte le sfumature di cremisi e scarlatto.»

Lei lo guardò al di sopra della spalla. «Aspetta un attimo. Pensavo che il tuo colore preferito fosse il blu.»

Jake le sollevò la mano sinistra e se la portò alle labbra, per poi mordicchiarle piano l'interno del polso. «Smettila di rovinare la mia opera di seduzione.»

«Ti porgo le mie scuse, ma prima ho delle novità.» Si liberò dalle sue braccia e si voltò a guardarlo. «Sono incinta, Jake.»

Gli occhi gli si illuminarono di gioia, alleviandole il peso della preoccupazione. «Ne sei sicura?»

Lei annuì.

Suo marito la prese tra le braccia e la baciò, il suo tocco delicato, quasi riverente. Spostò lo sguardo sul suo ventre e vi posò la sua ampia mano. «Ti amo, Molly. Niente è più importante di te e di questo bambino. Se vuoi lasciare Costantinopoli devi solo dirlo. Dovremmo tornare in Arizona?»

Molly sapeva che lui si preoccupava di averla portata tanto lontana da casa, ed era pur vero che lei provava acute fitte di nostalgia che non si era aspettata di provare, però stare con suo marito le importava più di ogni altra cosa.

«No.» Gli coprì la mano con la propria. «Il mio posto è insieme a te. Avremo questo bambino qui. Mamma e papà hanno detto che ci faranno visita e questa sarà per loro la scusa perfetta. Hanno persino detto che avrebbero lasciato Evie qui con noi per qualche tempo. Sarà di grande aiuto con il bambino e potremmo farle conoscere le meravigliose ricchezze dell'Europa e dell'Asia.»

Lui la baciò a lungo.

«Non è che ti manca la frenesia di Creede, vero?» gli chiese lei.

«No. Ho venduto le mie quote a Robert al momento giusto, anche se mi dispiace che il prezzo dell'argento sia precipitato in modo tanto drastico.»

«Lo so, però lui e Bridget sono stati intelligenti e hanno investito in cavalli e mandrie. Sopravviveranno.»

Jake le si inginocchiò davanti, così da essere faccia a faccia con la sua futura progenie. «E sospetto che il tasso di cambio dell'argento alla fine si riprenderà. Robert è molto più paziente di quanto lo sia io.»

Molly sapeva che era la verità, a giudicare dal modo affrettato in cui si erano sposati, eppure non c'era nient'altro in tutta la sua vita che fosse stato più autentico o più giusto.

«Prima che ti ringrazi per il tappeto» gli disse, facendo scorrere le dita tra i suoi capelli «dovresti sapere che ho preso il Baklava.»

Lui emise un gemito. «Dai degli ultimatum impossibili.»

«E se ti dicessi che ti servirò il dolce a letto?» Inarcò un sopracciglio. «Senza neanche un indumento addosso?»

Jake si alzò, poi le afferrò il posteriore con le mani e la baciò profondamente. «Allora ti citerò Rumi per tutta la notte.»

Io voglio cantare come cantano gli uccelli senza preoccuparmi di chi ascolta o di cosa pensi.

Lui la osservò divertito. «Da quando hai iniziato a leggere Rumi?»

«Sono una che impara in fretta, Sciacallo.»

La risata di suo marito la riempì di amore, mentre l'intensità nei suoi occhi scuri le fece anelare di andargli incontro in un luogo colmo di bisogno e desiderio, e di brama che raggiungeva il profondo dell'anima.

Lui la condusse verso la camera da letto. «Credimi, lo so.»

Ti ringrazio tantissimo per aver letto *L'uccello azzurro*. Spero davvero che la storia ti sia piaciuta. Ti sarei eternamente grata se volessi lasciare una recensione, che aiuta in modo significativo a far scoprire un libro ad altri lettori. Kristy

Già disponibile:

Lo Scricciolo: Ali del West Libro Uno
La Colomba: Ali del West Libro Due
Il Passero: Ali del West Libro Tre
Il Merlo: Ali del West Libro Quattro
L'uccello Azzurro: Ali del West Libro Cinque
L'Uccello Canoro: Ali del West Libro Sei
Eco delle pianure: Libro Sette (Un racconto breve)

NOTA DELL'AUTRICE

Situato nelle Montagne San Juan, il distretto minerario di Creede si trova nella parte meridionale del Colorado. Le San Juan a volte sono chiamate le "Alpi d'America", per le loro cime alte e aspre separate da profonde vallate. Il paesaggio è ricoperto da foreste di pecci, pini, abeti e pioppi, prati aperti ricchi di fiori di campo, impetuosi ruscelli di montagna e laghi scintillanti. L'area è anche ricca di metalli preziosi: oro, argento, rame, piombo e zinco.

Le prime prospezioni effettuate negli anni Settanta del diciannovesimo secolo hanno rivelato la presenza di minerale argentifero, che ha portato a un'importante scoperta nel 1889 da parte di Nicholas C. Creede. Nell'agosto del 1889, Creede e i suoi soci – E.R. Naylor e G.L. Smith – stavano effettuando prospezioni sulla Campbell Mountain quando individuarono la concessione Holy Moses. Il boom minerario a Creede iniziò nell'autunno del 1890 quando si sparse la voce che la Holy Moses era stata venduta per settantamila dollari a investitori di Denver. Centinaia di prospettori si riversarono sulla Campbell Mountain e sulla vicina Bachelor Mountain, dove venne scoperta la vena Amethyst, che diventò il filone più produttivo del distretto di Creede.

Nei primi anni di Creede, l'area era spesso denominata "Terra di nessuno" perché alcune parti dell'accampamento si trovavano nelle contee di Saguache, Hinsdale e Rio Grande. A causa di questa confusione, era necessario registrare le richieste di concessioni minerarie, di proprietà e di lottizzazione in tutte e tre le contee. E, sebbene ogni contea lottasse per ottenere il controllo delle potenziali ricchezze di Creede, nessuno voleva assumere la giurisdizione o fornire la protezione da parte della polizia. Il problema venne risolto tramite un atto della legislatura del Colorado nel marzo del 1893, quando venne formata la contea di Mineral, con parti di ognuna delle tre contee, e venne organizzato un governo cittadino provvisorio.

Quando i prospettori delimitarono le loro concessioni nei primi anni Novanta, si verificarono molti casi di scavalcamenti di concessioni, di sovrapposizione di linee di confine e di spostamento dei paletti di delimitazione. Il risultato furono contenziosi che spesso portavano alla sospensione delle attività finché i casi non venivano risolti in tribunale. Il caso tra la *Last Chance Mining and Milling Company* e la *Del Monte Mining Company* arrivò fino alla Corte Suprema degli Stati Uniti, ritardando per diversi anni la produzione da queste miniere.

Dal 1891 al 1899 le miniere sulla vena Amethyst ebbero il più grande impatto economico nel distretto di Creede, con la maggior parte della produzione proveniente da minerali ossidati di alto grado nella parte meridionale. (I minerali ossidati sono preferibili, dato che possono venire spediti direttamente alle fonderie senza venire ulteriormente processati.) La maggior parte del valore era costituita dall'argento. Nel 1892 la produzione totale delle miniere nel distretto di Creede fu di 4.215.800 dollari, dei quali la metà era rappresentata dalla miniera Amethyst.

Il panico del 1893 inflisse un colpo devastante all'economia di Creede. Il presidente degli Stati Uniti Grover Cleveland cercò di risolvere una crisi economica abrogando la legge Sherman sull'acquisto dell'argento (Sherman Silver Purchase Act), che era stata approvata nel 1890 in risposta a una grande sovrapproduzione di argento da parte delle miniere occidentali. La legge prevedeva che il Tesoro degli Stati Uniti acquistasse l'argento con banconote garantite dall'argento o dall'oro. Questa legge fu fondamentale per Creede e per le altre città minerarie che producevano argento, perché aveva stabilizzato i prezzi del metallo.

Sebbene il panico del 1893 non arrivò a far cessare del tutto l'estrazione di argento a Creede, ne fece calare seriamente la produzione. Il valore in dollari dell'argento prodotto nel 1894 fu solo il 31% rispetto a quello del 1893; tuttavia, tra il 1898 e il 1899 recuperò fino ad arrivare a circa il 60% della cifra del 1893.

RINGRAZIAMENTI

Ho impiegato tredici anni per scrivere i primi cinque romanzi di questa serie. Queste storie sono state il mio desiderio più profondo, il mio campo di addestramento come scrittrice, e la mia nemesi mentre ero impegnata a lottare con trame e ricerca storica. Sono incredibilmente orgogliosa del lavoro svolto e della tenacia che ho acquisito nel portare a termine un progetto.

Per questo libro, devo ringraziare molte persone. L'autrice Ann Charles mi ha contattato dopo aver letto diversi miei libri, e non solo è diventata una mia fan, ma anche un'amica e mentore. È stata tanto gentile da essere la mia lettrice beta per questo romanzo mentre era ancora un manoscritto, e mi ha offerto incrollabile supporto ed entusiasmo. Un grosso ringraziamento alle mie correttrici di bozze per la versione in inglese: Marcia Montoya, Tanya Brown, Janet Lessley, Judy Tucker e Sandra Brown (che, a dire il vero, ha letto il libro ben due volte), e un ringraziamento speciale alla lettrice Deborah Dunham che è andata ben oltre offrendo una correzione approfondita che ha portato alla mia attenzione molti miglioramenti alla mia grammatica. Una cosa è certa: uno scrittore impara sempre.

Ancora una volta, la mia editor per la versione in inglese, Melissa Maygrove, ha fatto un lavoro eccezionale nel chiarire i miei pensieri e nel segnalare discrepanze nella storia.

Questo libro si è rivelato il mio campanello d'allarme per quanto riguarda la tecnologia. Ho perso una prima versione quasi completa di questa storia quando il mio hard disk esterno si è rotto. Con mio grande dolore e dispiacere, non avevo una copia di backup. È stato mio figlio Sam di ventidue anni, esperto di informatica, ad aiutarmi ad affrontare la cosa, cercando invano di recuperare i dati (alla fine non ci è riuscito) e fornendomi consigli su come gestire meglio i miei file. Dopo aver riscritto l'intero libro, ho perso la storia per la seconda volta, ma per fortuna di questa avevo il backup. Sono felice che questo manoscritto sia finalmente completo e pubblicato, prima che un altro gremlin del computer colpisca di nuovo.

Naturalmente, devo includere un grande ringraziamento a mio marito. Il suo incessante sostegno mi rende possibile perseguire la carriera di scrittrice, e le sue abilità nel brainstorming mi hanno aiutato a superare molte situazioni di stallo nella trama; il suo punto di vista mi ha spesso aiutata a vedere una diversa prospettiva nascosta in una scena. In aggiunta a questo, mi fa ridere ogni giorno.

E, infine, un enorme ringraziamento ai lettori. Sebbene la scrittura avvenga dentro a una bolla, è ciò che succede dopo, quando un lettore entra in contatto con la storia, che trasforma il lavoro in qualcosa di più. Alla fine, è la gioia che condividiamo in questa vita a fare la differenza. Spero che il mio lavoro porti un po' di gioia alle vostre giornate.

LO SCRICCIOLO
Ali del West: Libro Uno

Catturata dai Comanche ancora bambina, Molly Hart è presunta morta. Dieci anni dopo, il Texas Ranger Matt Ryan incontra una donna con gli stessi occhi azzurri.

"Adoro gli storici di ambientazione western e ho trovato questo libro davvero eccezionale. Non perdetevi… quella che sicuramente sarà una magnifica serie." ~ The Romance Studio

Sono passati dieci anni dal giorno dell'attacco al ranch in cui i suoi genitori furono assassinati e lei rapita. Adesso diciannovenne, Molly Hart torna finalmente a casa nel Texas del Nord dopo aver trascorso il resto dell'infanzia con una tribù di Comanche Quahadi. Ad attenderla ci sono una dimora deserta in balìa della polvere e del tempo, nonché l'agghiacciante scoperta del proprio tumulo e la presenza di un uomo che pensava non avrebbe mai più rivisto.

Un vento smanioso spinge Matt Ryan verso le rovine fatiscenti del ranch degli Hart. Guarito di recente, dopo una prigionia che lo aveva quasi ucciso, non prova ormai che un briciolo della brama di verità e giustizia di un tempo. Dieci anni di devoto servizio all'esercito degli Stati Uniti e ai Texas Rangers, in cerca dei responsabili del feroce assassinio di una bambina, non sono serviti a niente se non a scoprire che la rassegnazione non sarebbe mai arrivata. Diretto verso il posto in cui tutto ebbe inizio, s'imbatte con sorpresa in una donna dagli stessi occhi azzurri della piccola che non riesce a dimenticare.

kmccaffrey.com/lo-scricciolo-the-wren-italian-edition/

LA COLOMBA
Ali del West: Libro Due

Incrociando il vicesceriffo Logan Ryan sui gradini
del *Colomba Bianca*, dove lei si cela sotto le spoglie di una donnina
allegra del saloon, Claire Waters lo induce a credere il peggio.

"McCaffrey scrive con il cuore… una lettura da non
perdere." ~ The Romance Studio

Quando il vicesceriffo Logan Ryan trova Claire Waters nel
mezzo di una vivace cittadina sul Sentiero di Santa Fe, il violento
schiaffo della delusione lo colpisce in pieno viso: la donna che
ricordava non esiste più. A rimpiazzarla c'è una giovane di facili
costumi con allettanti curve e… un mare di guai. Intrappolati in
una rete d'inganni con uomini tanto disperati quanto pericolosi,

Logan cerca di proteggere Claire, ignorando però che la minaccia maggiore arriva dal proprio passato.

Tormentata da una vita di vergogna, Claire vorrebbe sprofondare quando Logan la scopre sulla soglia del *Colomba Bianca*, vestita da prostituta. Così gli lascia credere il peggio, ma tra la scomparsa della madre e le ragazze che abbandonano il saloon in gran numero, si vede costretta ad accettare la sua offerta di aiuto. Nell'intraprendere un viaggio che dipanerà il tessuto della sua vita, una cosa si fa chiara: aprire il cuore potrebbe rivelarsi l'impresa più pericolosa.

Un sensuale western storico ambientato nel Territorio del Nuovo Messico (1877).

kmccaffrey.com/la-colomba-the-dove-italian-edition/

IL PASSERO
Ali del West: Libro Tre

1877

In possesso del dono della chiaroveggenza, e tormentata da visioni, Emma Hart arriva nel Grand Canyon — una regione selvaggia, aspra e, fino a poco prima, del tutto inesplorata — in cerca di risposte sulla tragedia del proprio passato, il tradimento del presente e uno sfuggente futuro che echeggia fin dentro l'anima. Accompagnata da Passero, il suo animale guida, si immerge negli abissi del folclore Hopi, costretta ad affrontare un male che ha resistito ai secoli.

Sulle tracce di Emma Hart, il Texas Ranger Nathan Blackmore arriva al fiume Colorado e, sbalordito, la scopre determinata a percorrerne il corso su una barchetta di legno a fondo piatto. Ma in un posto in cui le increspature del tempo sono profonde, la scelta sarà inevitabile. Nathan dovrà accettare il regno invisibile, *il mondo al di là del mondo*, da cui si era allontanato anni prima, o rischiare di perdere la donna che ormai ama più della vita stessa.

Un sensuale western storico ambientato nel Territorio dell'Arizona.

kmccaffrey.com/il-passero-the-sparrow-italian-edition/

IL MERLO
Ali del West: Libro Quattro

"Antagonisti malvagi, azione a volontà, un'eroina decisa, intrecci, colpi di scena sorprendenti e un seducente cowboy – il tutto sottolineato da una sensuale storia d'amore – in questo western ce n'è per tutti i gusti." ~ Janna Shay, InD'tale Magazine

Anni prima, J. Howard "Hank" Carlisle era stato mentore del cacciatore di taglie Cale Walker, ma a seguito di un litigio e dell'attacco di un puma che aveva lasciato Cale in fin di vita, le loro strade si erano separate. Una banda di Apache Nednai aveva messo in salvo Cale e, considerando le sue ferite un potente presagio, lo aveva addestrato nelle arti di *di-yin*, o stregone. Adesso, su richiesta di Tess, figlia di Hank Carlisle, Cale arriva a Tucson in cerca dell'uomo, ma per trovarlo dovrà attraversare le

Dragoon Mountains, a cavallo tra due mondi che non collimano più, e – problema ancor più grande – riuscire a far breccia nel cuore di una giovane donna determinata a vivere la vita da spettatrice.

Da due anni, Tess Carlisle prova a sanare le ferite mentali e fisiche di un'aggressione brutale da parte di uno degli uomini del suo *papá*. Mantenere in vita le tradizioni del proprio retaggio messicano la aiuta e affina le sue doti di *cuentista*, ovvero di narratrice e "Custode delle Antiche Usanze". Ma suo padre non si fa sentire dal giorno dell'attacco e lei teme il peggio. Tornare nel mondo di Hank Carlisle è un'impresa pericolosa, Tess lo sa e la sua unica speranza è Cale Walker, un uomo come non ne ha mai incontrati prima. Così, decisa a intraprendere il viaggio che potrebbe condurla dritta sul sentiero del proprio aggressore, rafforza la risolutezza e indurisce il cuore, finché Cale non la spinge a desiderare qualcosa a cui aveva giurato di non cedere mai… amore.

kmccaffrey.com/il-merlo-the-blackbird-italian-edition/

A PROPOSITO DELL'AUTRICE

Da bambina, Kristy McCaffrey si narrava spesso storie e la sua affinità con la scrittura fu subito chiara. Allevata a pane, fantascienza, fantasy e racconti di Re Artù, trasferì – una volta deciso di prestare, finalmente, attenzione alle proprie inclinazioni naturali – questa passione per la narrazione mitica alla stesura di romanzi di ambientazione western. La scelta di essere una mamma tutta casa nonché aspirante autrice, la portò subito a mettere da parte la laurea in ingegneria. Vive con suo marito nel deserto dell'Arizona, dove i loro quattro figli si preparano, chi prima chi dopo, a lasciare il nido. Kristy crede che la vita vada vissuta con curiosità, compassione e gratitudine, e mai troppo distante da un cane entusiasta. Le piace anche restare a letto fino a tardi, mangiare cibo messicano e praticare yoga casalingo in pigiama.

Website: kmccaffrey.com
Facebook: facebook.com/AuthorKristyMcCaffrey/
Instagram: instagram.com/kristymccaffreybooks/
TikTok: tiktok.com/@kristymccaffrey

www.ingramcontent.com/pod-product-compliance
Lightning Source LLC
Chambersburg PA
CBHW060515180626
46817CB00002B/372